요리의악마

요리의 악마 2

가프 현대 판타지 장편소설

초판 1쇄 찍은 날 § 2022년 5월 24일
초판 1쇄 펴낸 날 § 2022년 5월 31일

지은이 § 가프
펴낸이 § 서경석

총괄팀장 § 황창선
편집책임 § 양준
디자인 § 스튜디오 이너스

펴낸곳 § 도서출판 청어람
등록번호 § 제387-1999-000006호
등록일자 § 1999. 5. 31
어람번호 § 제1-3183호

본사 § 경기도 부천시 부일로 483번길 40 서경B/D 3F (우) 14640
편집부 § 서울특별시 구로구 디지털로 272 한신IT타워 404호 (우) 08389
전화 § 02-6956-0531 팩스 § 02-6956-0532
http://www.chungeoram.com
E-mail § chungeorambook@daum.net

ⓒ 가프, 2022

ISBN 979-11-04-92435-4 04810
ISBN 979-11-04-92433-0 (세트)

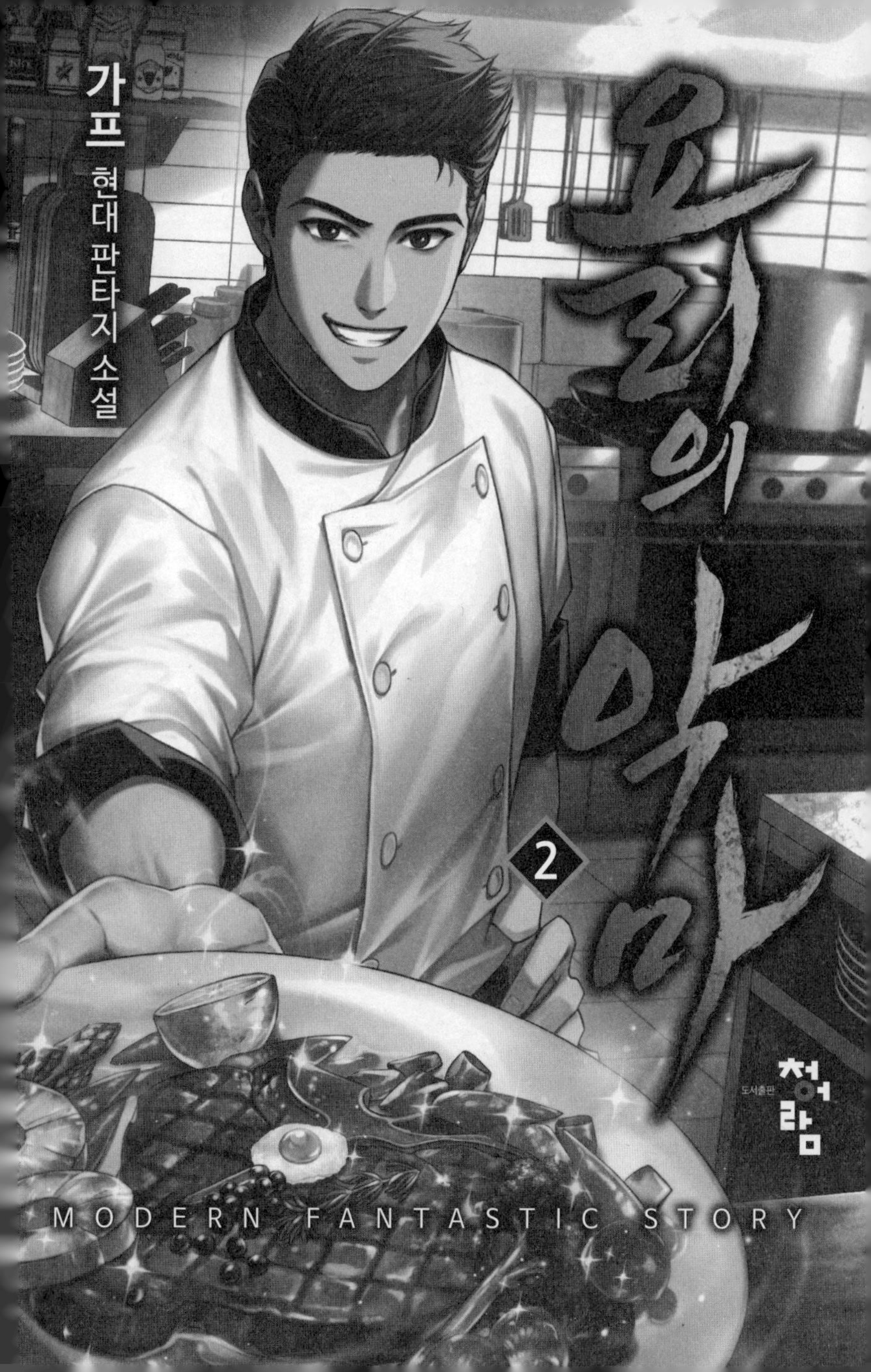
가프
현대 판타지 소설
요리의 악마
2
도서출판 청어람
MODERN FANTASTIC STORY

목차

제1장
—
VIP 미식 강탈자 II

바로 연회 팀장 이리나를 불렀다.

"이지용 회장님 아시죠?"

"신세기 그룹 이 회장님요?"

"그분 배려로 우리 진 부조리장님 따님이 희귀병을 치료받았어요. 그냥 넘어갈 수 없으니 축하의 의미로 테이블 하나 더 준비하면 좋겠네요."

이지용 회장의 이름을 팔아 마무리에 들어갔다. 인심이란 건 가중치가 중요했다. 쓸 때는 상대가 감격에 숨 막혀 죽을 때까지 몰아붙이는 게 좋았다.

이리나도 진규태의 사연을 안다. 윤기 부탁까지 있으니 테이블이 하나 더 준비되었다.

"자, 그럼 마무리 들어가 볼까요?"

밝은 목소리의 윤기가 스테이크 향 에센스를 열었다. 손목 경련이 끝난 걸 축하라도 하듯 죽여주는 향이었다. 맛깔스러운 향미를 맡으며 생각을 정리했다.

역아와 안드레아
전설의 셰프들.
두 사람의 능력치는 이제 오롯이 윤기 것이 되었다.
두 전생은 요리의 힘을 엉뚱한 곳에 겨누고 있었다.
역아는 권력을 탐했고 안드레아는 미식계의 교주가 되길 원했다.
극단의 광기가 요리의 빛을 가린 것이다.
윤기는 그 전철을 밟지 않을 생각이었다.
전설급의 요리 능력과 상황 주도, 자신감, 현장 장악력…….
그들의 장점만을 취하는 것이다.
이제 그 서전의 개막이었다.

윤기가 달리기 시작했다. 젤라틴 소스에 배합한 향신료의 향이 식욕을 부추긴다. 육질 사이로 컴파운드 소스를 주입하는 윤기의 손 또한 피아니스트의 연주처럼 부드럽고 경쾌하기만 했다.
"요리 나갑니다."
명규가 소리치자 서빙 팀이 줄을 섰다. 첫 플레이팅의 완성은 윤기가 먼저였다. 데미글라스 소스를 뿌리고 용의 갈빗살을 잘라 놓은 것 같은 위엄의 티본스테이크가 자리를 잡았다. 소 콩팥 패티를 끼운 랍스터 카르파치오가 자리를 잡고 앙증맞은 써니 사이드업과 꼬마 게들이 놓였다. 그 앞은 메밀 고물을 두른 주먹밥과 아스파라거스 두 줄기가 놓였다. 마무리로 두 색의 캐비어 소스를 세팅하고 스테이크 위에 설탕공예 조각과 바질 한 잎을 놓음으로써 대미가 장식되었다.

"와아."

지켜보던 경모와 명규가 감탄사를 토해 냈다. 이때만큼은 주방 직원들 입실도 허용되었다. 보는 것도 공부가 되기 때문이었다.

"송 셰프님……."

창혁은 아예 말을 잃었다. 사진으로나 보던 대가들의 요리가 거기 있었다.

서빙 팀도 생기가 돌았다. 그들도 요리를 안다. 음식의 향과 비주얼을 보면 손님들의 반응을 짐작할 수 있다. 이런 요리라면 서둘러 테이블에 올리고 싶어진다. 손님들이 행복해하는 모습은 서빙 팀에게도 보람이 되기 때문이었다.

"창혁아."

윤기가 창혁에게 손짓을 했다.

"어제 내가 부탁한 거 잊지 않았지?"

"그럼요. 벌써 주문해 뒀어요."

"그럼 이거 한 접시만 플레이팅 해 봐라."

"제, 제가요?"

돌연한 요청에 창혁이 소스라쳤다. 아직 보조에 불과한 창혁. 그런데 이 엄청난 요리를 플레이팅 하라니?

"시간 없어. 어서."

윤기가 접시에 스테이크 하나를 올려 주었다. 경모와 명규가 돌아본다. 시식 팀인 그들에게조차 허용되지 않는 플레이팅을 창혁에게? 명백한 편애였다. 그걸 본 윤기가 찡긋 윙크를 전해 왔다. 의도가 있다는 암시였다.

창혁은 온몸을 떨며 플레이팅에 임했다.

"괜찮은데?"

윤기의 평이었다. 많이 엉성하지만 교정도 하지 않았다.

"이건 꼭 황교일 님에게 놓아 주세요. 지인 것과 섞이면 안 됩니다."

창혁의 접시는 테이블까지 지명되었다. 미식 평론가이자 프랜차이즈업을 하는 황교일이었다. 창혁은 바짝 얼어붙었지만 윤기는 다 계획이 있었다. 이제는 완벽하게 사라진 손목의 경련. 그 기세로 가장 깐깐한 미식 평론가부터 공략할 생각이었다.

"오."

"와우."

"이야."

서빙 팀의 예측은 그대로 적중이었다. 웬만한 고급 요리를 다 섭렵해 본 VIP들도 투박한 스테이크의 위용과 색다른 가니튀르의 조화에 홀려 버렸다.

"여보."

스테이크를 한 입 문 은서 엄마가 진 부조리장을 바라보았다.

"송 셰프가 송윤기 그 사람 아니에요? 손목에 장애가 있어서 늘 당신 속을 썩이더니 이번에는 꼴같잖게 무슨 스테이크 사기를 치면서 나댄다던?"

"맞… 아."

진규태 목소리가 기어 들어갔다.

"그런데 이 스테이크……."

"……."

"은서야, 맛이 어때?"

은서 엄마가 은서에게 물었다. 자기 입으로 표현하기 곤란하니 딸의 마음을 빌리려는 생각이었다.

"너무 맛있어."

은서는 입이 미어터지고 있었다. 맛있는 건 정량 흡입으로 안된다. 두 점 세 점이 거푸 들어간다. 뇌의 명령이다. 어길 수도 없다. 더구나 이 스테이크, 마치 은서를 축하라도 하려는 듯 은서가 먹기에도 더할 나위 없이 부드러웠다.

"내가……."

고개를 떨군 진 부조리장의 접시에 눈물이 떨어졌다.

"죽일 놈이야."

"여보……."

"나 같은 쫄보였다면 이지용 회장이 우리 은서 도와주겠다고 해도 말렸을 텐데……."

진 부조리장의 입으로도 스테이크가 넘어갔다. 후각을 홀려 버리는 풍미에 침샘을 폭발시키는 육즙의 홍수. 이토록 선명한 핑크센터는 그를 가르쳐 준 호주의 이그제티브 셰프들조차 살포시 추월하고 있었다.

가니튀르는 또 어떤가? 꼬냑을 찾을 때 미친 듯이 비웃었고 프아그라를 말할 때는 쥐어박고도 싶었다. 하지만 이토록 기막힌 조화를 이루었다. 고급 재료로 장식하는 겉멋이 아니라 새로운 맛의 세계를 창조한 것이다.

지난번 내부 시식 때는 달랐다. 그때는 오감을 뾰족하게 세우고 단점 찾기에만 골몰했다. 오늘이라면 그런 뾰족한 감정도 별수 없을 것 같았다. 감정을 감추는 건 한 번으로 족했다.

마침 이어지는 음악이 푸치니였다. 정성이 고루 밴 요리 감상에 딱이었다. 연회 팀은 원래 바그너를 준비했었다. 윤기의 의견으로 바뀌게 되었다. 티본스테이크만 보면 웅장한 바그너도 나쁘지 않지만 전체적인 요리 감상에는 섬세한 푸치니가 좋을 것 같다는 의견이었다.

그때 진 부조리장은 비난을 퍼부었다.

'제까짓 게 뭘 안다고.'

돌아보니 그 말의 화살이 자신을 관통하고 있었다. 뭘 모르는 건 진규태 자신이었다. 우물 안 개구리도 이런 개구리가 없었다.

기적.

그런 건 믿지 않았다. 더구나 송윤기에게 일어나는 기적은. 그러나 그 기적이 은서까지 살렸다. 은서에게도 기적이 찾아왔으니 믿지 않을 수 없었다.

나아가 이 현장, 쟁쟁한 VIP들이 한결같이 만족하고 놀라워하는 새로운 스테이크의 세계.

입에 문 메밀주먹밥 안에서 푸아그라 소스가 녹아 나왔다. 구수하고 편안한 메밀과 잣가루의 고소함에 악센트를 울려 주는 푸아그라가 혀를 아찔하게 유혹한다. 밥알이 목을 넘어가기도 전에 남은 하나를 마저 물었다.

[빨리 먹어 줘.]

뇌의 명령이었다.

진 부조리장은 진심으로 수긍을 했다. 송윤기는 더 이상 그의 구박이나 받던 수습이자 보조가 아니라는 사실.

그 폭풍 깨달음에 윤기의 선물이 이어졌다.

"이거 송 셰프님 지시예요. 어제 생강 바늘 썰기 때 생긴 팁 아시죠?"

창혁이 꽃다발을 가져와 은서 품에 안긴 것이다.

창혁은 사연을 전하고 물러갔다.

10만 원을 잃으면서 온갖 저주를 퍼부었지만 윤기는 이렇게 보답을 해 왔다.

"우억."

진 부조리장은 부끄러워 미칠 것만 같았다.

그러나 이 모든 것은 윤기의 각본이었다. 감동이든 보복이든, 그로기까지 몰아가는 것이다. 그래야 상대가 굴복하든지 감탄하든지 결판이 난다. 진 부조리장에게는 필생의 감동이지만 윤기에게는 정적을 제압하는 루틴에 불과한 일들이었다.

"야, 이거……."

"이런 스테이크가 있었네?"

"꼬마 써니 사이드업은 계란이 아니에요. 노른자는 망고 맛이고요."

"게는 통째로 먹어도 녹아요."

"랍스터의 꼬냑 향, 일품이네요. 패티로 들어간 고기도 환상의 케미고."

"메밀주먹밥 속에 든 고소한 액즙이 푸아그라였대요. 비린내는 흔적조차 없어요."

"캐비어 된장 소스가 환상이었어요. 고급 스테이크에 된장 캐비어, 행복한 허를 찔린 기분입니다."

테이블마다 웃음꽃이 피었다.

음료수로 내놓은 병아리콩과 육수의 조합도 호평을 받았다.

"송 셰프, 에르베 셰프."

식사가 마무리에 이르자 설 대표가 두 셰프 등을 밀었다.

"송."

에르베는 윤기에게 앞장을 양보했다. 윤기가 돌아보았다. 경모와 명규도 잔뜩 고양되어 있다. 그들도 호평을 들은 것이다.

"두 사람도 나오세요."

윤기가 손짓을 했다.

"우, 우리도?"

경모가 소스라쳤다. 그동안 지은 죄로 인해 시식 팀에 끼워 준 것만 해도 황송하던 경모. 메인 셰프들이 나가는 자리에 따라 나오라니 놀라지 않을 수 없었다.

"여러분, 오늘부터 시작될 그랑 서울의 대표 요리 LGY 스테이크의 마법을 보여 준 송윤기 셰프와 에르베 셰프, 그리고 그 멤버들입니다."

이라나 팀장이 인사를 시키자 테이블은 박수로 화답했다. 에르베가 윤기를 앞세우고 테이블 쪽으로 걸어 나갔다.

"셰프님, 저도 셰프가 장래 희망이에요. 사인해 주세요."

앞 테이블의 조아라가 수첩을 내밀었다. 눈치로 보아 사인 요청을 알아차린 에르베가 윤기에게 양보를 했다.

"오늘의 메인 셰프는 송 셰프입니다."

에르베가 말하자 이라나가 통역을 했다.

"어머."

놀란 오아른의 어머니가 수첩의 방향을 윤기 쪽으로 바꿨다.

"어쩜, 나이도 어린 것 같은데 어떻게 이렇게 환상적인 요리를……."

그녀 얼굴이 붉어진다. 에르베가 서양 사람이다 보니 착각을 했지만 맛에 대한 평가만은 진심이었다.

"셰프님, 질문 하나 해도 될까요?"

첫 포문은 한국 조향의 샛별로 불리는 류지니 조향사였다.

"좋은 시간 되셨습니까?"

"덕분에요. 제가 조향을 하는데 접시가 하나의 꽃밭으로 보였어요. 금빛 스테이크에 초록의 설탕 공예, 하얀 백설 위에 노랑 망고로 포인트를 준 써니 사이드업과 빨간 꽃게들, 그리고 알록진 랍스터와 갈색 메밀주먹밥이라뇨? 거기 흑백의 대조를 이루는 캐비어 소스의 방점은 정말이지… 혹시 향 원료에서 영감을 받으셨는지 궁금해요."

"플레이팅은 색채의 마법사 마티스의 그림에서 영감을 받았습니다."

"어머, 마티스."

"하지만 스테이크의 향은 향수의 에센스에서 따왔죠."

"향수의 에센스라면 증류를 했단 말인가요?"

"네."

"와우, 요리에 향수 기법이라니……."

감탄하는 류지니를 두고 다음 사람을 대했다. 이번에는 먹방 유튜버 육식만이었다. 나름 스타급의 유튜버다. 만면에 여유가 가득한 걸 보니 자신의 과시를 위해 초청에 응한 모양이었다.

"시어링이 예술이었습니다."

그 소감의 포문이 열렸다.

"감사합니다."

"미국산 티본이었죠?"

"예."

"유력 셰프들이 실패한 신세기의 이지용 회장님 입맛을 관통했다던데 사실입니까?"

"그렇습니다. 임시 메뉴명으로 나온 LGY 이니셜 사용도 그분께서 허락해 주셨습니다."

"오."

옆 테이블에서 탄성이 나왔다. 이미 난 소문이지만 직접 확인하니 느낌이 다른 눈치였다.

"화려한 가니쉬와 가니튀르에 부드러운 식감, 병후 회복 중이신 그분에게는 오아시스 같은 요리였겠군요. 다만 저는 육질이 좀 아쉬웠습니다. 스테이크라면 역시 씹는 맛도 중요하니까요."

"정식 메뉴로 나갈 때는 두 가지를 시도할 생각입니다. 부드러운 것과 육질이 살아 있는 것으로요."

"또 오라는 얘기 같은데요?"

"그래 주시면 영광이겠습니다."

육식만은 자신의 미식 능력을 과시하고 싶어 했지만 오래 상대해 줄 수 없었다. 다음 테이블의 김민영이 로드 매니저와 함께 손을 팔랑거리는 게 보였다. 여먹4총사의 리더로 먹방 방송에서는 알아주는 스타였다.

"저 실은 스케줄 때문에 얼굴만 비추고 가려고 했는데 스테이크에 홀려 버렸어요. 진짜 감동이네요."

김민영의 소감을 들을 때 중국어가 들려왔다.

"내가 먼저 셰프를 불렀습니다만."

중국인 투자자로 참석한 송야쉔이었다. 그의 가이드가 통역을 하자 윤기가 정중하게 나섰다.

"제가 중국어를 할 수 있습니다."

중국어로 말했다. 알아들을 수 있었다. 할 수도 있었다. 불어처럼, 중국어가 입안에서 맴을 돌고 있었다.

"그래요?"

송야쉔이 반가운 표정을 지었다.

"멋진 요리에 초청해 주셔서 고맙습니다. 입에서 녹는 스테이크가 인상적이었습니다."

송야쉔이 소감을 밝히자 가이드와 호텔 직원들 이목이 따라왔다. 송윤기. 불어는 원어민이었다. 그건 이제 호텔의 프런트 오피스도 알고 백오피스 쪽도 알고 있다. 그런데 중국어도?

"입맛에는 맞으셨습니까?"

중국어도 힘들지 않았다. 사성이 약간 버벅거렸지만 이내 적응했다.

"그랬습니다. 이거 혹시 동파육 기법 아닌가요? 진한 육향과 부드러운 식감, 윤기가 흐르는 핑크센터까지 유사하군요."

송야쉔의 소감은 길고 어려웠다. 중국어 조금 하는 정도로는 통하기 어려운 단어들이었다.

"동파육은 돼지고기 아닙니까? 그건 가수분해 기법으로 오래 익혀서 얻는 맛입니다. 하지만 오늘 제 스테이크는 분자요리의 기법을 이용한 것으로 맛을 이루는 방법 자체가 다릅니다."

정중한 매너로 설명했다. 자칫하면 다 중국 것이라 주장하는 사람들이었다. 그렇기에 정중하면서도 단호한 태도로 선을 그었다.

"……?"

송야쉔과 가이드의 눈이 휘둥그레졌다. 윤기의 중국어 때문이었다. 흡사 중국사람처럼 단 하나의 오류도 없었다. 보고 있던 설 대표가 허, 하고 헛웃음을 웃었다. 요리에 불어에 중국어까지…….

"우리 중국어 재원 곽재숭 대리보다도 몇 수 위네요."

현장 서빙을 지원하던 장세희 팀장도 혀를 내둘렀다.

"셰프께서 중국 유학을 하셨습니까?"

송야쉔의 말투가 부드러워졌다.

"중국요리와 함께 역사 속의 요리를 많이 연구했습니다."

"역사라 하면 중국도 포함이오?"

"물론이죠."

"그렇다면 라이언 헤드나 해황 같은 것도 만들 수 있습니까?"

"미리 예약하고 찾아 주시면 맛나게 만들어 보이겠습니다."

"셰프, 그 요리들은……."

"약속합니다. 결코 실망하시지 않을 겁니다."

마무리도 시원했다. 막힘없는 중국어였다. 주변 사람들 모두가 혀를 내두르고 있었다. 설 대표와 에르베, 마케팅 팀장과 연회 팀장에, 경모와 명규는 말할 것도 없었다.

트로트 가수 우영웅의 소감을 듣고 '이게 엄마 손맛이야'로 유명한 민혜자의 덕담을 들었다. 장대방은 말없이 엄지를 세워 주었다.

다만 그 뒤에 앉은 황교일, 시원한 대머리지만 느낌은 싸했다. 물론 짐작하던 바였다.

"다들 호평이군요?"

첫 마디부터 퉁명스럽게 나왔다.

황교일은 핫한 사람이다. 그 자신도 프랜차이즈를 경영하면서 맛 칼럼니스트로 방송에 출연한다. 직설적인 요리 평으로 이슈를 몰고 다닌다. 심할 때는 개도 못 먹을 음식이라는 악평까지 토하는 사람이었다.

"유려한 시어링에 독특한 식감을 가진 스테이크. 여러 의미를 붙인 가니튀르까지 잘 먹었습니다."

"고맙습니다."

"여기까지는 립 서비스고 시식 초대를 받았으니 솔직한 소감을 전해도 되겠죠?"

"물론이죠."

"이리 잠깐만."

그가 윤기를 가까이 불렀다.

[국적 없는 짬뽕에 손님 수준을 고려하지 않은 망작]

[기본도 없이 졸부들의 파티에나 어울리는 저급한 화려함의 부각]

황교일이 윤기 귀에 속삭인 말이었다.

"고견 감사합니다."

윤기는 매너 있게 그의 의견을 수용했다.

"......?"

황교일의 미간이 살짝 굳었다. 악평이었다. 그럼에도 윤기는 인상 하나 변하지 않고 있었다. 윤기가 보니 스테이크를 서너 점 남겼다. 그걸 보며 만족스레 웃었다. 이 접시에는 윤기의 의도가 들어 있었기 때문이었다.

'웃어?'

황교일의 인상이 먼저 찌푸려졌다.

"황 선생님."

호명을 간투사로 내세운 윤기, 그가 한 것과 똑같이 귀에 대고 속삭여 주었다.

"죄송하지만 선생님 스테이크는 다른 스테이크와 맛을 다르게 요리했습니다. 일부러 말입니다."

일부러?

윤기가 강조한 말이 황교일의 미간을 두 겹으로 구겨 놓았다.

"오늘 모신 VIP 중에 최고의 미각을 가지신 분 아닙니까? 귀한 시간을 내주셨으니 제대로 평가를 받고 싶어 기본 구성으로 마무리했습니다. 예리하신 분이니 감을 잡으셨겠지만 풍미와 플레이팅이 좀 다르지 않았습니까?"

"……"

황교일이 굳어 버렸다. 사실이었다. 옆 테이블과 지인의 스테이크는 자를 때 풍미가 진했는데 자신의 것은 평범했다. 플레이팅도 대충이라 '공짜의 한계'로 생각했었다. 그런데 그게 의도된 연출이라고?

"선생님의 스테이크는 따로 준비되어 있습니다. 처음부터 그걸 드리면 다른 분들과의 차별 문제가 될 수 있어서 무례를 범했습니다. 이렇게 하지 않으면 선생님의 귀한 평을 들을 수 없을 것 같아서 말입니다. 잠시 후에 잠깐 시간을 내주시면 이 무례를 요리로 갚겠습니다."

정중한 사과를 남긴 윤기가 황교일을 지나쳐 갔다.

황교일.

한 방 제대로 얻어맞은 기분이었다. 동시에 불쾌지수가 두 배로 올라갔다. 아울러 오만과 오기 지수도 두 배로 상승했다.

'어린놈이 감히 나를 데리고 놀아?'

본때를 보여 주려는 황교일이었다.

* * *

희망 가격 투표와 함께 시식이 끝났다. 일부는 윤기, 에르베와 기념 촬영을 원했다. 기꺼이 얼굴을 팔려 주었다. 그래도 오래 머물 수는 없었다. 아직 한 사람의 시식이 남아 있었다.

황교일.

그는 따로 모셔져 있었다.

그를 위한 스테이크가 윤기 손에서 마지막 불맛을 입었다. 조리부장과 연회 팀장 등이 지켜보는 가운데 컴파운드 버터가 주입되었다. 다들 걱정스러운 표정이지만 윤기만은 밝았다.

황교일 따위.

윤기의 속마음은 그랬다.

플레이팅은 위치만 바꿨다. 시각적인 변화도 때로는 새로운 느낌을 주기 때문이었다.

"제가 가죠."

서빙 팀의 양해를 구한 윤기가 직접 요리에 덮개를 씌웠다.

"괜찮을까요? 열 좀 받은 거 같던데?"

경모 옆의 명규가 중얼거렸다.

"송 셰프는 다 계획이 있을 거야. 아니면 뭣 때문에 그 깐깐하다는 황교일의 것을 창혁이에게 시켰겠어?"

"하지만 어차피 같은 스테이크잖아요?"

"한 가지는 알 수 없지."

"한 가지 뭐요?"

"소스와 컴파운드 버터, 아까 보니까 다른 그릇에 든 걸 썼어. 그 안에 들어가는 건 송 셰프밖에 모르잖아?"

"그래 봤자 소스에 불과하잖아요."

"소스는 메인이 아니지만 메인의 맛을 살릴 수도 죽일 수도 있어. 그거 아직도 몰라?"

경모는 윤기를 믿었다. 단 이틀에 불과하지만 윤기의 클래스를 느꼈기 때문이었다. 아직은 섣부른 판단일 수 있지만 분명 에르베 이상이었다.

그 시각, 윤기는 테이블을 세팅하고 있었다. 병아리콩 육수는 오른손이 편안히 닿는 곳에 놓고 스테이크 접시 역시 나이프와 포크가 닿을 간격으로 놓았다.

드시죠.

덮개를 열어 주는 것으로 서빙을 마쳤다.

"……."

황교일의 눈빛이 스테이크를 탐색하기 시작했다. 시각만 바쁜 건 아니었다. 후각도 동시에 반응한다. 그 정보는 바로 뇌로 올라간다. 큰 반응은 나오지 않았다. 이미 한 번 본 요리였다. 플레이팅 위치가 변하고 절묘해 보이지만 그래 봤자 오십보백보였다.

일단 병아리콩 육수부터 마셔 주었다. 병아리콩물과 육수를 원심분리한 음료수. 미뢰를 다듬어 보지만 다른 맛은 없었다.

"송 셰프?"

황교일의 입가에 거만이 피어오르기 시작했다.

"예."

"내가 이 바닥 권위자로서 충고 한마디 할까?"

"그러시면 고맙습니다."

"이게 뭔가? 따로 준비를 했다면서? 내 미각을 사로잡으려면 식전 음료부터 변화를 줬어야지. 설마 거마비 같은 것으로 회유

하려는 건 아니겠지?"

"그럴 리가요?"

"아니면? 이 스테이크 안에 마성의 향신료라도 들었단 말인
가?"

사삿.

냉소와 함께 스테이크가 신경질적으로 잘라졌다.

가엾어라.

저도 프랜차이즈 하는 처지에

쥐꼬리만 한 인지도를 믿고 방자한 모습이라니.

황교일.

초대 손님이라 웬만하면 넘어갈까 했는데 내 요리에 테러를
가해?

당신은 돌아올 수 없는 강을 건넌 거야.

윤기 입가에 번지는 오싹한 미소. 황교일은 보지 못했다.

"대체 뭐가 다르다는 거야?"

한 점을 대충 찍어 윤기를 향해 흔들었다.

그 순간.

"……?"

황교일의 오감이 감전되듯 정지되어 버렸다. 아까와 달리 미
각 촉수를 후려치는 맛 폭탄이 사정없이 폭발한 것이다. 찰나의
느낌이었으나 의지까지 취하는 느낌이었다.

그걸 본 윤기가 정중히 허리를 숙였다.

"잠깐만요. 이게 소스가 제대로 뿌려지지 않았군요. 드시지 마시고 잠시 기다리시면 소스를 가져오겠습니다."

당부를 남긴 윤기가 홀을 나갔다. 목적지는 보안실이었다.

'짜식이, 애들 장난이야, 뭐야?'

포크를 내려놓으려던 황교일, 그러나 그러지 못했다. 자신도 모르게 목젖이 흔들리더니 꿀꺽, 군침이 넘어간 것이다. 외면하려고 해도 시선이 간다. 후각 때문이었다. 눈은 감으면 그만이지만 코는 막을 수 없었다. 잠깐은 참았다. 모진 비난을 가한 처지에 먹을 수도 없는 요리였다.

5분 경과.

윤기가 돌아오지 않았다. 그사이에 오간 건 병아리콩 주스 잔을 채워 준 주희뿐이었다.

'이것 봐라?'

이제는 혀가 입술을 핥고 있었다. 시각에 이어, 후각까지 마비시켜 오는 스테이크의 풍미. 침이 저절로 흐르니 더 참지 못하고 한 입을 먹어 버렸다.

'웃.'

그러지 말아야 했다. 한 점이 목을 넘어가는 순간, 황교일은 미친 전율을 느꼈다. 진한 스테이크 향에 묻어 오는 담백하고 구수한 맛. 살코기 사이사이에 숨겨 둔 다이너마이트가 터지듯 혀와 연구개, 저 위장의 끝까지 흔들렸다. 목 넘김이 끝난 후에도 맛의 여운은 진한 안개로 남았다. 코와 입안, 심지어는 맛의 최종 목적지인 뇌의 시상하부까지.

아까 먹은 스테이크에는 쓴 뒷맛이 있었다. 그 기조가 신맛의

줄기로 변했다. 소스도 변했다. 신맛이 강한 화이트 와인이 들어
갔다. 컴파운드 소스도 그쪽 계열이었다. 치밀하게 계산된 신맛
의 폭격. 그 기반은 아까 먹은 쓴맛이었다. 쓴맛은 신맛을 부각
시킨다.

황교일의 미각은 신맛 중심이었다. 그러나 이 신맛은 잘 조
화된 오미 안에서 살짝 강조되어야 위력을 발휘한다. 그가 나
름 미식가이기 때문이었다. 새콤달콤, 새콤매콤, 새콤쌉쌀, 새콤
짭짤. 윤기는 절묘한 오미의 리듬으로 그 미각을 저격하고 있었
다.

정조준당한 황교일의 위장은 속수무책이었다. 식욕의 뇌관을
당겨 굳게 잠긴 미각의 철문을 열어 버린 것. 한마디로 미식 강
탈이었다.

'딱 한 점만 더?'

포크가 저절로 움직였다. 누가 볼까 재빨리 삼켜 버렸다. 감질
만 더해졌다.

'한 점 정도는 더 먹어도……'

다시 한 점을 먹고 대충 모양을 잡아 놓았다. 맛난 음식을 엄
마 몰래 먹고 안 먹은 척 수습하는 아이의 모습이었다. 하지만
그게 치명타였다. 우람한 티본스테이크. 한두 점 정도는 더 먹어
도 표시가 나지 않을 것 같았다.

한 점, 두 점, 세 점.

맛있는 건 한입 가득 먹게 되어 있다. 황교일의 입이라고 그
철칙에서 예외가 아니었다. 그러다 깨달았다. 남은 건 고작 두
점이었다.

'이게 어느 틈에?'

그제야 비극을 알게 되었다. 거의 다 먹어 치운 스테이크. 흠을 잡던 체면에 먹었다고 말할 수는 없었다.

저벅.

윤기의 발소리가 들렸다. 당황한 황교일이 남은 스테이크를 밀어 버렸다.

"잠시 화장실을 다녀왔더니… 서빙하던 여직원이 병아리콩물을 따르다가 접시를 엎은 모양이네."

스테이크는 쓰레기통 위에 널브러져 있었다.

"죄송합니다. 이런 결례를……."

"그만 가겠네."

일어서는 황교일을 윤기가 막았다. 바로 주희가 불려왔다.

"저 아니에요."

그녀가 손을 저었다.

"하나같이 수준 이하로군. 요리는 엉망, 서빙도 엉망."

황교일이 중얼거렸다.

"CCTV로 확인하고 엄중 조치 하겠습니다."

주희를 내보낸 윤기가 황교일에게 말했다.

"CCTV?"

놀란 황교일이 바로 수습에 들어갔다.

"아닐세. 실수였을 테니 내가 먹은 것으로 하겠네."

"우리 호텔의 명예와 관련된 일이니 그럴 수 없습니다."

윤기는 단호했다. 보안실 육승준 대리가 CCTV를 볼 수 있는 노트북을 바로 준비해 왔다.

"송 셰프, 괜찮대도."

"제가 안 괜찮습니다. 잔해를 보니 누군가 스테이크도 다 먹었는데 수준 미달 스테이크를 선생님이 먹었을 리는 없고… 이것도 여직원의 소행 아니겠습니까? 확인이 되면 경찰을 부를 생각입니다."

"경찰?"

황교일의 안색이 하얗게 질려 갔다.

그사이에 화면이 잡혔다. 황교일이었다.

화면으로 보니 게걸이 따로 없었다. 침을 흘리는 건 물론이오, 주변 눈치까지 살피고 있었다.

'으윽.

황교일의 이마에 식은땀이 맺혔다. 치욕스러운 장면이었다.

"선생님."

윤기 목소리가 귀를 뚫고 들어왔다. 당혹스러워하는 황교일에게 윤기가 다가왔다. 아까 황교일이 한 것처럼, 그 귀에 대고 속삭였다.

[이 파일은 왕림해 주신 기념으로 간직하고 하나는 따로 전송해 드리겠습니다.]

황교일은 아찔했지만 윤기는 웃고 있었다. 눈빛은 강철이라도 뚫을 것 같고 미소 또한 저승사자의 칼날처럼 보였다.

"그럼 다음에 또 뵙겠습니다."

꺼져.

윤기의 최종 정리였다.

비틀, 취한 듯 일어선 황교일은 혼이 없는 사람처럼 홀을 빠져나갔다.

"송 셰프님."

주희가 다가왔다.

"저 정말 그러지 않았어요."

"알고 있어요. 잘 해결되었으니 없었던 일로 하시고요, 노트북은 보안실 육 대리님께 돌려주세요. 수고하셨다는 말도 함께요."

주희를 안심시키자 삐죽거리는 창혁이 보였다. 잔뜩 기가 죽은 모습이었다.

"셰프님, 저 때문에……."

"걱정 마. 내가 일부러 시킨 거니까. 꼭 너여야만 하는 이유도 있었고."

"네?"

"네가 세팅한 스테이크는 컴파운드 버터의 구성이 달랐어. 저 사람은 본래 혹평 전문이잖아. 남들과 같은 걸 주면 어쨌든 꼬투리를 잡았을 거야. 그걸 막고 강력한 참교육을 하려면 이런 방법이 필요했어."

"참교육이라고요?"

"그래서 네 플레이팅이 필요했던 거야. 황교일 정도라면 너와 나의 차이 정도는 눈치챌 사람이니까."

"셰프님……."

"쫄았었지? 이제 마음 풀어라. 오늘 대가는 내가 곧 보상해 줄게."

윤기의 마무리였다.

"송 셰프."

설 대표가 유 이사를 대동하고 분자요리실을 찾았다. 조리대 정리를 하던 윤기와 에르베가 그들을 맞이했다.

"수고 많았네."

설 대표의 치하였다.

"지원을 잘해 주신 덕분입니다."

"투자만으로 잘된다면 그랑 서울의 요리 인기가 바닥일 리가 없지. 다들 호평이시라 기대가 커."

"고맙습니다."

"곧 황 부장과 장 팀장이 올 걸세. 지금 VIP들이 투표한 가격 집계를 하는 모양이더군."

"두 분은 얼마로 기대하시나요?"

"평균 20만 원은 나올 것 같은데?"

"내 생각도 그래. 부드러운 식감에 호불호가 있긴 했지만 정식 메뉴가 되면 육질 맛을 살린 메뉴도 갖출 거라고 사전 안내를 했으니까."

설 대표에 이은 유 이사의 의견이었다.

"20만 원이래."

조리기구 청소를 하던 경모와 명규도 반색을 했다.

"대표님."

잠시 후에 이리나가 들이섰다.

"집계 나왔어?"

설 대표가 물었다.

"예."

"얼마야?"

"기대 이상인데요?"

"변죽 울리지 말고 빨리 공개해."

"VIP 33명의 것과 동반자 33명의 것을 따로 집계했습니다. VIP들의 평균은 28만 원이고 동반자들은 22만 원, 해서 평균 25만 원으로 나왔습니다."

"1인당이지?"

"예."

"송 셰프, 에르베 셰프, 들었나? 25만 원이라는군."

설 대표가 두 셰프를 바라보았다.

"와우."

환호는 경모와 명규가 대신했다. 에르베 역시 반색했지만 윤기는 담담했다. 25만 원. 그랑 여수호텔보다도 8만 원이 비싼 가격이었다. 설 대표 입장에서는 입이 벌어질 가격이지만 윤기의 성에는 차지 않았다.

윤기 카톡에 문자가 들어왔다. 황교일이었다. 시식 가격에 오류가 있어 수정해서 보냈다는 말에 오늘 결례를 사과한다는 내용이었다. 자존심을 내려놓고 추파를 던진 것이다.

그때 변주희가 다가와 이리나 팀장에게 귓속말을 전했다.

"그래?"

이 팀장 얼굴이 밝아졌다.

"뭐야?"

"좋은 소식입니다. 대표님, 한 VIP께서 방금 자신의 가격을 수정해 달라는 카톡을 보내왔답니다."

"수정?"

"딱 한 사람, 3만원 써낸 분이 계셨거든요. 이분이 30만 원으로 수정하겠다네요."

"누군데?"

"황교일 씨입니다."

"미식 평론가이자 프랜차이즈 사업 하는 황교일?"

"예."

"그 사람 아무리 그래도 그렇지 꼴랑 3만 원을?"

"생각해 보니 0이 하나 빠졌다네요. 황교일을 제외하면 최고액이 100만 원이고 최저액이 15만 원이었습니다. 이렇게 되면 VIP 평균액이 살짝 올라가겠는데요?"

"송 셰프, 아까도 황교일 씨와 무슨 얘기를 나누더니?"

설 대표가 윤기에게 물었다.

"앞으로 단골이 되실 것 같아 스테이크를 한 접시 더 모셨습니다."

"한 접시 더?"

"이분이 워낙 혹평 전문 아니십니까?"

"맞아. 그랑 여수 총주방장도 진땀 좀 흘렸다고 들었어."

"그래서 조금 특별하게 접근을 했습니다. 처음에는 그분의 입맛에 맞지 않는 향신료를 쓴 후에 따로 모셔서 제대로 맞춰 드린 겁니다. 처음에는 예상대로 혹평이더니 두 번째는 굉장히 만족하고 갔습니다. 그러더니 나름 인심을 쓰셨네요."

"입맛에 맞춰?"

"사람마다 식성이 다르지 않습니까? 처음부터 맞춰 줄 수도 있었는데 아무래도 황교일 씨가 좀 유니크하시다 보니……."

"맙소사, 식성까지 맞출 수 있어?"

"그게 요리사 아닙니까? 내 테이블에 앉은 사람의 미각을 만족시켜 줘야 하는 것."

"……."

"이제 LGY 스테이크가 그랑 서울의 메인 메뉴가 되는 겁니까?"

"아니면요? 벌써부터 예약 문의가 오고 있어요. 시식을 마친 몇몇 분들이 인스타나 SNS에 올리기 시작했더라고요. 송 셰프 팀도 서둘러야 할걸요?"

이 팀장의 설명이었다.

"일단 가격부터 결정하자고. 송 셰프 의견은 어때?"

"잠깐만요, 저희 팀 의견부터 정하고요."

윤기가 에르베와 경모, 명규를 불러 모았다. 이럴 때마다 경모와 명규는 한없이 뿌듯했다. 팀이라지만 둘은 보조에 불과했다. 제쳐 버려도 할 말이 없는데 대표 앞에서까지 챙겨 주니 고마울 뿐이었다.

"동반자들 판단이 더 합리적일 거 같아 22만 원으로 요청합니다."

윤기의 결론이었다.

22만 원.

저 앞 5성 신마호텔의 스테이크에 비해 1만 원이 비싸다. 나아가 그랑 호텔 체인의 단품 메뉴로서는 두 번째로 높은 가격이었다.

"좀 센데? 신마호텔이 21만 원이니 19만 원 어때?"

유 이사가 제동을 걸었다.

"그 강적을 넘으려면 강적 이상의 기세가 필요합니다. 2등 자리 노리면 잘해야 2등밖에 못 하니까요."

"송 셰프 안에 콜."

설 대표가 윤기 손을 들어 주었다.

"그럼 제반 준비 갖추고 다음 주부터 정식 출시 어때?"

"문제없습니다."

"좋아. 일단 스테이크부터 최고로 만들어 보자고. 스테이크하면 그랑 서울호텔이 될 수 있도록."

설 대표가 윤기 어깨를 잡고 흔들었다. 5성 호텔에서 4성으로 밀린 그랑 서울호텔. 유럽식 실내 분위기를 빼면 이렇다 할 주무기가 없던 차였으니 설 대표도 고무되는 모양이었다.

"유 이사, 우리 리폼 팀 말이야, 특별 회식비 같은 것 좀 내주고 차질 없이 지원해 주시게."

특별 지시를 내린 설 대표가 분자요리실을 나갔다.

그 발길을 윤기의 목소리가 잡아 세웠다.

"대표님."

"할 말 있나?"

"빠뜨린 결정이 있습니다만."

"뭐? 가격도 정했고, 메뉴 출시일도 정했지 않나?"

"제 대우는 아직 정하지 않으셨습니다."

윤기 목소리는 티본스테이크만큼이나 묵직하게 울렸다.

제2장
—

내가 갑입니다

"얼마를 원하나?"

대표의 응접실에서 설 대표가 물었다.

"대표님 생각을 먼저 듣고 싶습니다."

윤기의 답이었다.

연봉 책정.

많은 사람들이 자신의 가치에 대해 말하기를 꺼린다. 내 입으로 말하기보다 상대의 평가를 알고 싶다. 그렇기에 매니지먼트라는 매개를 두는 경우가 많았다. 직접 협상을 하다 보면 인정에 끌리거나 감정이 상할 수 있기 때문이었다.

윤기는 그런 쪽이 아니었다. 밀당은 요리만큼이나 자신이 있었다. 전생들의 노하우는 윤기가 만들 수 있는 요리의 가짓수보다도 많았다.

윤기가 뜸을 들이는 건 시간이 윤기의 편이라는 사실 때문이었다. 여론 또한 윤기의 편이었다. 오늘 윤기는 나름 이름값을 하는 저명인사들의 인정을 받았다. 호텔 측은 고무되었지만 반대로 엄청난 압박이 될 일이었다. 윤기의 지명도가 높아진 것이다.

백미는 대머리 황교일이었다. 그랑 여수호텔은 물론, 한국 호텔의 대표로 불리는 시그니처 호텔도 그에게 좋은 평가를 받지 못했다. 윤기만 달랐다. 저격용 스테이크로 그를 제압했다. 가격 평가도 후하게 나왔다. 그것만으로도 설 대표는 고민해야 할 상황이었다.

"조리부장과 상의해서 섭섭하지 않게 결정해 주겠네."

"죄송하지만 이 결정은 대표님이 직접 해 주시기 바랍니다."

"왜지?"

"LGY 스테이크를 주력 요리로 키우려는 건 조리부장님이 아니라 대표님이시니까요."

윤기가 쐐기를 박았다.

"하지만 조리부는 최 부장의 영역이야."

"예외인 경우는 이미 있습니다."

"에르베 셰프?"

"예."

"에르베는 본사에서 파견 온 셰프라 경우가 다르지."

"그랑 서울의 요리 수준을 끌어올리는 건 같다고 봅니다만."

"송 셰프?"

"대표님."

윤기가 고개를 들었다. 대표 앞이라고 해서 주눅 같은 것은 들지 않았다. 지금은 요리가 아니라 협상을 하는 시간. 요리만큼이나 열중하는 윤기였다.

"제가 요리에 눈을 떴을 때 제일 먼저 든 생각은 이 호텔을 떠나려는 것이었습니다."

"……?"

윤기의 선언에 설 대표의 눈빛이 출렁거렸다.

"아마도 에르베 셰프가, 대표님이, 저에 대한 가치를 알아봐 주지 않으셨다면 어땠을까요?"

"……."

단 두 마디, 그것만으로도 설 대표는 간담이 서늘해졌다. 배경 정보가 스쳐 간다. 분위기는 최악이었다. 이런 인재를 알아보기는커녕 자르려고 혈안이 되어 있었다. 황 부장부터 조리부장, 심지어는 조리부의 말단 직원들까지의 분위기가 그랬다.

"이후에 오늘까지 왔습니다. 그런데 만약, 이 일을 대표님이 아니고 다른 사람에게 맡겼다면 어떻게 되었을지 생각해 보셨나요? 우리는 과연 VIP 시식회를 할 수 있었을까요?"

윤기의 발언은 준엄했다. 설 대표는 거푸 심장을 베였다. 단언컨대 그런 일은 일어나지 않았을 것이다.

"제가 원하는 건 그냥 서울 조리부의 만년 보조의 이미지를 쓴 대우가 아닙니다. 저는 충분한 시련을 겪었고 충분한 실력을 가지고 있습니다. 다시 상기시키건대 이지용 회장님이 제 스테이크를 먹은 건 결코 우연이 아니었다는 겁니다."

부인할 수 없는 팩트가 제기되자 설 대표의 이마에 식은땀이 맺혔다. 신랄한 상기였다. 윤기라서 오히려 저평가된 사건이었다.

"만약 제가 만년 보조 송윤기가 아니었다면, 이지용 회장님의 스테이크를 성공한 셰프, 장대방 관장님께 호평을 받는 요리사를 스카우트하셨다면 대우가 어땠을까요?"

윤기의 시선이 설 대표를 겨누었다. 설 대표는 심장이 뜨끔해지는 걸 느꼈다. 윤기의 시선은 잘 벼린 칼날처럼 서늘하기만 했다.

"저는⋯⋯."

윤기의 마무리가 단호하게 이어졌다.

"그 모든 것을 배제한 객관, 그 객관을 바탕으로 평가받기를 원합니다. 그래 주시리라 믿고 VIP 시식에 임했습니다. 어쩌면⋯⋯."

이제는 쐐기를 박을 시간. 윤기는 완성된 요리에 소스를 끼얹듯 우아한 마무리에 들어갔다.

"그랑 서울에서의 마지막 봉사가 될 수도 있다는 생각으로 말입니다."

"⋯⋯."

"현명한 결정을 기다리겠습니다."

꾸벅.

인사와 함께 윤기가 일어섰다.

탁.

문소리가 나고서야 설 대표의 정신 줄이 이어졌다. 고개부터 흔들었다. 환각에 사로잡힌 듯한 정신을 깨웠다. 그래도 미몽은 다 가시지 않았다.

그랑 서울호텔.

5성에서 4성으로 내려왔지만 구멍가게가 아니있다. 설 대표 또한 유수한 경쟁자를 물리치고 프랑스 본사의 낙점을 받았다. 요리를 제외한 경영 평가는 나쁘지 않았다.

그럼에도 윤기에게 일방적으로 밀린 협상이었다. 마치 윤기의 요리 테이블에 앉은 기분이었다. 투박하면 투박한 대로, 유려하면 유려한 대로 윤기의 플레이팅은 시선부터 잡아챘다. 그런 다음 매혹적인 향미로 의지를 무장해제시킨다. 그다음부터는 윤기의 페이스다. 연주회에 앉은 관객처럼 오케스트라의 선율을 따라가는 것이다.

지금, 이 연봉협상 과정이 딱 그랬다.

[마지막 봉사]

배수의 진은 숨이 막힐 정도였다. VIP 시식단 초대까지 성황리에 끝난 상황. 요리의 퀄리티와 평가. 모든 것은 완벽했다. 오랜만에 대박 기획 하나를 건져 올린 설 대표. 그러나 냉정히 보니 대어를 올린 낚시꾼은 설 대표가 아니라 윤기였다.

그가 없다면, 에르베조차도 대안이 되지 못했다. 지난번 에르베의 특선 요리전만 봐도 알 수 있었다. 프랑스의 신성이라지만 그의 요리에 대한 고객의 만족도는 보통을 조금 넘는 수준이었다. 현란한 요리가 많지만 가심비는 낮았다.

게다가 윤기는 불어와 중국어에도 능통했다. 중국요리도 자신하고 있으니 외연 확장은 무궁무진했다.

큰손 미식가들 중에는 셰프의 설명을 원하는 사람이 많다. 그들은 셰프의 설명을 들음으로써 만족감을 높인다. 그들 중에는 유럽인들과 중국인들이 많다. 그것만으로도 윤기는 요리만 잘하는 요리사들보다 비교우위에 서 있었다.

에르베〉송윤기
에르베〈송윤기

평가의 추가 자리를 바꾸었다.

그랑 여수호텔의 신축 이후로 프랑스 본사의 찬밥 취급이 된 그랑 서울. 객실 수준이나 서비스 향상만으로는 한계가 있었으니 그 돌파구는 아무래도 취약한 요리 파트였다.

내심 팀장 대우를 생각하던 설 대표, 결국 인터폰을 집어 들었다.

*   *   *

"아, 송 셰프."

복도의 윤기는 경영 팀장 이승백을 만났다. 보아하니 대표의 호출을 받은 모양이었다. 가볍게 인사를 하고 스쳐 갔다.

호텔은 조직이다. 조직에는 빌어먹을 규정이 있다. 하지만 상관없었다. 윤기에게는 규정을 뛰어넘는 실력이 있었다.

그거면 되었다. 그럼에도 굳이 이 호텔에다 딜을 날리는 데는 다 이유가 있었다. 윤기는 아직 경력이 일천했다. 그랑 호텔은 나름 세계적 인지도가 있는 호텔이다. 그랑 서울의 연회장을 제대로 살려 놓으면 한국은 물론 프랑스에서도 이슈가 될 수 있었다.

[기적의 반전]
[그저 그런 요리 수준을 최상의 반열로]

지금은 돈보다 그게 필요한 시점, 그런 조건으로는 최적인 곳이었으니 조건만 최상으로 맞춰 주면 한번 구제해 줄 용의가 있었다. 부수적으로는 어머니의 당부도 충족되니 꿩 먹고 알 먹는 일이기도 했다.

"예?"
설 대표 앞의 이승백이 고개를 들었다.
"송윤기 말이야, 어느 정도 대우까지 가능하냐고 물었네."
"송윤기… 현재 직책 자체는 보조 직원 아닙니까?"
"그래서? 설마 서드 쿡 정도의 연봉을 제시하라는 건 아니겠지?"
서드 쿡은 보조 다음의 직급이었다.
"조리 1팀장 자리가 공석이긴 합니다만 그 자리는 공식적으로 부조리장들이 승급하는……."
"그걸로도 안 돼."
"대표님."
"송윤기의 현재 직책을 보지 말고 실력을 보게. 저명한 시식단을 사로잡은 요리 실력."

"그렇게 치면 조리부장과 에르베 셰프가 비교 대상이 됩니다."

"여수 그랑 쪽은?"

"그쪽은 규모와 인력 때문에 저희 호텔보다 한 직급 높게 책정이 되어 있지 않습니까?"

"묻는 말만 대답하게."

"조리부장의 연봉은 1억 500만 원이고 에르베 셰프의 연봉은 약 2억으로 알고 있습니다. 그의 연봉은 프랑스 본사 호텔에서 지급하고 있지만요."

"그랑 여수는?"

"그쪽 총주방장 연봉은 1억 6천만 원 정도입니다. 스페인에서 스카우트할 때 저도 같이 작업을 했거든요."

"송윤기까지 끼워서 그 네 명, 실력으로만 평가하면 서열이 어떻게 나올까?"

"대표님?"

"조리부장급 연봉으로 알아보게."

"본사의 연봉 규정상 곤란합니다."

"연봉 규정?"

"조리부장급 연봉을 책정하려면 4성급 호텔 요리사 경력 10년, 아니면 5성급 6년 이상, 그도 아니면 미슐랭 스타 이상에서 3년 이상의 파트장 경력이 필요합니다. 그런데 송 셰프는······."

"연봉 권한은 아직 미국인 수석 매니저 루이스가 쥐고 있나?"

"예."

"내가 직접 통화해 보겠네."

설 대표가 수화기를 집어 들었다.

"자자, 다들 잔을 들어 주세요."

와인 바에서 경모가 잔을 들었다. 둘러앉은 사람들은 조리 1팀 멤버들이었다. 진 부조리장과 이 부조리장은 물론이고 에르베까지 동석이었다.

"일단 닥치고 건배."

경모가 분위기를 띄운다. 모두는 들었던 잔으로 목을 축였다. 윤기는 입만 대고 말았다. 대신 다양한 치즈를 즐겼다. 입에 맞는 게 많았다.

"자, 그럼 지금부터 그랑 서울의 뉴 레전드, 송윤기 셰프님의 소감을 듣겠습니다. 참고로 말씀드리는데 오늘 이 회식비는 대표님께서 송 셰프에게 하사하신 금일봉이 되겠습니다."

"야, 얼마냐?"

"그래, 공개 좀 해라."

직원들이 웅성거렸다.

"무려 300만 원 되겠습니다."

경모가 봉투를 흔들었다.

"으아, 그 정도면 3차까지 달려도 되겠는데?"

광수와 산하가 설레발을 떨었다.

"자, 한 말씀 하시죠? 우리 송 셰프님."

경모는 윤기를 깍듯이 대우했다.

"일단은 고맙습니다. 다 여러 선배님들이 도와주신 덕분입니다."

가벼운 인사로 포문을 열고,

"하지만 오늘의 주인공은 저보다 진규태 부조리장님이십니다. 이유는 다들 아시죠?"

윤기가 진 부조리장을 가리켰다.

"와아아."

당장 환호가 터졌다. 은서의 일을 모르는 주방 직원들은 없었다. 진규태의 짜증 때문에 스트레스를 받는 사람도 있었지만 은서에 대한 애틋함은 모두에게 있었다. 치료비가 없어 목숨이 삭아 간다는 건 누구에게든 안타까운 일이기 때문이었다.

"진 부조리장님."

윤기가 진규태에게 발언권을 넘겼다.

"이거 내가 인사받을 자리가 아닌데……."

진규태가 엉거주춤 일어섰다.

"아무튼 다들 고맙습니다. 하지만 우리 은서가 살게 된 건 송 셰프 덕분이에요. 그동안 내가 굉장히 구박을 했는데 원수를 은 혜로 갚네요. 게다가 아까 시식단에도 끼워 주는 바람에 우리 은서에게 또 하나의 선물이 되었어요. 진짜 뭐라고 할 말이 없습니다."

진규태의 목소리가 잠기니 모두가 숙연해졌다.

"그동안 여러분에게 짜증 많이 부린 거 이해합니다. 솔직히 돈 생각만 하면 늘 좌절이었어요. 그런데 이제 그 고민이 사라졌으니 반성하고 또 반성하면서 일하겠습니다."

"……."

"우리 송 셰프, 다시 한번 고마워."

"방금 하신 말, 믿어도 되는 겁니까?"

윤기가 주의를 환기시켰다. 인간은 이기적이다. 화장실 갈 때와 나올 때가 다르다. 그렇기에 만인 앞에서 못을 박는 윤기였다. 이제 윤기는 진규태에게 당하지 않는다. 하지만 좋은 주방 분위기를 위해서 다른 직원들에게도 쓸데없는 스트레스는 주지 말아야 했다.

"아, 내가 진짜 우리 딸 이름을 걸고 맹세한다."

진규태의 맹세는 아주 진했다.

집으로 가는 길, 어머니에게서 전화가 왔다.

─아들, 어디?

"퇴근 중이에요."

─그럼 회장님 댁에 좀 들러. 나 아직 회장님 댁에 있거든.

"무슨 일 있어요?"

─회장님이 너 잠깐만 불러 달라고 하시네?

"알겠어요."

이지용 회장의 호출.

아마도 은서 관련일 것 같았다. 진규태로 인해 얼굴이 좀 섰으니 찾아가는 게 예의였다. 작은 예의로 더 큰 걸 얻을 수 있다면 당연히 그래야 했다.

"송 셰프."

거실의 이 회장이 윤기를 반겼다.

"저희 부조리장님 일은 정말 고마웠습니다."

윤기는 예의부터 갖췄다.

"전화가 왔더군."

"들었습니다."

"송 셰프 다시 봤어. 효자에 외국어, 요리만 잘하는 게 아니라 마음 씀씀이까지."

사모님도 치하를 거들었다.

"워낙 안타까운 일이라서요."

윤기는 표정 관리를 잊지 않았다.

"그래서 말인데……."

이 회장이 작은 봉투를 꺼내며 말을 이었다.

"내가 아무리 생각해도 그냥은 안 되겠어. 선행은 아름답지만 송 셰프는 받은 게 없잖아? 그러니 이거라도 받아 줘야겠어."

봉투에 든 건 자동차 키였다.

"회장님."

"송 셰프 의사도 안 묻고 마음대로 정해서 미안하네만 자네 부탁 들어줬으니 나도 하나는 내 마음대로 해야겠어. 우리 여사님께 여쭤봤더니 아직 마이카가 없다고? 해서 아담한 미니 쿠퍼 한 대 데려다 놨네. 여사님 말이 셰프가 이 색을 좋아한다고?"

"그렇기는 합니다만."

"알아봤더니 영국의 전설적인 셰프 마르코 피에른도 이 차를 좋아했다더군. 그 셰프 이상 가는 셰프가 되길 바라네."

이 회장이 리모컨을 누르자 차고의 문이 올라갔다.

맙소사.

차를 보는 순간 윤기가 얼어붙었다.

소라색 클래식 미니.

뼈를 치는 오싹함까지 따라왔다.

윤기가 소라색을 좋아하는 건 틀림없었다. 하지만 그 기원이 전생들이었다. 그들도 소라색을 선호했던 걸 이렇게 알게 되는 윤기였다.

클래식 미니는 전생이 몰던 차종이었다. 괴팍한 러시아 사업가가 선물로 주었다. 잊을 수도 없는 사람이었다. 까탈스럽기 그지없는 그 인간의 혀를 굴복시킨 건, 뜻밖에도 저급한 MSG의 다량 투하였다. 지상 최고의 맛이라고 침을 흘리며 6인분이나 퍼붓던 모습이라니……

"싫다고 하면 바로 폐차장으로 보낼 테니 알아서 하라고."

"……"

"폐차장에 보낼까?"

"아닙니다. 정 그러시면 감사히 타겠습니다."

이쯤에서 성의를 접수했다. 이 일은 어차피 일어날 일이었다. 이 회장이 은서를 구한 건 사실이지만 윤기에게 돌아간 게 없기 때문이었으니 윤기의 전략은 빗나가지 않았다.

"좋아. 그렇게 나와야지."

"저는 나중에 작은 부탁이나 하나 드리려 했는데 이렇게 되었네요. 대신 다음 식사는 제가 모시겠습니다."

"그것도 좋고."

"죄송하지만 언제 호텔에 한번 나와 주실 수 있겠습니까? 제가 책임을 질 연회장이 곧 오픈하게 될 거거든요."

사실 윤기가 원하는 건 따로 있었다. 그랑 서울에서 가까운 파란 기와의 저택. 이지용의 부친이 살던 그 집. 그러나 그 가격은 적어도 수십억. 지금 말하기에는 시기상조였다. 그렇기에 여지를 남기는 한편으로 인연을 이어 놓았다.

"그럼 이제 언제든지 송 셰프의 스테이크를 먹을 수 있는 건가? 아니, 다른 요리도?"

"물론입니다만 예약을 하셔야 할 것 같습니다."

"설마 내 예약을 거절하는 건 아니겠지?"

"그런 불상사는 없기를 바랍니다."

"좋아. 그럼 시승하라고."

바로 시승.

이 회장은 성격도 화끈했다.

소라색 바디에 흰 지붕 컬러.

이 회장과의 인연도 어쩌면 전생이 이어 준 걸까? 스테이크에 이어 클래식 미니까지 연결되니 전생이라는 인연에 새삼 놀라게 되는 윤기.

운전석에 앉았다. 손목 장애로 어렵사리 딴 면허. 당시 연수도 마쳤지만 여전히 생초보였다.

'까짓거.'

조금 떨리긴 하지만 클래식 미니라니 마음이 가라앉았다. 윤기보다는 옆에 탄 어머니가 더 긴장을 했다. 하지만 회장 부부 앞이라 내색을 못 하신다.

첫 발진은 거칠었지만 어떻게든 도로까지 나왔다.

"와, 우리 윤기 운전도 잘하네?"

어머니의 긴장이 풀어진다.

"내친심에 동해까지 밟아 버릴까?"

윤기 척추에는 아직도 긴장이 남아 있다. 그걸 감추려고 일부러 큰 소리를 질렀다.

"그래, 가서 회 한 접시 먹고 오자. 회는 내가 쏜다."

어머니까지 화끈해졌다.

클래식 미니.

마이카의 기분이 이런 거였나? 전생들은 클래식 미니보다 몇 배 더 값지고 좋은 사례를 받은 적도 많았다. 그러거나 말거나 윤기는 클래식 미니가 좋았다. 이 기분만은 전생들도 좌우하지 못했다.

물질?

속물이라 탓하지 마라. 알고 보면 요리 이상으로 좋은 거니까.

*   *   *

다음 날 아침은 차로 관심을 받았다. 윤기가 내리는 걸 진 부조리장이 보았다.

"뽑았어?"

그의 반응이었다. 바로 조리 직원들이 몰려 나왔다.

"이야, 죽인다."

"얼마야? 풀옵?"

남자들은 차에 열광하는 성향이 있다. 여자들은 그 차가 외제

일 때 조금 더 열광하기도 한다.

"딱 송 셰프 스타일이네?"

진 부조리장의 평가로 차량 감상이 끝났다.

이 아침은 에르베의 타임이었다. 디너에 특선 요리 단체 예약
이 들어왔다. 준비 막간에 잠시 오미자 소스의 비기를 공개해 주
었다. 요점은 가볍게 갈아서 청주에 재운 후에 사용하는 것. 그
진액을 맛본 에르베가 미묘한 표정을 지었다.

부연하자면 다섯 가지 인상이었다. 오미자에는 다섯 가지 맛
이 있지만 날로 먹기에 친절한 맛은 아니었던 것.

"이것도 맛보세요."

입맛을 가셔 주기 위해 오미자청을 생수에 타 주었다.

"오?"

에르베의 표정이 산뜻하게 퍼졌다. 발효가 된 오미자는 상큼
한 맛으로 변해 있었다.

"매직이네. 오늘 오리 가슴살 구이에 향신료로 써 봐야겠어."

"에 셰프, 오늘 '카술레' 하신다면서요?"

경모가 에르베에게 물었다. 카술레는 프랑스 전통 요리의 하
나다. 주한 프랑스인 시니어 클럽에서 22명 단체 예약을 했다. 경
모와 명규는 정통 프랑스 요리를 배울 기대에 살짝 들떠 있었다.

"송, 카술레(Cassoulet) 알아?"

에르베 얼굴에 자부심이 묻어 났다. 자신의 요리를 찾는 사람
이 많다는 것, 연예인의 인기 이상으로 행복한 일이었다.

"알죠. 카술이 프랑스 뚝배기이니 뚝배기 스튜 아닙니까?"

"만들 줄도?"

"네."

"진짜?"

너무 간단한 대답에 에르베가 돌아보았다.

"그럼 송이 한번 만들어 봐. 툴루즈 방식으로."

살짝 오기가 생긴 에르베가 옵션을 걸었다.

"오리 다리 콩피에 표면 찌르기 8회 방식 말이군요?"

"……?"

막힘 없는 대답에 에르베가 할 말을 잃었다. 카술레는 생각보다 손이 많이 가는 요리였다. 기원의 논쟁과 더불어 유사한 요리도 많다. 그래서 넌지시 오리지널의 한 종류인 '툴루즈'를 언급했다. 그것조차 알고 있는 윤기. 농담으로 한 말이지만 거둬들일 수도 없었다.

"제 스테이크를 도와주셨으니 말아 드리죠. 런치 예약이 많던데 그거 마치고 좀 쉬세요."

윤기는 여전히 대수롭지 않았다.

"……."

에르베만 난감해졌다. 프랑스 문화원에서 알선한 예약이었다. 한국에 나와 있는 노장들. 고국의 맛이 그리웠다. 마침 프랑스에서 나온 셰프가 그랑 서울에 있었다. 할 줄도 알았다. 그래서 들어온 예약이기 때문이었다.

그때 인터폰이 울렸다. 명규가 받아 윤기에게 전했다.

"설 대표님 호출."

이제야 결정을 내린 모양이었다. 손을 닦고 대표실로 향했다.

"앉게."

설 대표가 자리를 권했다.

"어제 회식했다고?"

"덕분에 좋은 시간을 가졌습니다."

"앞으로는 그런 자리 자주 가져야지. 그러자면 그랑 서울의 요리가 먼저 살아나야 해."

"……."

"어제 말한 자네 연봉과 대우 말이야……."

"……."

"자네가 만족시킬 만한 카드를 본사에 타진했더니 장고 끝에 옵션을 붙이더군."

"어떤 옵션입니까?"

"나는 자네 능력을 인정하지만 애석하게도 자네에게 객관적인 스펙이 없지 않나? 본사 연봉 규정을 위반하면서 가는 일이다 보니 내 목부터 걸라는군."

"……."

"1년 안에 괄목할 만한 성과가 없으면 사퇴하라는 거야."

사표.

제대로 걸린 목이었다.

"거실 겁니까? 목?"

윤기가 물었다. 긴장하지 않았다. 그럴 이유도 없었다. 설 대표는 심각하지만 윤기는 오히려 분위기를 즐기고 있었다.

"송 셰프?"

"일단은 대우부터 말씀해 주십시오. 그게 선행이니 마음에 들면 옵션을 듣겠습니다."

"목을 걸라고 하니 그랑 여수의 총주방장과 같은 대우를 요청했네."

"처음에는요?"

"우리 그랑 서울의 조리부장급이었지."

"실은 어제 미식가 한 분이 연락을 해 오셨습니다."

"……?"

"저보고 자리를 옮길 생각이 없냐고 하시더군요? 강남의 사업자 한 분께서 럭셔리 스테이크 전문점을 내시려는데 적임자 같다고 하셨습니다."

"강남?"

"런던의 스테이크 명소 누스렛을 표방한 황금 스테이크를 전문으로 하고 싶다면서 연봉은 원하는 대로 주겠다고 하더군요."

"누스렛?"

"거기 황금 스테이크는 약 120만 원짜리입니다. 우리라고 그걸 못 하겠습니까?"

윤기가 잘라 말했다.

[먼저 쏘고 나중에 맞혀라.]

전생 역아의 처세 중의 하나였다. 필요하면 과녁을 옮기면 그만이다. 즉 강남의 스카우트 건이 사실인가 아닌가는 중요한 게 아니었다. 윤기는 그 사례를 들어 설 대표의 배포를 옥박지르고 있었다. 그래도 명색이 세계 유수의 호텔 체인이기 때문이었다.

"어쨌든 고맙습니다. 대표님으로서는 최선을 다하셨네요. 이제 옵션을 말해 주시죠."

"후우."

숨을 고른 설 대표가 말을 이어 갔다.

"에스뿌아의 매상을 그랑 여수의 연회장 이상으로 올리는 거네. 1년 이내에."

"본사에서는 뭘 지원하는 겁니까?"

"지원?"

"아무것도 없습니까? 매상을 올리라면서?"

"자네의 연봉에 투자하고 있지 않나?"

"그건 제가 밑지는 조건 같은데요?"

"……?"

"이렇게 전해 주십시오. 그 옵션 수용하는 건 물론이고 세 달이내에 괄목할 성과를 보이겠다. 그러면 우리도 그랑 여수처럼 외국의 VIP들 행사를 몰아 달라."

"외국 VIP?"

"세 달 동안 선방할 때 외국 유명 인사들이 몰려오면 주마가편이 될 수 있습니다. 그랑 여수가 문을 연 이후로 우리가 하던 국제적 이벤트나 행사를 다 그쪽으로 몰아 주고 있지 않습니까?"

"그거야 그쪽 시설이 좋으니까 그런 거 아닌가? 우리는 근처에 신마호텔 문제도 있고……."

"미쉘린을 잊으셨습니까?"

"미쉘린?"

"요리가 감동적이면 다른 불편은 감수하는 게 외국의 미식가와 VIP들입니다. 세 달 이내에 증명하면 프랑스 본사 생각도 달라지지 않을까요?"

"그건 일리가 있네만."

"연회장 에스뿌아의 이름도 리폼으로 바꿔 주십시오."

"리폼? 이유가 있나?"

"그게 프랑스 미식가와 상류층들이 즐겨 찾던 레스토랑 이름입니다. 그 영광을 그랑 서울에 구현하자는 겁니다."

"하지만 연회장 이름까지는……."

"제 옵션입니다."

"송 셰프?"

"마지막으로 매상이 그랑 여수 연회장을 추월하면 대표님과 제 연봉도 2배 인상, 특선 요리 팀 승급도요."

"말만 들어도 행복하군."

"나아가 육류 전용 숙성실 마련과 연회장 메뉴 구성을 제게 맡긴다는 약속이 필요합니다. 주방 운영부터 식재료 구매까지 전부."

"분자요리실은 에르베 셰프 관할 아닌가?"

"에르베 셰프는 곧 돌아갈 사람이니 양해해 줄 겁니다. 그 셰프가 파견된 임무가 우리 호텔 조리부의 역량 강화였으니 저절로 충족되고 있지 않습니까?"

"그건 그렇군."

"그 또한 대표님께서 직접 양해를 구해 주세요. 제게는 동의를 했지만 대표님이 나서야 모양이 좋습니다."

"알겠네. 그런데 연회장에서 스테이크를 하려는 게 아니었나?"

"합니다. 아까 말씀드린 누스렛에 버금가게 해 드리죠. 하지만 그것만으로는 부족하니 오마카세, 즉 셰프 특선 요리를 강화할 생각입니다. 그래야 5성, 6성급 호텔과 경쟁할 수 있습니다."

"다른 메뉴도 준비되었나?"

"말했지 않습니까? 역사 속, 명화 속, 스타들의 메뉴 등 모든 요리가 가능하다고."

"송 셰프……."

"기왕 목을 거시는 거라면 좀 더 우아하고 큰일에 거셔야지 스테이크만으로 되겠습니까?"

"……?"

"오늘 중으로 결정해 주십시오. 만약 안 된다면 다른 곳을 찾아보겠습니다. 저는 지금 무척이나 제 요리를 하고 싶거든요."

말을 마친 윤기가 일어섰다.

"허."

윤기가 나가자 설 대표가 웃었다. 도무지 감당이 되지 않는 윤기였다. 그 자신은 애간장을 태우며 추진하는 일이건만 윤기는 태연하게 한발을 앞서 나갔다.

그랑 여수 총주방장의 연봉.

설 대표의 연봉에 육박하는 거액이었다. 그럼에도 만족하는 기색조차 없었다. 매상도 한술을 더 뜨고 있으면서 걱정은커녕 외국 VIP를 몰아 달라니?

'이제 보니 진짜 괴물이네.'

설 대표가 고개를 저었다.

요리건 판단이건 시원시원했다.

도 아니면 모.

어쩌면 그렇게 될 것 같았다. 그러면서도 묘한 끌림이 있으니 웃을 수밖에 없었다.

런치 타임이 가까워지자 불고기 냄새가 진동을 했다. 에르베가 오리 가슴살을 굽는 냄새였다. 향을 얻기 위한 작업은 윤기가 도와주었다. 오리구이 농축액의 냄새를 시향 한 에르베가 환호를 했다.

"굉장해."

몇 번이고 엄지를 세워 보인다.

오리 가슴살 구이의 포인트는 꿀이었다. 부드러운 육질에 달콤한 꿀의 향연. 이 환상의 변주곡에 악센트를 줄 소스는 스위트 앤 사워 비네그레트였다. 누벨퀴진 방식이다. 이 방식의 특징은 마리네이드에 있었다.

다른 육류처럼 미리 하지 않는다. 가슴살에 격자 칼집을 낸 후에 뿌리는 건 소금과 후추 정도. 카다멈을 시작으로 코리엔더와 팔각, 계피, 주니퍼베리 등이 꿀을 끓인 냄비로 들어간다. 이것들을 살짝 끓여 고루 섞이게 한 후에 오리 가슴살을 투하한다.

중간의 기름 제거가 맛의 관건이다. 그런 다음 걸쭉하게 우러난 꿀과 향신료를 입혀 한 번 더 익혀 내면 끝이었다.

에르베가 오리 가슴살을 맡는 동안 윤기는 소스를 만들었다. 재료는 라임과 꿀, 올리브오일이다. 올리브오일이 포인트다. 조금씩 넣으며 혼합해야 부드러운 마요네즈처럼 변한다. 간은 오리 가슴살에 뿌린 소금과 후추면 족했다.

오미자는 향신료에 투하되었다. 일단 샘플 맛을 보는 에르베.

"오, 판타스틱."

왼 손등에 발라 찍어 먹어 보더니 바로 황홀경에 빠진다. 에르베는 원래 액션이 컸다. 그렇다고 해도 맛이 깊어진 건 주지의 사실이었다.

"송, 맛 좀 보라고."

에르베가 시식용 오리 가슴살을 내밀었다. 경모와 명규도 함께 맛을 보았다.

"확실히 다른데요?"

경모와 명규의 평이었다.

"송은?"

묻는 에르베에게 윤기의 엄지척이 날아갔다. 에르베의 입술이 귀밑으로 올라갔다.

요리의 마무리는 오리고기를 숯불에 구워 받아 낸 향이었다. 오리 뼈와 발을 고아 낸 젤라틴 소스와 섞어 칼집 사이에 뿌렸다.

"와우."

런치 타임은 성황이었다. 프랑스 손님이 넷이었는데 다들 좋아했다. 같이 나간 양배추 푸아그라찜도 대호평을 받았다. 사보이 양배추는 푸아그라의 지방을 흡수하는 성질을 가졌다.

그렇기에 두 개의 조합은 푸아그라의 풍미를 올려 준다. 에르베는 구이가 아니라 찜 요리를 선택했는데 그 또한 누벨퀴진을 반영한 요리법이었다. 괜히 프랑스 요리계의 미래가 아니었다.

"……?"

프랑스 고객들에게 인사하고 돌아온 에르베 눈이 휘둥그레졌다. 윤기 때문이었다. 벌써 카술레 요리에 들어가 있었다. 불린 콩을 보면 알 수 있었다.

어제저녁부터 불려 둔 흰 강낭콩 작업이 끝나고 냄비가 끓고 있다. 냄비에는 돼지비계와 뼈, 양파와 당근이 끓고 있다. 육수를 만드는 것이다.

"송."

"제가 하기로 했잖아요."

윤기는 콩피 된 오리 다리를 고르고 있었다. 에르베가 검수하고 구매한 것이다. 콩피 상태는 나쁘지 않았지만 몇 개는 미달이었다. 그걸 골라내 놓은 윤기였다.

"냄새를 보니 3개월 미만이에요. 콩피는 5개월 이상 해야 제맛인데 같이 섞여 나가면 좋지 않죠."

윤기의 설명이었다. 에르베가 확인하니 과연 그랬다. 맛의 차이가 미묘하게 나고 있었다.

"콩피에 카술레까지? 전생이 프랑스 사람이었어?"

에르베가 고개를 저었다.

"네."

윤기의 대답은 명쾌했다.

"송."

"에르베 셰프님은 한국 사람이었을지도 모르죠. 그러니 하고 많은 호텔 체인점 중에서 한국으로 온 것 아닐까요?"

"이 멘토도 안드레아?"

"네."

"송."

"카술레는 영국과의 백년 전쟁에서 비롯된 요리 아닙니까? 당시 수세에 몰린 프랑스군을 위해 남부 랑그독의 카스텔 노다리 주민들이 잠두콩과 돼지비계, 소시지 등을 때려 넣고 만든 요리였죠. 프랑스군은 힘을 얻어 영국군을 격퇴했는데 그 이후로 랑그독 지역에서는 요리의 신으로 불리고 있다죠?"

"그럼 세 요리의 신도 알아?"

"오늘 제게 요청한 툴루즈와 카스텔노다리, 카르카손 아닙니까?"

"헐, 그럼 차이점도?"

"카스텔노다리에서는 오리나 거위 대신에 자고새 고기를 넣었고 카르카손은 거위 다리 콩피를 씁니다. 스튜의 표면은 툴루즈와 달리 6번을 찔러 막을 터뜨려 주죠."

"……."

"어차피 달렸으니 지켜야 할 점도 말해야겠네요. 명규가 적고 있거든요."

윤기가 메모 중인 명규를 보며 말을 이었다.

"콩은 하얀 강낭콩을 써야 합니다. 고기는 전체 분량의 3분의 1을 차지해야 하고 소시지를 넣지만 프랑크 소시지는 절대 금지입니다. 반대 옵션으로 돼지껍질은 필수적인데 콜라겐을 녹여 스튜의 농도를 짙게 하려는 목적입니다. 마지막으로 카술레는 저으면 안 되고 토기에다 요리하는 게 철칙입니다."

"……."

"마지막은 와인입니다. 와인이 없는 카술레는 한국말로 속 없는 만두와 같거든요. '카바르데스'가 무난하겠죠."

"잠깐만요, 철칙하고 와인이 뭐라고요?"

명규가 물었다. 불어 때문이었다. 알아듣는 건 요리 용어와 몇 마디뿐이었으니 적은 게 얼마 없었다. 명규를 위해 한국어로 다시 설명하는 윤기였다.

"이제 가장 중요한 게 남았죠?"

윤기가 에르베를 바라보았다.

"다 한 것 같은데?"

"맛 말입니다. 레시피가 백만 개 있으면 뭘 할까요? 지금부터 맛에 집중해야 하니까 셰프께서는 잠시 쉬고 계시기 바랍니다. 샘플 요리가 마음에 들지 않으면 손 놓고 조력만 하겠습니다."

윤기가 콩피 한 오리 다리를 소테 팬에 넣었다. 여기서 나오는 기름이 중요하다. 윤기는 이미 무아지경이었으니 에르베는 꼼짝없이 지켜볼 수밖에 없었다.

마지막 과정의 오븐으로 토기 냄비가 들어갔다. 온도는 150℃ 세팅이었다. 윗면의 막은 딱 8번을 찔렀다. 틀루즈의 오리지널 법칙이었으니 잊을 리 없는 윤기였다.

"요리 나왔습니다."

바늘나무 한 잎을 가니쉬로 올린 윤기가 토기를 꺼내 놓았다.

"……?"

경모와 명규의 눈빛이 살짝 흔들렸다. 요리의 비주얼 때문이었다. 윤기의 솜씨라기엔 너무 투박해 보였다. 오리 다리와 소시지, 돼지고기 등이 뒤섞였다. 요리라기엔 무리였고 가정집에서 대충 끓여 낸 것만 같았다. 에르베의 시선은 달랐다.

'이것……'

툴루즈 지방의 가정집에서 보던 딱 그 모양이었다. 일반적인 카술레라면 때깔이 난다. 노릇하게 지져진 오리 다리와 소시지, 돼지고기는 윤기가 반짝거린다. 소시지와 강낭콩도 마찬가지다. 금갈색으로 지지되 탱글한 자태를 살린다. 걸쭉한 국물은 바닥 쪽에 조금 남기는 것으로 충분하다.

하지만 그건 호텔의 카술레였다. 랑그독 세 요리의 신에서 언급되는 전통 카술레라면 이렇게 소탈하고 투박한 모습이라야 정답이다. 윤기의 이해가 완벽하다는 증거였다.

그렇다면 맛은?

에르베가 한 수저 제대로 떴다. 입으로 오는 동안의 풍미는 미치도록 푸근했다. 한 입을 물자 풍후한 감칠맛이 혀 위에서 물결을 친다. 요리사의 기교가 전혀 들어가지 않은 것 같은 순수한 가정집 할머니의 손맛. 딱 그 맛이었다.

"송."

에르베는 덜어 낸 접시를 다 비우고서야 평가를 밝혔다.

"우리 여권 바꾸자고. 아무래도 송이 프랑스 사람 하는 게 나을 것 같아."

에르베 셰프, 프랑스 본토의 그가 윤기의 정통 카술레에 내린 평가는 ★★★★★이었다.

제3장
—
클레오파트라의 요리

"envoyer du pate."

"tre's vien."

굉장해.

맛있다.

테이블 여기저기서 감탄이 쏟아졌다. 중장년 중심의 예약 손님들 표정은 아주 흡족했다. 프랑스 와인 갈비찜인 뵈프 부르기뇽이 나오고 수탉을 재료로 쓰는 코코뱅도 나왔다. 압권은 카술레였다. 손님들은 추억의 맛에 빠져 웃음꽃을 피웠다.

"안녕하세요."

에르베가 인사차 나왔다.

짝짝.

주름진 손들이 박수로 에르베를 맞았다.

"요리가 마음에 드세요?"

에르베가 물었다.

"아주 멋져요. 오랜만에 고향의 맛을 보고 있어요."

장년들이 대답했다.

"어떤 요리가 가장 마음에 드시나요?"

"다 좋지만 특히 카술레, 이건 정말 옛날 할머니가 해 주던 그 맛이에요. 셰프께서 랑그독 사람인가요?"

멤버들의 회장이 물었다.

"저는 파리 출신입니다."

"그런데 어떻게 이렇게 푸근한 카술레를… 게다가 나이도 어린 것 같은데?"

"고백하자면 여러분이 드신 카술레는 제가 만든 게 아닙니다. 이 호텔에는 저보다 프랑스 요리에 더 정통한 셰프가 있어 그에게 양보를 했습니다."

"파리에서도 주목하는 에르베 셰프보다 더 실력 있는 셰프가 있다고요?"

"소개드리죠. 송윤기 셰프, 여러분이 드시는 카술레를 만든 장본인입니다."

"……?"

윤기를 본 장년들의 눈이 휘둥그레졌다. 카술레를 제대로 하기에는 에르베도 젊었다. 그런데 윤기는 더 젊었다. 게다가 프랑스 사람도 아니었다.

"정말입니까?"

프랑스인들의 이목이 집중되었다.

"하늘 아래 뚝 떨어진 천재 요리사죠."

"요즘은 아무나 천재요?"

뒤쪽에서 견제구가 날아왔다.

"우리 송 셰프는 진짜 천재입니다."

"한국 사람 같은데 뭐가 주특기요?"

"송 셰프는 역사 요리나 명화의 요리에 탁월합니다."

"그럼 바베트의 만찬에 나오는 바다거북 수프도 됩니까?"

다시 멤버 회장이었다. 바베트의 만찬은 영화 제목이었다.

"그 수프라면 지느러미만 사용합니다. 샥스핀을 드셔 보셨다면 비슷한 식감이죠. 가능합니다."

윤기가 대응에 나섰다.

"불어를 잘하시는군?"

윤기가 답하자 회장 옆의 중년 신사가 빙그레 웃었다. 윤기는 알았다. 그가 바로 이 멤버들의 메뉴를 좌우한다는 것. 새파란 재킷에 체취가 비교적 균형을 이뤘으니 미식가 쪽이었다. 체액은 그 사람의 몸을 반영한다. 몸의 성분은 요리에서 오는 까닭이었다.

"그 바다거북 말입니다."

"드시고 싶으시면 예약하고 오시면 됩니다."

회장의 말을 자르고 중년을 바라보았다. 선택과 집중이다. 오늘 누군가에게 투자를 해야 한다면 바로 이 사람이었다.

윤기가 노신사에게 관심을 기울이자 연회 팀장 이리나의 시선이 그쪽으로 쏠렸다. 아까부터 윤기를 주목하고 있던 그녀였다.

"영화 속의 요리도 가능하다? 그러자면 탁월한 요리 지식에 해석 능력까지 겸비해야 할 텐데요?"

"열심히 공부하고 있습니다."

"그럼 혹시 이것 좀 봐 주실 수 있겠어요? 점심에 간 팬케이크 전문점에서 얻은 건데 좋은 건지 나쁜 건지……."

노신사가 작은 병을 꺼내 놓았다. 윤기에 대한 테스트였다. 대다수의 인간은 찍어 먹어 봐야만 안다. 그게 X인지 된장인지. 초면이라면 더욱 그게 당연했다.

'바라던 바야.'

기꺼이 평가해 주었다.

"좋은 시럽입니다. 눈이 다 녹지 않은 이른 시기에 채취했네요."

"어떻게 알죠?"

"이 시기에 채취하면 상큼한 꽃향기가 납니다. 이때가 지나면 다양한 아미노산이 분비되면서 버터 맛과 함께 쓴맛이 돌죠."

"……."

중년의 얼굴에서 웃음기가 가셨다. 제대로 맞힌 모양이었다.

"이건 테스트였소. 불쾌했다면 사과드리지요. 요즘 겉멋 든 셰프들이 하도 많아서 말이오."

"괜찮습니다. 이 요리 지식을 나누는 것 또한 셰프의 즐거움이니까요."

"아까 듣자니 역사 속의 요리도 가능하다고 하던데요?"

"물론이죠."

"그럼 혹시 클레오파트라의 요리도 가능하오? 그녀가 즐겨 먹는 생선 요리가 있었다던데?"

중년은 멀리 갔다. 단 하나의 질문으로 윤기를 가늠하려는 의도였다.

"카이사르와의 만찬식이라면 가능하죠."

이 또한 윤기가 바라던 바였다.

"그럼 한번 먹어 봅시다. 나는 속물이라 눈으로 본 것만 믿습니다."

"저도 입보다 요리로 말하는 것을 좋아합니다. 그러시면 오늘 특별 무료 제공 요리를 그 만찬의 메인으로 정해도 되겠습니까?"

"회장님, 어떻습니까? 오늘의 대미는 클레오파트라와 카이사르의 역사 요리로 장식하시는 게."

"파드리스 선생 추천이라면……."

회장은 OK였다.

[파드리스]
이름은 덤으로 알았다.

"송 셰프."

에르베가 바로 윤기를 쫓아왔다.

"뭐야? 클레오파트라와 카이사르와의 요리라니?"

"역사 요리는 제 주특기라고 소개한 사람이 누구죠?"

"그렇기는 하지만……."

"셰프는 하나만 도와주세요. 메인을 제가 했으니 마무리도 제가 마무리하는 게 맞습니다. 맛의 통일성, 알고 계시죠?"

"송."

"클레오파트라와 카이사르의 접시를 재현하는 데는 농어 두 마리면 충분합니다."

윤기는 단 한마디로 에르베의 입을 막아 버렸다.

클레오파트라와 카이사르.

희대의 미녀와 영웅이다. 그렇기에 서양 미식가들은 이 요리에 관심이 많았다. 왜 아닐까? 미녀와 영웅은 인간의 역사가 계속되는 한 관심의 대상이 될 수밖에 없었다.

시작은 비트였다. 차이나 레드처럼 붉은 속을 가진 것을 골랐다. 종잇장 이상으로 얇게 썰어 낸 후에 하나하나 모양을 잡았다.

경모와 윤기가 넋을 놓는다. 미치도록 얇았으니 붉은 액즙만 아니라면 신문의 글자가 보일 정도였다.

"한 가지는 도와 달라며?"

에르베가 물었다.

"미니 써니 사이드업이요. 노른자 크기는 메추리알 기준입니다."

이 요청은 분자요리였다. 우유와 망고 주스로 만든다. 윤기가 해도 상관없지만 시간상 에르베에게 넘겨 주었다.

"명규는 소시지 좀 갈아 줘. 오 선배는 크로크무슈에 쓸 빵 세 개와 소스, 식용 금박 가루 좀 준비하고요."

지시 중에도 윤기의 손은 계속 움직였다. 모양을 잡은 비트는 실로 고정해 오븐에 넣었다.

클레오파트라의 요리.

과연 무엇이 나올까?

모두가 궁금한 표정이다. 노른자로 쓸 망고 주스와 알긴산을 준비하면서도 에르베는 윤기를 힐금거렸다.

두 번째 손길은 설탕 공예였다. 녹차 가루를 더해 초록으로 녹여 낸다. 이어 그 액을 찍은 포크가 프린트처럼 유리 볼의 끝과 끝을 오가니 초록 실이 비단처럼 쌓여 갔다. 식기 전에 끝을 자르고 잎사귀 형태로 모양을 정리했다.

농어는 그다음이었다. 뼈를 바르고 껍질에 칼집을 넣어 마리네이드. 이어 진공포장이 되어 수비드 수조로 들어갔다. 42℃ 40분과 52℃에서 20분 중에서의 후자를 택했다. 농어의 맛과 질감을 높이는 데는 그 정도면 족했다.

이제 소스 차례였다. 자두를 챙기고 케러웨이와 셀러리 씨앗, 양파와 향초를 적량 취해 소스 만들기에 돌입했다. 이게 바로 알렉산드리아 소스였다. 소스는 약불에서 10분 정도 자작자작 끓여 내면 완성이었다.

"소시지 반죽 나왔습니다."

"식빵하고 베샤멜 소스, 금박 가루도 준비 완료."

명규와 경모의 준비가 끝냈다.

빵은 바로 쓸 수 있도록 가장자리가 손질되어 있었다.

소시지 반죽에 금가루를 뿌리고 손바닥을 비벼 콩알 모양을 잡았다. 콩알 모양의 소시지는 식빵 위에 올라갔다. 버터와 치즈에 베샤멜 소스까지 장착한 채 오븐에 넣고 타이머를 맞췄다.

치이잇.

마침내 농어가 불판 위로 올라갔다. 대미의 장식이 코앞이었다.

"클레오파트라와 영웅 카이사르의 요리입니다."

중년 신사 파드리스 앞에서 윤기가 덮개를 열었다.

"……?"

파드리스의 이목이 단숨에 집중되었다. 대형 접시 위의 농어
는 환상적인 자태를 뽐내고 있었다. 가시를 발라 낸 두 마리 농어
흰 살을 통째로 구워 냈다. 프랑스의 어류 요리는 가시를 발라
내는 게 원칙이었다.

노릇하게 구워진 농어의 플레이팅이 압권이었다. 파란 문양의
접시 위에 깔린 건 동결 장미처럼 보였다. 초록으로 빛나는 잎사
귀까지 생생했다. 파란 접시에 검붉은 장미, 그리고 그 위의 농
어. 농어의 흰 속살이 클레오파트라처럼 돋보일 수밖에 없었다.

윤기가 파브리스의 테이블에 농어구이를 올려놓는 동안 경모
와 명규는 크로크마담 접시를 세팅했다.

"와우."

장년들이 감탄을 터뜨렸다.

크로크마담은 크로크무슈 위에 써니 사이드업을 올리는 요리
다. 프랑스인들에게 익숙하다. 그럼에도 열광하는 건 비주얼 때
문이었다. 우선은 써니 사이드업이었다. 윤기의 구상대로 초소형
으로 나왔다. 더 주목받는 건 소시지였다. 금박 가루와 섞어 비
벼 낸 콩알 크기로 치즈 속에서 보석처럼 반짝거렸다.

"소시지에 금 코팅을 둘렀어."

"노른자가 자몽 맛이네?"

"흰자는 우유 맛이야."

맛을 본 장년들이 웅성거렸다. 시작에 불과했다. 크로크마담을 한 입 베어 물자 바삭 소리와 함께 치즈가 흘러내렸다. 버터와 소스의 배합이 기막혔으니 숨 쉬기도 힘들 정도의 풍미였다.

"이게 클레오파트라의 생선 요리?"

농어 접시 앞의 파드리스가 물었다. 윤기가 기다리던 질문이었다. 이런 요리에는 기원과 허영이라는 양념이 필요했다. 그게 바로 진짜 향신료였다.

"클레오파트라가 카이사르를 초대했을 때 먹은 생선구이입니다. 이 시대의 생선은 소스를 중시했는데 소스를 찍어야만 신들의 요리가 된다고 믿었습니다. 알렉산드리아 소스가 바로 그것이죠."

윤기가 농어 꼬리 쪽의 소스를 가리켰다.

"그게 전부요?"

"그럴 리가요? 클레오파트라의 요리에는 두 가지 특징이 있습니다. 매콤하고 달콤한 맛이죠. 매콤한 맛을 위해 캐러웨이 씨앗과 오레가노가 들어갑니다. 단맛은 물론 꿀을 썼지요."

"어째서죠?"

"당시 이집트의 상황 때문입니다. 겉보기에는 달콤하게 보이지만 삼키려면 매운맛을 각오하라는 메시지가 담겼습니다."

"장미도 같은 맥락이군요? 아름답지만 가시가 있다?"

"하나 맛을 보시죠?"

윤기가 장미를 권했다.

"먹어도 되는 거요?"

파드리스 옆의 회장이 물었다.

"진짜 셰프라면 먹지 못할 것은 올리지 않는 법입니다."

"그건 마음에 드는 말이군요."

파드리스가 먼저 장미를 집었다.

"잎사귀까지 같이 부탁합니다."

윤기가 권하자 초록의 잎사귀도 추가되었다.

와삭.

그 입으로 들어가자 경쾌한 식감으로 부서지는 장미 데코.

"······?"

파드리스의 눈이 한쪽으로 쏠린다. 초록은 설탕 결정이고 장미는 얇게 저민 비트였다. 오븐에서 구웠으니 과자처럼 부서지는 게 당연했다. 설탕과 비트를 같이 먹으니 쌉쌀하면서 달달한 맛이었다.

"장미는 비트 맛이고 잎사귀는 설탕 맛이네?"

회장은 호평이었다. 윤기는 크게 반응하지 않았다. 회장의 체취는 단맛 중심의 편향적이었다. 윤기가 타깃으로 삼은 건 그가 아니었다.

"어떻습니까?"

파드리스만 바라보았다. 장미와 가시를 상징하는 두 맛이었다. 파드리스의 체취는 균형을 갖췄지만 디테일하게 보면 쓴맛에 끌리는 사람이었다. 옷차림이 가볍고 역삼각형의 얼굴이다. 가장 강한 체취는 쌉쌀한 쪽이었다. 그게 바로 그가 쓴맛에 후하다는 증거였다. 전생의 노하우는 빗나가지 않았다.

역사 속의 카이사르는 꿩고기를 좋아했다. 클레오파트라는 카이사르의 식성을 파악한 후에 그를 초대하는 면밀함을 보였다. 윤기도 다르지 않았다. 눈앞의 파드리스는 쓴맛에 후하다. 그를 공략하면 멤버 전체를 공략하는 것과 같았다.

"으음……."

맛을 음미하는 그에게 본격 공습을 감행했다.

"당시는 은접시가 유행이었습니다. 그래서 이 접시도 은접시입니다."

"푸른 문양은 설마 내 재킷에서?"

기다리던 질문이 나왔다. 여기서 예스라고 대답하면 파드리스의 환상이 깨진다. 이럴 때는 조금 더 치고 나가야 했다.

"죄송합니다. 파랑은 피카소의 상징이라 큐레이터 기분을 내기 위해 택했습니다. 요리도 테이블 위에 올라가면 작품이 되니까요."

"피카소의 파랑을 안다면 그 작품 '맹인의 식사'도 아시오?"

"혹시 둥글면서 누런 빵과 와인 저그를 말씀하시려는 건가요?"

"그것도 가능하오?"

"당연하죠. 그 화면에는 아마 오렌지와 새우, 올리브가 빠진 것 같은데 다시 찾아주시면 성심껏 모시겠습니다."

"이야. 이 셰프 이거… 실력은 물론이고 예술에 대한 식견이 보통이 아니네? 실은 내가 이탈리아의 왕궁 요리 전문 레스토랑에서 클레오파트라 생선구이를 먹어 본 적이 있어요."

그제야 파드리스의 자백(?)이 나왔다.

"제가 제대로 재현했습니까?"

"아주 제대로 재현했소. 당시 이집트의 상황에 더불어 클레오 파트라를 상징하는 장미까지."

파드리스의 경계심은 완전히 풀렸다.

"감사합니다."

윤기의 겸손은 냉철했다. 전생의 처세는 이랬다. 손님은 왕이라서가 아니었다. 왕은 윤기였다. 손님은 윤기의 요리에 꼬리 치고 열광하는 존재면 충분했다. 하지만 이용 가치가 있는 사람이라면 왕으로 대우해 줄 수도 있었다. 그 가치가 유효한 한.

장년들의 농어 시식이 시작되었다.

"클레오파트라가 카이사르랑 먹은 농어구이?"

"소스가 착착 붙는데?"

역사를 입혀 주니 먹는 태도가 달라졌다. 금박을 뿌린 크로크마담도 분위기를 거들었다. 금가루는 미녀와 영웅의 요리에 제대로 어울렸다.

"송?"

에르베는 그제야 영감 하나를 만났다.

"저 금가루, 그냥 뿌린 게 아니었군?"

윤기의 대답은 미소였다. 금가루는 농어구이를 돋보이기 위한 소품이었다. 장미의 짝이라면 금가루 정도는 와 줘야 클레오파트라의 요리를 부각시킬 수 있었다.

파드리스는 윤기의 맛에 빠져들고 있었다. 그는 요리의 기원을 알고 있었다. 모르는 것은 단지 하나였다. 윤기가 마약(?) 처방을 했다는 사실.

주원료는 캐러웨이와 셀러리 씨였다. 둘 다 정량을 오버했다.

캐러웨이는 매운맛이지만 레몬의 신맛도 난다. 이게 강화됨으로써 셀러리의 쌉쌀한 맛이 올라갔다. 두 맛이 상호 보완을 하며 식욕을 끌어올린다.

다시 말하지만 이 요리는 파드리스가 타깃이었다. 미식가라면 미세한 맛의 변화에도 반응하기 때문이었다.

파드리스는 발동이 걸렸지만 양을 채우지는 못했다. 농어 두 마리를 22명이 나눠 먹은 까닭이었다. 포크를 내려놓은 그의 표정이 허전해 보였다.

중독(?)의 전조 증상이다. 먼발치에서 바라보던 윤기가 흐뭇해지는 이유였다.

농어구이를 앞에 두고 클레오파트라가 카이사르에게 속삭인다.

[장군은 나를 이집트의 열쇠로 쓰세요, 대신 내가 왕좌에 오를 열쇠가 되어야 합니다.]

―마음껏 내 요리를 즐기세요, 대신 내 요리의 전도사가 되어야 합니다.

윤기의 염원이 먹힌 걸까? 파드리스가 재미난 질문을 해 왔다.

"셰프, 고대까지 간 데다 피카소도 나왔으니 말인데 혹시 다 빈치의 최후의 만찬 요리도 가능할까요?"

"다 빈치라면 제가 특별히 공부한 사람입니다. 언제든 가능하죠."

"정말입니까?"

"저희 새 메뉴 중에 LGY 스테이크가 있습니다. 거기 랍스터 패티로 쓰는 콩팥이 바로 다 빈치가 즐겨 먹던 것으로 석류즙과 아니스로 포인트를 살린 겁니다만."

"오, 그건 본래 빵과 함께 나오던 거 아닙니까?"

"아시는군요? 제가 누벨퀴진으로 해석해 보았습니다."

"미리 말씀드리지만 같이 올 사람이 다비드 아넬카라고 유명한 미식가십니다."

"알자스 출신의 다비드 박사님 말씀입니까?"

윤기 목소리가 돌연 높아졌다.

"다비드를 아세요?"

"조금요."

바로 감정을 거두었다.

―나를 아비라 부르지 마라.

　아는 사람을 안다고 말하지 마라.

　알지만 안다고 말할 수 없었으니 홍길동의 심정이 윤기의 심정이었다.

[다비드 아넬카]

20대 후반부터 유명세를 누린 미식가였다. 전생의 레스토랑에도 온 적이 있었다. 전생은 그의 혀를 낚았다. 말하자면 윤기는 이미 그를 공략할 정보를 가진 셈이었다.

"죄송하지만 누가 온다고 해도 제 솜씨는 똑같이 발휘될 겁니다. 다 빈치가 보고 그린 만찬 그대로요."

"마음에 드는 멘트로군요. 내일 중국에서 들어온다던데 저보고 특별한 맛집이 있으면 소개해 달라고 해요. 해서 몇몇 호텔 리스트를 뽑아 놓았는데 셰프로 낙점하겠습니다. 불어까지 잘하시니 다비드 스타일입니다. 셰프와 대화하는 걸 좋아하거든요."

"실례지만 두 분은 어떻게 아시는 사이죠?"

"모레 저녁에 찾아올 테니 다비드에게 직접 물어보세요. 그게 더 재미날 것 같네요."

"알겠습니다. 기다리죠."

윤기의 매너는 반듯했다.

다비드 아넬카.

핸드폰 검색부터 했다. 20여 년의 세월이 흐른 까닭이었다.

'역시…….'

공식 활동은 많이 줄었지만 여전히 잘나가고 있었다. 그를 만난 건 전생의 레스토랑 리폼.

리폼…….

이렇게 되면 한국의 리폼에서 재회하게 되었다.

아무튼 파드리스에 대한 투자는 성공이었다.

핸드폰을 챙길 때 이리나가 다가왔다.

"송 셰프."

"아, 팀장님."

"불어, 굉장하잖아요? 저번에 듣고 좀 하는 줄은 알았지만 이건… 게다가 중국어까지……."

"과찬입니다."

"아니에요. 그냥 완전 진짜 원어민 같아요. 프랑스 본국인들이 다 놀라는 표정이었어요."

"연회 팀의 서빙 덕분입니다."

"그럴 리가요. 그런데 한 가지 아쉬운 게 있어요."

"뭐죠?"

"저 모임의 회장은 기욤입니다. 기왕이면 그분 기호에 맞춰 주면 좋았을 텐데 그 옆의 분에게만 신경을 쓰시는 것 같아서요."

"리더를 공략하라?"

"네."

"저는 리더를 제대로 공략했습니다만."

"저 모임의 결정권은 회장에게 있거든요."

"제가 보기엔 그 옆의 파드리스가 결정권을 가지고 있습니다."

"송 셰프, 저 모임을 섭외한 건 나예요. 그러니 제가 잘 알아요."

"그건 인정하지만 미식 성향은 제 전문 분야입니다."

윤기는 물러서지 않았다. 물러설 일도 아니었다. 그때 기욤 회장이 이리나를 불렀다. 그녀가 다가서자 카드를 건네 준다. 카드 위에는 100달러 3장이 놓여 있었다.

"송 셰프께 따로 드리는 팁입니다. 기분 나쁘지 않도록 잘 전해 주십시오."

파드리스를 돌아본 기욤이 뒷말을 이었다.

"파드리스 님은 우리 모임의 미식 자문이시거든요. 오늘 뜻밖의 셰프를 만났다며 좋아하십니다. 한국에서 먹어 본 서양 요리 중에서 최고인 데다 셰프의 해박함에 반해 이렇게라도 마음을 전하고 싶다고 하십니다."

회장은 파드리스에게 깍듯했다.

"……!"

이리나가 얼어붙었다. 윤기의 말이 그대로 적중한 것이다.

"그랬어?"

설 대표가 물었다. 대표실에서 받는 보고의 자리였다. 앞에는 이리나가 있었다. 윤기가 디너 요리를 맡고 있다는 말을 들은 후에 내린 지시였다.

"네, 대표님."

"사전에 가르쳐 주지도 않았는데 누가 디너의 결정권을 좌지우지하는지 알고 있었다?"

"그렇습니다."

"에르베도 몰랐고?"

"몰랐죠. 그들 중 누구도 에르베 셰프와 친하지 않았습니다."

"그렇다면 송윤기가 알아낸 거로군."

"저도 믿기가 어렵습니다. 모임의 회장은 기욤이었거든요. 게다가 팁을 준 분은 그렇게 표가 나지도 않았고요."

"그런데도 정확하게 직격을 했다?"

"다른 사람들보다 그 사람에게 집중했습니다. 결국 요리도 그가 원하는 걸로 갔고요."

"그 요리가 뭐였다고?"

"클레오파트라의 생선 요리였습니다."

"요리는 물론 기막혔겠지?"

"의미도 기막혔어요. 손님들을 그냥 홀려 버리더군요. 제 착각이겠지만 한순간 송 셰프가 사이비 교주가 아닌가 싶은 생각도 들었습니다."

"사이비 교주?"

"손님의 넋을 빼 버리니까요. 요리로 한 번, 유려한 불어 설명으로 또 한 번."

"괴물이야."

"네?"

"송윤기 말이야, 내 앞에서도 그러거든. 결정할 겁니까 말 겁니까? 대화가 끝나고 돌아보면 누가 대표인지 헷갈릴 지경이야."

"대표님……."

"클레오파트라의 요리라… 파드리스라는 사람은 그 요리를 알아보았고?"

"모임이 돌아갈 때 제가 기욤 회장님께 여쭤보았습니다. 그분이 혹시 미식가신지."

"그랬더니?"

"직업은 명화 연구가인데 미식 활동을 공개적으로 안 해서 그렇지 식견은 미식가 이상이라고 하시더군요. 미식가 지인도 많고요."

"그런 사람이 따로 팁을 놓고 갔다?"

"300불이었습니다."

"다른 말은?"

"우리 호텔에 미쉘린 별이 있냐고 물으시더군요."

"아픈 데를 찌르는군."

"없다고 했더니 처음에는 의아해하더니 송 셰프가 언제 왔냐고 물었습니다."

"그래서?"

"얼마 되지 않았다고 하자 이해한다는 표정을 짓더군요."

"알았어. 나가 봐."

"예."

이리나가 돌아섰다.

'송윤기…….'

설 대표가 두 손으로 턱을 괴었다. 윤기가 떠오른다. 돌아보면 이제 고작 20대 초반이었다. 하지만 그 역량은 측정조차 불허한다. 시간이 지날수록 사람을 더 놀라게 하고 있다. 피식 미소를 머금은 설 대표, 인터폰을 통해 분자요리실 번호를 눌렀다.

똑똑.

노크 소리가 들렸다. 들어선 사람은 윤기였다.

"프랑스인들 디너가 성황이었다고?"

"간단한 요리였습니다."

"클레오파트라의 요리가 간단할 리가 있나? 그 시대를 관통해야 할 텐데?"

"보셨습니까?"

"보고받았네. 목을 걸려면 더 많은 정보가 필요하지 않겠나?"

"맞습니다. 그만한 가치가 없는 사람에게 거는 것도 슬픈 일이니까요."

"송 셰프."

설 대표가 일어나 윤기에게 다가왔다.

"자네가 오기 전에 연회 팀에 지시를 내렸네. 연회장 이름을 에스뿌아에서 리폼으로 당장 바꾸라고. 나아가 자네가 요구하는 건 뭐든 지원하라고 했네."

설 대표가 계약서를 꺼내 놓았다.

"읽어 보고 사인하시게. 이제 내 목은 자네 요리에 달린 거야."

"옵션이 있습니까?"

"특별한 건 없네."

"그렇다면 넣어 주십시오."

"원하는 사항이 있나?"

"첫째, 직원이 아니라 프리로 2년 계약을 해 주십시오. 그게 서로에게 더 동기 부여가 될 것 같습니다."

"계약 셰프로 뛰겠다?"

"외국에서는 흔한 일입니다."

"그리고?"

"디너 타임이 끝나는 8시부터 한두 시간은 셰프 특선을 하겠습니다. 특선은 만족도에 따른 자유지불제로 기준 가격을 제시하고 손님의 만족도에 따라 돈을 받습니다. 초과 지불이 나오면 우리 팀 연봉에 더해 주시기 바랍니다."

"송 셰프 실력은 인정하지만 그건 너무 질러 가는 거 아닌가?"

"지금이 무리라면 나중에도 무리입니다. 그렇지 않습니까?"

"그러자면 굉장한 VIP를 유치해서 네임드부터 만들어야 할 텐데?"

"첫날은 다비드 아넬카가 올 것 같습니다. 두 번째는 이지용 회장님을 모실 거고요. 장대방 관장님과 황교일, 여먹4총사의 김민영과 유튜버도 가능합니다. 대표님도 다섯 분 정도는 발품을 팔아 주십시오. 그 테이블의 추가 가격 절반은 대표님께 돌려 드리죠. 그렇게 한 달만 회전시키면 신마의 시그니처도 그랑 여수의 연회장도 넘어설 수 있을 겁니다."

"방금 누구라고 했나? 다비드 아넬카? 프랑스의 유명한 미식가?"

다비드의 이름이 나오자 설 대표의 눈빛이 튀었다.

"예."

"그 사람을 알아?"

"……."

"송 셰프?"

"아까 오신 프랑스 손님이 약속하셨습니다."

"파드리스라는 사람?"

"예."

"그런 거물들이라면 시작은 나쁘지 않군. 하지만 기본 가격 이하의 돈을 내면? 내 경험인데 괜한 트집을 잡는 사람들도 분명히 있네."

"제 연봉에서 감하십시오."

"송 셰프."

"차별화로 가려면 그 길밖에 없습니다. 진정한 요리의 길이기도 하고요."

"좋아. 또 할 말이 있나?"

"있죠."

"하시게."

"다음에 이런 일이 생기면 더 빨리 결정하십시오. 그래야 그 목을 오래 보존하실 수 있을 겁니다."

"섬뜩한데?"

"리폼은 모레 개관으로 정해 주십시오. 보조가 한 명 필요하니 송창혁을 보내 주시고요, 당연한 일이지만 리폼의 운영은 기존 조리부와 독립적입니다."

"그건 염려 말게."

"기본적으로 런치 스테이크 100인분에 디너 100인분이 제 목표입니다. 그 외에는 제가 창작한 메뉴와 특선 요리만 하겠습니다."

"시그니처 스테이크 200인분… 제발 그래만 주시게."

"오픈 이벤트는 준비하실 거죠?"

"생각해 둔 게 있나?"

"런치 타임에 장애 어린이 가족을 초대해 주시면 좋겠습니다."

"장애 어린이 가족?"

"기부가 화두인 세상입니다. 시시한 연예인들이나 유명인보다 기부가 더 화제가 될 겁니다. 어린이의 나이는 어릴수록 좋겠습니다."

윤기의 제안이었다. 진 부조리장의 딸 은서의 경우처럼 안전판이었다. 이제 요리의 대해로 나서는 윤기. 선행보다 액땜용으로 제의를 했다.

"자네는 이미 플랜이 있었군."

속 모르는 설 대표는 긍정적으로 받아들였다.

"그럼……."

매조지는 완벽했다. 임팩트 있는 말만 남기고 퇴장하는 윤기였다.

"허어."

혼자 남은 설 대표가 혀를 내둘렀다. 대표 위의 셰프. 딱 그런 분위기였다. 테이블에 앉는 게 누구든 그냥 녹여 버리는 윤기. 오픈식의 방향성도 나쁘지 않았으니 뭐라 할 말이 없었다.

'우리 호텔에 대운이 들려는 건가?'

설 대표의 생각은 긍적 쪽이었다.

제4장
—
초대박, 발로 먹는 스테이크

[리폼]

연회장 에스뿌아의 명판이 바뀌는 데는 하루도 걸리지 않았다. 그 또한 윤기가 그려 준 디자인이 그대로 반영되었다. 높이 조절이 가능한 2중 석쇠의 숯불 구이대 설치도 결재가 되었다. 이거라면 시어링과 레스팅을 한 자리에서 끝내는 동시에 숯불 맛까지 입힐 수 있었다.

설 대표는 출근과 동시에 간부들에게 자신의 의지를 피력했다.

"리폼에 내 사표를 걸었네."

유 이사와 경영부장, 조리부장 등은 긴장 백배였다. 설마 하던 일이 벌어진 것이다. 이어 공표된 윤기의 위상 또한 그들을 경악의 세계로 데려갔다.

[그랑 여수의 총주방장 대위]

한마디로 파격적이었다. 그래도 조리부장은 한숨을 돌렸다. 연회장과 조리부를 독립시키겠다는 말 때문이었다. 자칫 윤기의 지시를 받을 뻔했지만 그것만은 피한 것이다.

"본사의 결재도 떨어졌으니 다들 합심해서 최고의 미식 공간으로 거듭날 수 있도록 지원하도록."

설 대표의 통보는 길지 않았다.

"대표님."

유 이사가 먼저 포문을 열었다.

"부정적인 말을 할 거면 그만두시게."

"예?"

"내가 사표를 건 이상 자네들도 같은 배를 탄 거야."

"하지만……."

"LGY 스테이크, 장대방 관장, 그리고 어제 디너에서 나온 프랑스 미식가의 평… 아는지 모르지만 그 사람이 다비드 아넬카를 모시고 온다고 예약까지 했다더군."

"프랑스의 다비드 아넬카 말입니까?"

유 이사 입이 쩌억 벌어졌다.

"여러 정황을 종합하건대 미국이나 프랑스의 요리 대회 입상 경력, 미쉘린 별을 단 레스토랑에서의 경력이 있는 화려한 셰프라고 해도 그만한 실력이기 힘들다는 결론을 내렸어."

"……."

"지금 우리 호텔에 필요한 건 실력과 실적이야. 이대로 가다가는 본사에서 우리 호텔 매각할 수도 있다는 거 모르는 거 아니겠지?"

"……."

"송 셰프가 약관이고, 경험이 없고, 보조 출신이라 수용하기 어려울 수도 있어. 하지만 천재는 어느 날 갑자기 나타나는 거 아닌가?"

"대표님."

"우리도 제대로 된 거 하나 만들어 보자고. 일등 서비스만으로는 한계가 있다는 거 잘 알잖나?"

"……."

"이상일세."

설 대표의 매조지였다.

그에 맞춰 윤기의 식재료 오더도 접수되었다. 각종 식재료와 향신료 등이었는데 1차 구매비만 3억을 넘을 정도였다.

오후에 창혁을 합류시켰다.

"으악, 저요?"

창혁이 펄쩍 뛰며 좋아했다. 사람을 잘 부리자면 희생에 대한 대가는 챙겨야 한다. 화제의 중심이 된 리폼의 멤버로 전격 발탁된 창혁. 두 눈에 충성심이 불타올랐다.

"송 셰프."

이른 아침, 어머니가 셔츠와 싱글 슈트를 들어 보였다.

"새 옷이네요?"

머리를 말리던 윤기가 돌아보았다.

"내가 한 벌 샀어. 우리 송 셰프의 파인 다이닝룸 리폼이 오픈된다며?"

"그건 내일이에요."

"알아. 회장님은 모레 예약이시고."

"회장님이 그러셔요?"

"그래. 송 셰프 식사가 너무 기대된다고 하셔."

"저도 기대된다고 전해 주세요."

"입어 봐. 입던 옷 가지고 가서 샀으니까 잘 맞을 거야."

"컬러 죽이는데요?"

"마음에 들어?"

"그럼요."

"다행이다. 입고 가서 요리로 다 죽여 버려."

"그 말도 마음에 드는데요?"

"손 괜찮지?"

어머니는 또 손부터 챙긴다. 실은 어느 아침에도 그랬다. 윤기는 방문을 반쯤 열고 잔다. 어머니가 들어오는 게 느껴졌다. 침대 머리맡에 무릎을 굽힌 채 앉아 윤기 손을 쓰다듬었다. 경련을 확인하려는 것이다. 어머니에게도 혹시 하는 불안이 있는 모양이었다.

"절대 괜찮죠. 이젠 아주 무쇠 손목이에요."

"그래도 조심해."

"알겠습니다. 어머니."

경례까지 붙이며 어머니를 안심시켰다.

"타시죠."

사례로 어머니 출근길을 픽업해 드렸다. 그런 다음 호텔 주차장에서 조리부장을 기다렸다.

조리부장 최현식.

말은 안 하지만 윤기 때문에 위상이 낮아졌다. 인간은 감정이 상하면 적이 된다. 최 조리부장 정도가 윤기 등을 칠 수는 없지만 성가실 수는 있었다.

"부장님."

그의 차가 멈추자 윤기가 다가섰다.

"어, 송 셰프?"

"커피 한 잔 뽑아 왔는데요?"

잔을 내밀었다.

"웬 커피?"

"내일부터 리폼 문 열잖습니까? 다 부장님 덕분인데 그동안 제가 정신이 없어서요. 오늘 아침에 일어나 보니까 이게 다 부장님 덕분이었구나 싶더라고요."

"무슨 소리야? 내가 뭘 해 준 게 있다고."

"저 안 잘라 주신 것만 해도 큰 은혜죠. 덕분에 제가 남는 시간에 요리 공부를 할 수 있었거든요."

"그 마음 진짜야?"

"그럼요. 그런데 제가 아직 어리다 보니 주변 분들을 제대로 챙기지 못했습니다."

"나도 송 셰프가 나한테까지 얘기 안 한 게 좀 서운하기는 했는데 결과적으로는 잘된 거니까 됐어. 어떻든 우리 조리부가 다시 주목받고 있고. 우리 조리부 맞지?"

"그럼요. 우리 조리부죠."

"그나저나 괜찮아? 자유지불제 얘기가 나오던데 송 셰프 실력이야 믿지만 우리나라에서는 정착되기 어려운 제도라서……."

"어떤 분들은 저보고 그러더라고요? 요리 귀신에 씌어서 잠시 잘하고 있다고. 그럼 그 귀신들이 잘 돌봐 주지 않을까요?"

"어떤 놈이 그래? 하여간 한국인들 심보하고는……."

"조금 무리인 측면도 있지만 잘 정착시켜 보겠습니다. 부장님이 많이 도와주십시오."

"나야 자네 편이지. 자네가 실패하면 우리 조리부도 파편 맞아."

"그건 그렇고 부장님, 식재료 업자들 많이 아시죠?"

"그거야 뭐… 왜?"

"정직하고 물건 잘 보는 분 한 사람 소개시켜 주세요. 제가 소랑 식새료들이 필요한 게 많거든요."

"그럼 시간 날 때 이 사람 찾아가 봐. 가락시장에 점포 내고 있는데 걸핏하면 물건 좀 써 달라고 찾아오거든. 나름 마당발이라 강원도부터 제주까지 안 돌아다니는 데가 없는 사람이야."

[삼일푸드 김풍원]

조리부장이 준 명함이었다.

조리부장은 흔쾌했다. 자칫 적이 될 뻔한 윤기, 먼저 손을 내미니 성큼 잡아 주었다. 업자 소개는 덤이었다. 윤기에게는 조리부장보다 이 업자가 필요했다.

연회 팀에 가서 이리나 팀장을 만났다. 장애아들은 33팀 77명
으로 정해졌다. 보호 동반자 1인에 관계자들이 11명 추가되었다.

"제가 부탁한 아이들도 포함되었겠죠?"

"그럼요. 부모님들과도 통화했으니 걱정 마세요."

확인을 끝낸 윤기가 복도로 나왔다. 장애아 세 팀을 끼워 넣
었다. 조리고 재학 때 요리 봉사로 알게 된 장애회관 아이들인데
인심을 쓰는 한편 비상 대비책이기도 했다.

"봉주르, 셰프."

"봉주르, 송 셰프."

리폼 요리실에 들어서자 명규와 경모, 창혁이 인사를 해 왔다.
주방 조리대는 보석처럼 반짝거렸다.

"누구 작품?"

윤기가 물었다.

"신참 창혁이 새벽부터 와서 닦았다네요."

명규가 답했다. 창혁은 볼을 붉히며 웃었다.

에르베도 바로 출근을 했다. 다섯이 차를 마시며 내일의 오픈
에 대한 정리를 했다.

"한 가지만 추가하죠."

윤기가 의견을 냈다.

"뭐?"

에르베가 촉을 세운다.

"잠깐만요."

윤기가 작은 머신을 조리대 위로 올렸다. 거기서 만든 건 **빨**

강, 파랑, 노랑색이 깃든 솜사탕이었다. 크기는 탁구공만 했다.

"솜사탕?"

그걸 받아 든 에르베가 윤기를 바라보았다.

"아이들이잖아요? 시간도 많이 안 들면서 분위기를 살릴 수 있습니다. 설탕에 허브 물을 들여 두면 가니쉬의 역할도 가능하죠. 막대는 고구마를 썰어서 말리면 다 먹어도 되고요."

"좋은 생각인데?"

"무엇보다 솜사탕 역시 분자요리니까요."

솜사탕은 창혁에게 맡겼다. 몇 번 해 보더니 제법 잘 만든다.

"자, 그럼 다들 준비하고 있으세요. 저는 시장 가서 내일 쓸 식재료 좀 구해 오겠습니다."

윤기가 밖으로 나왔다. 식재료상과의 친분도 필요했지만 무엇보다 중요한 재료가 있었다. 무려 예수의 만찬에 올라갈 바로 그것. 그렇기에 겸사겸사 직접 장보기에 나섰다.

부릉.

시동을 걸 때였다. 이리나 팀장이 창문을 두드렸다.

"왜요?"

"식재료 구매 가신다면서요? 저도 식재료상 구경 좀 하고 싶어요."

"이 팀장님이요?"

"리폼의 사령탑이시니 이런저런 스타일에 대해 알아 둬야 서빙에 참고가 될 것 같아서요."

"미녀를 동행하면 물건 가격이 올라가는데요?"

"반대로 내려갈 수도 있죠. 미인계로."

"그래 주시면 사양할 수 없죠. 타세요."

윤기가 조수석을 가리켰다. 이리나가 그 자리에 앉았다. 연회 팀장 이리나. 서빙은 요리 못지않게 중요하다. 더구나 콧대 높은 여자였다. 그렇잖아도 팀워크를 맞추려던 판에 자원해 주니 마다할 필요가 없었다.

"셰프님."

달리는 차 안에서 이리나가 말문을 열었다.

"네."

"저는 사실 기적 같은 거 1도 안 믿는 현실주의자거든요."

"그런데요?"

"그런데 그 기적이 제 앞에 있으니 어쩌면 좋죠?"

"그럼 믿어야죠."

"진짜 독학한 거예요?"

"뭐 말이죠?"

"셰프님 요리와 불어, 그리고 중국어… 혹시 또 다른 외국어도 있나요?"

"한국어 잘합니다."

"저 지금 농담 아니거든요?"

"독학한 거 맞습니다."

"와, 그러니까 천재죠. 죄송하지만 송 셰프님 입사 서류 좀 훔쳐봤거든요. 너무 믿기지 않아서 말이에요. 학교 다닐 때 성적은 좋았지만 외국어 주특기는 '영어 초급' 이거밖에 없었어요."

"인간은 딱 거기서 멈추는 걸까요? 이 팀장님도 파리 다녀온 후에 불어 확 는 거 아닌가요?"

"저야 유학이었고요."

"저도 나름 유학이었습니다. 비행기를 타지는 않았지만요."

"결국 천재였군요?"

"그렇게 봐 주시니 고맙습니다."

"좋아요. 팩트가 눈앞에 있는데 안 믿을 수 없죠. 게다가 이미 적나라하게 증명된 일이고."

"다행입니다. 연회 팀장님이 주관 셰프를 안 믿으면 난감하거든요."

"그럼 이제 비즈니스로 가 볼까요?"

"좋죠."

"내일 장애 아동 스테이크 이벤트는 그렇다고 치고… 디너 첫 손님이 다비드 아넬카와 파트리스, 맞죠?"

"예."

"아식 성식 예약은 되시 않았어요. 오는 거 맞나요?"

"아침에 저한테 연락이 왔습니다. 잊지 말라고요. 지금 접수해 주시죠."

"……."

"또 뭐가 궁금할까요?"

"다비드 아넬카 말이에요. 제가 검색해 봤더니 프랑스에서 후덜덜한 사람이더라고요. 제가 파리에 살아 봤잖아요."

"후덜덜한 사람도 입은 하나뿐이죠."

"메뉴가 다 빈치의 최후의 만찬이라고 들었어요."

"맞습니다."

"진짜 궁금해서 그러는데 그것도 가능해요?"

"그래서 지금 식재료 사러 가는 거 아닙니까?"

"제가 궁금해서 그림을 찾아봤거든요? 거기 보이는 건 포도주하고 빵밖에 없던데요?"

"생선이 있습니다."

"생선?"

"원본을 보면 거의 보이지 않습니다. 이상하게도 접시 부분들은 일부러 그런 것처럼 훼손이 심각하거든요."

"그런데 생선인 줄 어떻게 알죠?"

"성경에 나오거든요."

"송 셰프 종교인이세요?"

"아닙니다만 고증을 위해서는 기독교든 불교든 다 헤집고 다닙니다."

"그럼 생선 중에서 뭐죠?"

"한번 맞혀 보세요?"

"연어? 대구? 도미?"

"잠깐만 기다리시죠. 제가 실물로 보여 드리겠습니다."

가락시장이 보이자 윤기가 속도를 낮췄다.

"송윤기 셰프님?"

삼일푸드 안에서 김풍원이 나왔다. 50대의 푸근한 아저씨였다.

"안녕하세요?"

윤기가 인사를 했다. 옆의 이리나도 같이 인사를 했다.

"어이쿠, 미남 미녀가 출동하셨네?"

"소량 희귀 품목을 취급하신다고 해서요. 앞으로 잘 좀 부탁드립니다."

"굉장히 젊으시네?"

"아까 전화드린 물건은요?"

"구해 놨죠. 특급 호텔에서 거래 트자는데 마다할 사람 있겠어요? 가격도 제대로 쳐 주신다니……."

김풍원이 아이스박스를 열자 시커먼 물체가 보였다. 두 마리의 장어였다.

"100% 자연산 풍천장어입니다. 저쪽 놈들 다 줘도 이 두 마리 값이 안 되죠."

김풍원의 손이 고무 대야를 가리켰다. 장어가 10여 마리 보였다.

"이게 자연산이고 저건 양만장 장어로군요?"

"그래요. 때깔부터 다르지 않습니까?"

김풍원은 자신감이 넘쳤다. 순간, 고무 대야 속의 장어를 보던 윤기가 대야를 엎어 버렸다.

"이, 이봐요? 무슨 짓입니까?"

장어가 와글거리자 김풍원이 혼비백산을 했다.

"싸구려 양만장 장어라면서 뭘 그렇게 놀랍니까?"

"이, 이 사람… 이게 진짜 자연산이오. 빨리 잡아요."

"자연산?"

"당신 좀 떠보려고 그런 거란 말이오. 하수구로 들어가기 전에 얼른 잡아요. kg당 20만 원짜리란 말입니다."

하수구 구멍을 막으며 안간힘을 쓰는 김풍원. 그제야 윤기가 나섰다. 그 모습이 또 기가 막혔다. 장어는 잡기 힘들다. 그렇기에 프로들도 목장갑을 끼고 잡는다. 그런 장어를 맨손으로 주워 담는 게 아닌가?

"……?"

놀란 김풍원은 두 눈만 멀뚱거렸다.

"왜요? 한 번 더 엎어 드려요?"

"당신……."

"사장님이 할 일은 손님 테스트가 아니라 좋은 물건 대 주는 거 아닙니까?"

마지막 장어를 김풍원에게 던져 주고 돌아섰다. 그걸 수습한 김풍원이 너털웃음을 흘렸다.

"미안하게 되었습니다. 최 부장님 말이 천재급 셰프라기에 궁금해서 그랬어요. 내가 비록 거래처가 궁하긴 해도 똥폼 잡는 인간하고는 거래 안 하거든요."

"……."

"이번 주 우리 시장에 나온 딱 열 마리의 자연산이라오. 마음대로 골라 가시오."

김풍원이 대야를 내밀었다.

"660g, 720g, 오늘은 이 두 마리면 됩니다."

윤기가 고른 장어를 저울에 올리니 거짓말처럼 1375g이었다. 딱 5g의 오차였다.

"양만장에서 일했습니까? 대체 어떻게 구분하는 겁니까?"

"자연산이면 은신색과 뻘 냄새, 나아가 활발한 느낌에 생활 상처가 있어야죠? 자연에 살다 잡힌 놈들이 온실에서 자라던 장어들처럼 얌전하면 말이 안 되죠."

"……"

김풍원은 말문이 막혔다. 하는 말마다 정곡을 찌르니 할 말이 없었다.

"이 팀장님."

장어를 넘겨 받은 윤기가 이리나를 바라보았다.

"이게 바로 그 생선입니다. 다 빈치가 그린 최후의 만찬에 나오는……"

윤기 손아귀의 장어가 노랑이 깃든 배를 불뚝거리며 꿈틀거린다.

[자연산 장어]

때깔부터 만족스러웠다. 명작의 한 장면을 장식하려면 이 정도는 되어야 했다. 다 빈치 최후의 만찬에 올라간 생선이자 거물 다비드의 미각을 낚아 줄 장어. 주재료까지 확보하면서 '리폼'의 새역사 준비를 마치는 윤기였다.

                    *   *   *

찰칵.

리폼의 오픈식은 간단했다. 설 대표와 유 이사, 조리부장 등이 참석한 가운데 현관 앞에서 기념 촬영을 했다. 윤기와 에르베가 센터였다.

"그랑 여수 시그니처 연회장과 신마호텔 한번 눌러 보자고."

설 대표가 윤기 손을 잡았다. 스타트를 알리는 격려였다.

새 조리복을 입은 리폼 팀이 달리기 시작했다. 윤기를 시작으로 창혁까지 쉬는 손이 없었다. 밤을 건너온 젤라틴 소스의 담백함은 절정이었다. 다른 날보다 농도를 진하게 한 건 아이들 때문이었다. 아이들 미뢰는 성인보다 섬세하다. 그렇기에 조금 더 진한 맛으로 녹여 버릴 생각이었다.

악마의 요리.

요리의 악마.

그 맛의 바다에 빠져 허우적거리도록.

찰칵찰칵.

여기저기서 사진과 동영상도 돌아갔다. 기자들이었다. 설 대표와 유 이사, 나아가 황 부장까지 인맥을 동원해 홍보에 열을 올렸다.

마음에 들었다. 성과라는 전리품을 나누려면 기여도가 필요했다. 그래도 기자들 행태는 불만이었다. 윤기의 인지도 때문인지 다들 건성이었다.

'그렇단 말이지?'

어느 정도 예상한 일. 대비책이 있으니 개의치 않았다.

오전 11시.

윤기가 상황을 체크했다.

티본스테이크는 마무리 시어링이 남았고 랍스터 카르파치오도 완성되어 가고 있었다. 기존의 LGY에서 변한 건 한 가지였다. 랍스터의 꼬냑 향을 희석시킨 것. 어차피 알코올을 날렸으니 문제 될 것도 없지만 아이들이라는 변수까지 배려하는 치밀함이었다.

"입장 완료예요."

12시가 되자 이리나가 상황을 알려 왔다.

"변동 사항은 없나요?"

컴파운드 버터를 준비하던 윤기가 물었다.

"아이들은 다 왔는데 관계자 한 팀이 불참이에요. 아, 장애 아동 중에서는 홍수아라고 한 아이가 보호자 없이 왔어요. 송 셰프님이 부탁한 아이 중의 하나인데 올 준비를 하던 엄마가 다리를 삐었다고요."

"그래요?"

"그런데……."

"문제가 있나요?"

"문제끼지는 아니지만 두 팔이 없는 아이네요?"

"어? 그럼 스테이크를 어떻게 먹어요?"

경모가 먼저 반응했다.

"아무래도 우리 팀에서 먹여 줘야 할 것 같아요."

"수아라면 걱정하지 않아도 돼요."

윤기는 대수롭지 않은 표정이었다. 요리가 나갈 타이밍이다. 시시콜콜한 의견까지 나눌 시간이 없었다.

"요리 나갑니다."

창혁의 선언과 함께 최종 플레이팅이 시작되었다. 윤기가 컴파운드 버터를 주입하면 경모가 접시에 올렸다. 그걸 받은 에르베가 가니쉬와 가니튀르를 올리면 끝이었다. 카트에 싣는 건 명규와 창혁이 맡았다. 스테이크는 한 카트에 4개씩 담겨서 나갔다.

"요리, 다들 받으셨나요?"

세팅이 끝나자 이리나가 물었다.

"네에."

아이들의 합창이 홀을 울렸다.

"그럼 이 요리를 만드신 셰프님을 소개합니다. 송 셰프님, 나와 주세요."

이리나의 호명을 받은 윤기가 입장했다.

짝짝.

박수는 알아서 나왔다. 박수 소리 속에서 손목부터 확인했다. 정상이었다. 연회장의 중앙에서 풍경을 스캔했다. 아이들보다 '기자들'이었다. 반응은 여전히 뜨뜻미지근했다. 아무래도 사진 몇 장 대충 찍고 돌아갈 생각으로 보였다.

"송윤기 셰프입니다. 여러분에게 따뜻한 요리를 대접할 수 있어서 기쁩니다. 다들 오래 기다렸을 테니 셋을 세면 덮개를 열고 먹으시면 됩니다. 하나, 둘……."

셋.

카운트가 끝나자 덮개가 열렸다. 아이가 여는 테이블도 있고 보호자가 열어 주는 곳도 있었다.

"와아."

함성만은 공통이었다. 화려한 스테이크의 자태에 모두가 넋을 놓았다.

"이제 드시면 됩니다. 모자란 사람은 더 신청해도 되니 편안하게 드시기 바랍니다."

윤기의 진행은 간단했다. 긴 멘트를 하지 않은 건 아이들에 대한 배려였다. 식사 제공을 빌미로 자행되는 온갖 번거로움을 잘라 낸 것이다.

"엄마, 게가 있어."

"솜사탕 좀 봐. 너무 귀엽다."

"꼬마 계란은… 우유 맛이야?"

테이블마다 감탄이 피어오른다. 미니 솜사탕과 꽃게가 대인기였다. 스테이크 위에 놓은 앙증맞은 솜사탕과 설탕 공예도 아이들의 시선을 사로잡았다. 한 편의 동화로 펼쳐진 스테이크 앞에서 보호자들은 인증 샷을 찍느라 바빴다.

윤기는 테이블을 돌며 인사를 나눴다. 아이들의 장애는 다양했다. 말을 못 하는 아이부터 휠체어를 탄 아이, 다운증후군과 외팔의 아이까지.

기자들은 아직도 방관적이었다. 앞쪽에 앉은 뇌성마비 장애아와 하반신 마비 아이의 사진 두 방을 찍은 게 전부였다.

"송 셰프님."

그때쯤 이리나가 다가왔다.

"왜요?"

"아까 그 아이 말이에요, 혼자 왔다는……."

"홍수아요?"

"이 아이가 스테이크는 안 먹고 셰프님을 불러 달래요."

"알겠습니다."

윤기가 그 아이 쪽으로 걸었다.

"윤기 오빠."

윤기가 다가서자 인사를 해 왔다. 두 손이 없는 소매를 질끈 동여맨 차림. 그래도 얼굴 표정은 굉장히 밝았다.

"엄마가 다리를 다치셨다고?"

윤기가 물었다. 요리 봉사 때 얼굴을 익혀 잘 아는 아이였다.

"네."

"나를 보고 싶다고 했다며?"

끄덕.

아이가 고개로 답했다.

"왜? 스테이크에 문제가 있어?"

"그게 아니고… 맛있어 보여서 그냥 가져가도 되나 싶어서요."

"가져간다고?"

끄덕.

"왜?"

"실은 엄마도 스테이크 굉장히 좋아해요. 그래서 제가 이 행사에 초대받았을 때 너무 좋아했는데 아침에 샤워하고 나오시다 다리를 삐셨어요."

"저런."

"한의원에서 침 맞고 있는데 허락해 주시면 이거 엄마한테 갖다 주려고요."

"그래서 안 먹은 거야?"

끄덕.

"먹어도 돼. 이따 갈 때 하나 포장해 줄게."

"정말요?"

"먹는 거 도와줄까?"

옆에 있던 이리나가 물었다.

"아뇨. 저 혼자도 먹을 수 있어요."

"혼자? 어떻게?"

"다리가 있잖아요?"

불쑥.

아이가 다리를 들어 보였다.

"발로 먹겠다고?"

"저는 발이 손이에요."

"그건 좀……."

이리나가 난처한 표정을 지었다. 호텔 특선 연회장이었다. 격식을 지켜야 하는 자리다. 그걸 알기에 장애아들도 옷을 단정하게 입고 왔다. 그런 자리에서 발로 스테이크를 먹으면?

"자리를 따로 옮겨 줄까요?"

이리나가 윤기에게 의견을 타진했다.

"그럼 오히려 수아가 난처해지지 않을까요? 발을 잘 쓰는 아이니까 그냥 먹게 하죠, 뭐."

윤기가 스테이크 접시를 앞으로 당겨 주었다. 수아 얼굴이 활짝 펴졌다. 수아는 바로 신발을 벗었다. 도움은 필요 없다. 왼발로 양말까지 벗더니 오른발로 왼발 양말을 벗겼다.

"주희 씨."

이리나가 변주희를 불렀다. 눈치를 차린 주희가 물수건으로 아이의 발을 닦아 주었다. 아이는 다른 발도 내밀었다.

'두 발을 다 쓰려나?'

…싶었는데 진짜 그랬다. 발가락으로 바지 끝자락을 밀어 올리더니 두 나리를 테이블 위로 놓았다. 아이의 몸은 체조선수처럼 유연했다. 시작은 병아리콩 음료수다. 두 발로 잡는다. 허리가 놀라운 각도로 굽혀졌다. 두 모금을 마시고 내려놓더니 윤기를 바라보았다.

끄덕.

이번 고갯짓은 윤기의 것. 잘하고 있다는 신호였다.

"저절로 잘리네요?"

스테이크에 칼집을 넣고는 배시시 웃는다. 엉뚱한 상황 전개에 놀란 이리나와 변주희는 뭐라 입을 열지 못했다.

"와아, 냄새 좋다."

중심부에서 향이 밀려 나오자 제법 음미까지 한다. 아이는 먹성이 좋았다. 큼지막한 스테이크는 물론이고 꼬마 게와 랍스터, 메밀주먹밥까지 단숨에 해치워 버렸다. 두 가지로 내놓은 분자요리 소스도 문제없었다. 포크를 수저로 바꾸더니 나이프로 살살 밀어 담고서는 입으로 골인시킨 것이다.

"맛있다."

입술에 묻은 소스를 혀로 핥더니 냅킨을 뽑아 뒷정리까지……

"쟤 좀 봐."

주변 테이블의 이목이 집중되었다. 다들 장애가 있는 아이들이었다. 그럼에도 두 발로 스테이크를 먹는 장면에 관심이 쏠렸다. 그제야 기자들이 하나둘 다가왔다. 발로 먹는 스테이크. 이건 그림이 되는 모양이었다.

찰칵찰칵.

카메라가 바빠지자 비로소 윤기가 미소를 머금었다. 비상 대비책, 그걸 쓸 타이밍이었다.

바삭.

설탕 공예는 그녀의 입가심으로 사라졌다.

"스테이크 하나 더?"

윤기가 물었다. 기자들이 몰려들었으니 사진 거리를 주려는 것. 최대한 우아하게, 아이를 챙기기 시작했다.

"그럼 고맙죠."

아이의 발이 포크를 흔들었다.

"잠깐만."

윤기가 돌아섰다.

다시 한 접시가 세팅되었다. 입안의 침을 정리하더니 바로 커팅에 들어갔다. 흠흠, 이번에는 제법 감상하는 여유까지 생겼다. 여기서 돌발이 나왔다. 포크로 첫 한 짐을 집어 든 아이, 윤기 얼굴을 바라보더니 그대로 윤기 입을 향해 내밀었다.

"아~"

포크가 윤기 앞에서 멈췄다. 핑크센터가 선명한 한 점이었다. 거기까지는 좋았다. 다만 그걸 들고 있는 게 손이 아니라 발이라는 게 문제였다.

"어머."

주변 눈길들이 다시 쏠리기 시작했다.

[발로 찍어 내민 스테이크 한 점]

블랙홀처럼 주변의 시선을 빨아 당겼다. 호텔 관계자들은 물론 기자들의 카메라가 일제히 집중되었다.

"어떡해요?"

연회 팀의 주희가 발을 동동 굴렀다. 상황을 보러 나온 설 대표와 유 이사 등도 표정이 굳었다. 난감한 상황이 연출된 것이다.

특급 호텔의 특급연회장. 거기서 시식 중인 고급 스테이크 이벤트. 우람한 한 점을 찍어 내밀고 있는 장애아 소녀의 발. 새 조리복을 갖춰 입은 윤기와는 도무지 어울리지 않는 풍경이었다.

"애, 발은 좀……."

이리나가 수아를 달래려 할 때였다. 윤기 손이 수아의 발목을 잡았다. 그리고, 아주 행복한 표정으로 스테이크를 받아 먹었다.

찰칵찰칵.

카메라가 경쟁적으로 터졌다.

"한 입만 주면 정 없다던데?"

윤기는 한술 더 뜨고 나왔다.

아이의 발이 또 스테이크를 배달했다.

"고마워, 많이 먹어라."

찰칵찰칵.

폭풍 셔터 소리에 윤기 격려가 묻힐 지경이었다.

"우엑, 우에엑."

화장실에서 불협화음이 밀려 나왔다. 이리나의 것이었다.

"팀장님……."

주희가 그녀의 등을 두드린다.

"됐거든."

이리나가 그 손을 밀어냈다.

"아우, 속 니글거려. 송 셰프는 자기나 먹지 왜 나한테도 주라고 난리야."

이리나가 몸서리를 쳤다.

"물 한 잔 가져다 드릴까요?"

"됐어. 자기가 좀 받아먹지. 자기는 비위 좋잖아?"

"죄송해요. 저한테 주는 게 아니라서… 게다가 기자들도 있고……."

"그나저나 송 셰프 사람이야 로봇이야? 발로 주는 음식을 한 번 더 달라고 하질 않나……."

"게다가 굉장히 맛있게 먹었어요."

"그만해. 나 또 토 나올 거 같아."

복도로 나오던 이리나가 걸음을 멈췄다.

"송 셰프님."

"괜찮아요?"

"그, 그럼요. 잠깐 손 좀 닦느라고요."

이리나는 바로 표정을 고쳤다.

"박하차예요. 마시면 기분 전환이 될 겁니다."

두말없이 차를 건네고 돌아섰다. 변죽이었다. 그녀는 알지 못

했다.

리폼 주방에 들러 스테이크 포장을 챙겼다. 그걸 들고 후문으로 나갔다. 작은 골목 편의점 의자에 수아가 있었다.

"윤기 오빠."

씩씩한 수아가 팔 대신 고개를 흔들었다.

"자, 엄마 스테이크. 특별히 2인분 넣었어."

윤기가 스테이크 포장을 목에 걸어 주었다. 수아와는 나름 친한 사이다. 그렇기에 딱히 짜고 친 고스톱도 아니었다. 조리 봉사를 할 때 종종 이렇게 놀았다. 수아는 발이 손이니까.

기원은 역시 윤기 손의 경련이었다. 조리 봉사 후에 함께 앉아 특식을 먹을 때였다. 그날따라 경련이 심해 음식을 집는 족족 떨어뜨리고 말았다.

"아~"

그걸 본 수아가 발로 집은 음식을 내밀었다. 기꺼이 받아먹었다. 봉사를 나간 마당에 망설일 이유가 없었다. 이후로 수아가 윤기에게 음식을 먹여 주는 건 특별한 일이 아니었다.

전생들은 이벤트 경험이 많았다. 이벤트는 심심해서 하는 게 아니다. 성과 도출이 목적이다. 그렇기에 인상적인 그림이 필요했고 요즘 기자들은 입에 넣어 주는 떡만 먹으니 그렇게 한 것이다.

이리나를 물고 들어간 건 그녀가 연회장 리폼의 서빙 책임자이기 때문이었다. 윤기가 받아먹은 마당에 그녀가 거부할 수 없었다. 그 또한 윤기의 현장학습이었으니 호흡 한번 맞춰 본 것뿐이었다.

수아 어머니의 사고는 문자로 알고 있었다. 걱정 마시고 수아를 택시로 보내라고 한 것도 윤기였다. 덕분에 첫 단추를 제대로 끼웠다.

"기사님, 얘, 목적지에서 내릴 때 문 좀 열어 주세요."

택시를 태워 보내는 것으로 특별 연출을 마무리했다.

[발로 주는 스테이크를 받아먹는 성자 셰프]

인터넷과 SNS에서는 이 사진 한 장이, 갓 구워 낸 스테이크보다도 더 뜨겁게 뜨고 있었다.

제5장

—

거물을 홀린 최후의 만찬

흐음.

주류실에 들른 윤기는 와인 감별 중이었다. 윤기가 요청한 와인이 조금 전에야 입고된 것이다. 주류 보관실에는 리폼 팀의 공간이 따로 배정되었다. 이 안의 모든 술은 윤기가 쓸 수 있지만 이 섹터의 주류는 윤기만 쓸 수 있었다.

그 앞에 줄을 세운 건 프랑스나 터키산이 아니라 이탈리아산이었다. 라벨에 VDT, IGT, DOC, DOCG 등의 등급이 보인다. 이탈리아에서는 DOCG가 최고 등급이었다. 윤기의 선택은 최상위의 DOCG였다.

와인은 아마로네였다. 그중에서도 론디넬라종으로 쩜을 했다. 핏빛처럼 붉은색을 자랑하는 포도로 만들었다. 맞춤하게 오크통 냄새도 마음에 들었다.

소스와 스튜를 만들 재료는 이미 확보되었다. 마지막 체크는 빵이었다. 다 빈치의 만찬에 올라온 모양으로 베이커리에 부탁해 놓았다.

'좋아.'

와인에 그득한 바닐라 향을 음미하며 주류 보관실을 나왔다.

"송 셰프."

주방이 가까워지자 진 부조리장이 달려왔다.

"인터넷 봤어?"

"뭘요?"

시치미를 떼고 물었다. 표정을 보니 인터넷에 올라간 사진 때문이다. 메인에 올라갔으니 용암처럼 뜨거워지고 있을 시간이었다.

"이것 봐. 송 셰프 사진이야. 댓글이 벌써 2천 개도 넘어."

진 부조리장이 화면을 보여준다. 수아의 발과 윤기의 얼굴이다. 발가락으로 야무지게 잡은 포크와 그 발을 향해 온화하게 입을 벌려 주는 윤기. 받아먹으려는 각도와 포근한 표정이 기막힌 구도를 이루었으니 흡사 예술 사진의 한 장면처럼 보였다. 그 아래로 이어지는 댓글들은 더 예술이었다.

—발 스테이크 '맛' 져부러.

—21세기 성자의 탄생.

—주는 발도 예쁘고 먹는 입도 예쁘고

—진심 짠하다.

—저 가운데 빨간색을 핑크센터라고 합니다.

―호텔 스테이크라면 나는 똥꼬로 찍어 줘도 먹겠다.

―윗분, 밥은 먹고 다님?

몇몇 댓글에서는 웃음이 절로 나왔다. 훈훈한 사진이다 보니 댓글 읽는 재미도 쏠쏠했다.

"이 표정 좀 봐. 완전 성자잖아, 성자."

"성자는 너무 오버 아닙니까?"

"내가 한 말이 아니야. 기사도 그렇고 댓글들도 그렇다니까."

"기자님이 순간 포착을 잘했네요."

"무슨 소리야? 그까짓 기레기들이 뭘? 이런 행동은 아무나 못 하는 거야, 우리 송 셰프니까 할 수 있는 거지."

"이리나 팀장도 같이 받아먹었는데요?"

"화장실 가서 다 반납했다며?"

"그럴 리가요."

"이거 왜 이래? 내가 이제 요리로는 송 셰프 밑이지만 호텔 짬밥은 한참 위야. 이리나 콧대 높은 거 모르는 호텔리어도 없고."

"그래요?"

"송 셰프가 아직 어려서 여자 잘 모르는데 조심해. 자칫하면 송 셰프 머리 위에서 놀지도 몰라. 리폼의 공이 다 자기 거라고 할 수도 있고."

"참고하겠습니다."

"아무튼 축하해. 리폼의 첫 오픈은 대박, 인터넷 메인을 장식 했으니 앞으로도 대박, 쭉쭉 뻗어 나가라고."

"은서는 괜찮죠?"

"그럼. 우리 송 셰프 덕에 이제 뛰어다닐 판이야."

진 부조리장 목소리가 더 밝아졌다.

슬쩍 유세 한 번 뗀 셈이다. 인간은 이기적이라 고마움 따위는 금세 망각하고 기어오른다. 그렇기에 슬쩍 재교육을 시키는 윤기였다.

"송 셰프."

호텔 직원들이 엄지를 세워 주며 지나간다. 그랑 여수의 신축 후로 찬밥이었던 그랑 서울호텔. 보란 듯이 인터넷 메인을 장식했으니 화제가 되지 않을 수 없었다.

"셰프님."

리폼 조리실에 접어들자 창혁과 명규가 반색을 한다. 경모와 에르베도 마찬가지였다.

"사진 죽이게 나왔어."

경모가 핸드폰 화면을 흔들었다. 장애아들 이벤트가 끝나면서 약간의 여유가 생긴 것이다.

"속은 괜찮아?"

에르베가 물었다.

"그럼요."

"나는 좀 섬뜩했어."

"뭐가요?"

"송 말이야, 아까 그 장면은 기시감이 있었거든."

"안드레아 말이군요?"

"맞아. 1998년 판인가? 어떤 잡지에서 본 것 같은데 연말 자선 요리 이벤트 행사장. 아마 피부암에 걸린 소녀였을 거야. 두 손이 흉측한 소녀가 먹여 주는 포토피 요리의 갈비살을 받아먹었다지. 참석한 기자들에게 사진 금지령을 내리는 바람에 기사로만 전해졌고."

"영광이군요. 대가와의 비교라니."

"송."

"만약 두 장면이 동시에 일어난다면 더 우아했을까요?"

윤기는 의미심장했다. 당연히 오늘의 윤기가 더 우아했다. 이유? 그때는 처음이었고 오늘은 그 경험을 살렸다.

윤기는 당연히 기억한다. 그날 안드레아의 미소는 자연스럽지 않았다. 이슈 몰이를 위한 연출이었지만 내심 불편했었다. 오늘은 아니었다. 수아의 발은 피부암도 없었고 처음 보는 사이도 아니었으며 불손하지 않은 시절에 기꺼운 마음으로 호흡을 맞췄던 사이인 까닭이었다.

상황도 달랐다. 당시의 안드레아는 이미 유명 셰프였다. 윤기는 아직 아니었다. 더 높은 곳으로 솟는 마당에 표정 연기 좀 보태는 게 힘들 것도 없었다.

"송 셰프."

결국 설 대표와 유 이사도 행차를 했다. 조리부장과 마케팅부장 대동이었다. 비밀스레 속을 비운 이리나도 빠지지 않았다.

"대박이었네."

설 대표가 윤기를 껴안았다. 그 한마디에 그의 감정이 다 실려 있었다.

"그랑 서울의 젊은 성자 셰프님."

설 대표는 몹시 고무되어 있었다.

"과찬이신데요?"

"절대, 그거 아무나 할 수 있는 일 아니야."

"이리나 팀장님도 했습니다."

"자네한테 옳은 거지. 이리나 팀장도 대단했지만 송 셰프가 없었다면 할 수 없었을 일이야."

윤기가 챙겨 주자 이리나가 배시시 웃었다.

"덕분에 홈페이지도 서버가 터졌다네. 그랑 서울 생긴 이후로 처음 있는 일이야."

"LGY 스테이크 예약도 미어터지고 있다네."

유 이사도 전리품 발언에 참여했다.

"배달겨레신문 이상백 차장 말이야, 자네 사진 대박 내 준 기자인데 저녁 귀빈 테이블에도 관심을 보이더군. 이벤트 취재 때는 자네 스펙이 별로라고 튕겨서 사정사정 모셔 온 사람인데 상황 역전이야."

"다비드와 파드리스의 테이블 말이군요?"

"이 친구가 요리에는 영향력이 있는 기자거든. 우리 첫 단추가 제대로 꿰어지고 있는 거네."

"죄송하지만 저녁 VIP 테이블 취재는 사양하겠습니다."

"사양?"

윤기의 반응에 모두가 놀랐다. 이상백은 그저 그런 기자가 아니었다. 이 바닥에서는 나름 인지도가 있다. 그런 사람의 관심을 단칼 거절?

"송 셰프."

"이렇게 전해 주십시오. 제 요리를 취재하고 싶으면 제 요리를 정식으로 먹은 후에 결정해 달라. 사진 한 장에 묻어 가고 싶지 않다."

"……."

"그럼 다들 나가 주실까요? 다비드의 테이블은 장애아들 이벤트 못지않게 중요한 일이라서 말입니다."

윤기가 출입문을 가리켰다. 설 대표는 군소리도 못 한 채 나가고 말았다.

"박하차 고마웠어요."

이리나는 그나마 속삭임이라도 남겼다.

"대표님, 그냥 가시는 겁니까?"

복도로 나온 유 이사가 물었다.

"아니면?"

"상대는 이상백 기자입니다. 솔직히 우리 그랑 서울 셰프들 정도로는 눈길도 못 받는."

"이번에 제대로 받았잖아?"

"하지만 그건……."

"유 이사, 그새 잊었나 본데 나 송 셰프에게 올인한 사람이야."

"대표님."

"제 생각에도 송 셰프 생각이 맞는 거 같은데요?"

이리나도 윤기를 두둔했다.

"이 팀장까지 왜 이래?"

유 이사가 견제구를 날렸다.

"이상백 기자 생각에는 자기가 관심 보이면 맨발로 모시러 올 줄 알았을 거예요. 게다가 상대는 무명의 애송이 셰프. 그런데 보기 좋게 거절을 선언했어요. 그것도 개념 있는 행동으로."

"개념?"

"정식으로 내 요리를 먹어 보고 말해라. 이거야말로 진짜 셰프의 덕목 아닐까요? 이상백 기자는 아직 송 셰프의 요리를 맛보지 않았거든요."

"내 말이 그거야."

설 대표가 쐐기를 박았다.

이들의 대화는 윤기 귀에 들렸다. 주방 문이 열린 까닭이었다.

윤기가 웃었다.

[개념 제대로 잡힌 셰프]

윤기의 전략이었다. 발로 주는 음식을 받아먹었으니 부정할 사람은 없었다. 촉으로 사는 기자들이 그걸 감지하지 못할 리 없었다.

이상백 기자.

윤기도 그 이름을 안다.

"그 친구가 우리 호텔 요리 한 번 띄워 주면 매출이 20%는 올라갈 텐데."

낮은 매출로 고민할 때 중얼거리던 조리부장의 말도 기억하고 있었다. 그럼에도 거절을 놓은 이유는 자명했다. 그가 올린 사진이 대박이 났다. 다른 기자들보다 앵글을 잘 잡은 덕이다. 말하자면 지금 잔뜩 고양되어 있을 게 뻔했다. 그렇잖아도 나름 인지도가 높은 문화부 기자. 이런 날 부르면 황제 대접을 해 줘야 한다.

두 가지 문제가 생긴다.

그가 요리를 냉정하게 평가할 수 없다는 것.

더 중요한 하나는 이슈의 주인공은 윤기이지 기자가 아니라는 거였다.

그러다 영영 오지 않으면?

피식.

또 한 번 오싹하게 웃는 윤기였다.

대한민국은 좁았다. 현재는 이슈를 만드는 셰프조차 없었다. 그러니 뜻밖의 대박 사진에 대한 후속 기사 욕심이 없을 리 없었다.

잠시 검색창을 열어 이상백의 기사를 살펴보았다. 다행히 장 루이와 에밀허쉬에 대한 언급이 나온다. 둘 다 유명한 미식 전문 기자들이다. 한때 전생을 취재해 간 인연도 있었다. 마음을 놓았다. 그 둘이라면 괜히 도도 떠는 이상백을 녹이는 한 방이 될 수 있었다.

[다비드 아넬카]

프랑스에서도 손꼽히는 미식가다. 이상백도 그의 내한 소식을 들었을 것이다. 설 대표와 유 이사가 자랑하지 않았을 리 없다. 그에게는 이상백이 넘볼 수 없는 묵직함이 있었으니 윤기를 제 치고 직접 인터뷰할 수도 있었다. 그렇다고 해도 그건 윤기의 요 리를 맛본 후가 된다.

다비드는 윤기와 다르다. 인터뷰에 있어 격식을 갖추고 예의도 갖추어야 한다. 권위까지 있으니 그의 말은 그대로 먹힌다. 이의 제기나 의심 같은 것도 없다. 어쩌면 그건, 윤기 입을 통하는 것보다 백 배 효율적이었다.

문제는 단 하나.

다비드의 감정과 이성을 녹여 버리는 일. 그러자면 맛을 감지하는 혀와 뇌부터 녹여야 했다. 뇌는 왜냐고? 미각의 최종 만족자는 혀가 아니라 뇌니까.

다비드 아넬카.

전생이 그를 녹여 놓은 건 메추리 요리였다. 농장에서 기른 게 아니라 야생의 것이었다. 전생은 그걸 파피요트 유산지에 싸서 오븐에 구웠다. 파피요트로 감싸기 전에 다마스카 장미꽃잎으로 한 번 두르고 향신료에 홍차 가루를 살짝 뿌렸다.

그날 다비드는 선심 쓰는 미식가의 입장이었다. 유럽 미식계의 별로 떠오르던 그였기에 어깨에는 힘이 잔뜩 들어가 있었다.

"찾아 주셔서 영광입니다."

전생이 요리를 세팅했다. 유산지를 벗기자 모락, 풍미가 풍겨 나왔다. 색채의 마법사로 불리는 마티스의 색감을 재현한 접시 위였다.

[안개 숲의 새벽하늘을 비상하던 메추리 가슴살 구이]

전생이 즉석에서 붙여 준 요리의 이름이었다.

"⋯⋯."

다비드는 냄새부터 맡았다. 마치 향수를 시향 하는 느낌이었다. 우아한 그 동작에는 날카로운 감상의 칼날이 번득거렸다. 칼날은 촘촘한 미각의 그물로 펼쳐졌다. 맛의 균형과 요리 방식, 본래의 맛 등을 낚아챈 그물은 불균형의 흔적을 찾아가고 있었다.

소스는 소금뿐이었다. 그러나 그의 품위를 위해 두 가지 색상으로 반짝거렸다. 핑크와 노랑이었다.

첫 살점 한 점이 다비드의 입으로 들어갔다. 그때 그의 표정은 마치 명 클래식의 선율을 감상하는, 혹은 고미술을 감정하는 표정과도 같았다. 지그시 감은 눈길에 부드러운 저작, 거기에 깊은 사색에 잠긴 고개의 각도까지.

깊은 통찰 끝에 나온 그의 평가는 한마디였다.

"심오하게 맛의 탑을 쌓았군요."

맛있어.

그거면 될 말이었다. 그러나 미식가들은 대개 은유로 소감을 내놓는다. 가볍게 튀어오른 눈길이 전생과 닿았다. 전생은 깍듯한 매너로 그의 미식을 존중해 주었다. 하지만 그 속마음에는 야생 메추리의 배설물처럼 불손한 언어들이 나열되고 있었다.

[식욕의 아우성을 고상함으로 누르느라 애로가 많군. 미식가의 혀는 허영으로 코팅된 우아가 주성분이라는 거 잘 아니까 이제 그만 위장의 재촉과 통곡부터 돌보라고.]

그 다비드가 호텔 현관에 들어섰다. 윤기는 체취로 알았다. 첫 만남부터 치열한 미식의 혈투를 벌인 사람을 어떻게 잊을 수 있을까?

"송 셰프님, VIP 오셨어요."

과연, 이리나가 달려와 그들의 도착을 알렸다.

*　　　　　*　　　　　*

[78만 원]

최후의 만찬에 붙인 기본 가격이었다. 식재료비를 분석한 마케팅 팀의 확인도 받았다. 그러나 가격은 자유지불제. 다비드가 78만 원 미만을 내면 윤기 연봉에서 까야 하고 그 이상이면 윤기의 연봉에 보태질 판이었다.

세계적인 미식가 다비드는 얼마를 지불할까?

윤기의 기억은 전생의 한 편린으로 들어갔다. 그날 다비드를 녹인 메추리 가슴살 구이에는 메추리만 들어간 게 아니었다.

칠면조〉치킨〉메추리〉병아리······.

그리고 메추리 목뼈에서 발라 낸 살이 들어갔다. 쉬운 일이 아니었지만 전생에게는 또 그렇게 어려운 일도 아니었다.

다섯 육류는 결을 따라 썰었다. 흔한 다짐육이 아니었던 것. 육류의 결을 똑같이 맞추고 트랜스글루타미나아제, 즉 접착 효소를 미세하게 뿌려 메추리처럼 모양을 잡았다.

보통 사람들은 칠면조와 치킨, 메추리의 맛을 구분하지 못한다. 미식가라면 메추리의 맛이 조금 더 섬세한 정도만 캐치한다. 병아리와 메추리 목뼈의 살점은 화룡점정을 위한 서비스였다. 오묘한 맛을 내는 목뼈 사이의 살과 함께 야들한 병아리 가슴살을 매칭시킴으로써 다비드의 의표를 허물 계획이었다.

"메추리만은 아니로군요?"

입술을 닦은 다비드가 소감 피력을 시작했다. 어쩌면 셰프들에게 가장 긴장되는 순간이었다. 미식가들은 의표 찌르기를 좋아한다. 그들은 그 악취미를 자신들의 클래스로 생각했다.

"맞습니다."

전생이 답했다.

"칠면조에 치킨 향도 있었어요."

"그것도 맞습니다."

"셰프의 의도는 무엇이었을까요?"

자, 나는 이제 배가 부르다. 그러니 네 요리가 어떤 주제였는지 설명을 들어 보자.

다비드의 눈빛은 그렇게 말하고 있었다. 전생으로서는 기다리던 바였다.

"대단하시네요. 웬만한 미식가들은 칠면조와 치킨, 메추리의 맛을 잘 구분하지 못하거든요. 이걸 다 구분해 주신 분은 처음입니다."

전생은 미사여구로 시작했다. 저렴한 미식가들은 이런 칭송을 좋아한다.

역시······.

과연……

그 말에 고양되면 싸구려 미식이다. 다비드 정도 되면 그런 수준의 공략으로는 좋은 인상을 주기 힘들었다. 바로 다음 단계로 돌입했다.

"의미는 비상입니다. 칠면조는 새지만 날 수 없는 동물이죠. 닭은 날 수 있지만 멀리 가지 못합니다. 하지만 야생 메추리는 다르죠. 저 창공을 자유롭게 날 수 있습니다."

전생의 설명이 이어지자 다비드가 촉각을 세웠다. 자신이 먹은 요리에 그럴듯한 의미가 부여되고 있기 때문이었다. 이게 전생의 노림수였다.

[요리는 영성, 내 몸은 성소]

잘나가는 미식가들은 자신의 미각을 거룩하게 포장하는 경우가 많았다. 그게 아니라고 해도 최소한, 다른 사람과의 차별화를 원했다. 맛있고 고결한 것만 골라 먹은 자신이 단지 칼로리 중심으로 배를 채우는 사람들과 동격 취급을 받는 건 싫었다.

전생은 그 프라이드에 날개를 달아 주고 있었다. 마무리 요리보다 더 중요한 디저트(?)인 셈이었다.

"요리에 들어간 재료의 비율이 그렇습니다. 칠면조보다는 치킨이, 치킨보다는 메추리가… 맛도 육중함에서 섬세함으로 변조를 넣었죠. 중심부로 들어갈수록 섬세해지는 맛을 느끼셨을 겁니다."

"그게 바로 셰프의 의도였군요?"

"그런 감동이 없다면 어떻게 다비드 박사님의 기억에 남겠습니까? 저는 제 요리가 그저 한 끼를 채우는 칼로리가 되는 건 원치 않았고 박사님의 고결한 미뢰가 그런 요리에 혹사당하는 것도 원치 않았습니다."

"뭐 혹사까지야……."

"세 재료의 주제를 간결하게 승화하기 위해 맛도 세 가지만을 기둥으로 삼았습니다. 그건 이미 눈치채셨겠지요?"

"신맛, 단맛, 짠맛."

다비드가 호응을 해 왔다. 그건 그의 체취가 알려 준 답이었다. 그렇기에 소금에 신맛의 향신료와 단맛의 과실즙을 추가했던 것.

호응은 동조를 의미했다. 다비드는 이미 전생의 페이스 안이었다. 그렇다면 이제, 감동의 쐐기를 박을 차례였다.

"이제 잠시 귀 기울여 보십시오. 마지막 비상을 위해 작은 포인트를 심었으니까요."

"포인트?"

"새가 날아오르면 당연히 노래가 있어야죠. 그 감동의 승화를 위해 중심부에 메추리 목뼈에서 발라 낸 살들을 넣었습니다. 야들한 병아리의 가슴살과 함께 말이죠. 그것으로 자유를 얻은 희열을 표현해 보았습니다."

"그러고 보니?"

다비드가 골똘해졌다. 요리의 중심부에 깊은 감칠맛이 있었다. 그는 고기의 육즙이 몰린 것으로 생각했다. 설명을 듣고 보니 명쾌해졌다. 육즙이라기엔 맛이 깊었던 것.

"셰프."

다비드의 목소리가 정중하게 변했다. 그 톤의 목소리가 계속 이어졌다.

"1811년?"

"17마리의 새 요리 말이군요?"

"역시……."

다비드 목소리가 조금 더 친절해졌다. 이 또한 그들의 수순이었다. 요리는 진화한다. 누벨퀴진이 그렇다. 그러나 그 진화는 과거에 바탕을 두고 있었다. 명장 셰프라면 요리의 족보도 관통하고 있어야 했다. 근본이 없이는 새로운 창조도 불가능하기 때문이었다.

17마리의 새를 넣은 새 요리는 1811년에 출간된 요리책에 나오는 레시피였다. 대화는 바로 '터베이컨에픽센터피드'로 옮겨 갔다. 새끼 돼지 10마리에 칠면조와 오리, 닭, 콘월, 메추리 등을 넣는 요리였다. 프랑스 요리의 역사가 아니더라도 전생에게는 이미 익숙한 일이었다. 역아의 생을 사는 동안 그런 요리는 수도 없이 해 보았다. 황제에게 365일 다른 요리를 올리려면 17마리의 새가 아니라 170마리의 새로도 요리를 해야 할 판이었다.

"오직 세 가지 맛만으로 살려 낸 메추리의 비상……."

빈 접시를 바라보던 다비드가 목청을 가다듬었다.

쪼르르 삐이이.

야생 메추리 소리를 닮은 휘파람과 함께 끝난 첫만남이었다.

* * *

"송 셰프님."

이리나가 윤기를 호출했다. 그것은 곧 다비드가 테이블에 앉았다는 뜻이었다.

"에르베 셰프님도 같이 인사하시죠?"

양고기와 장어 향 농축액을 내려놓고 에르베의 팔을 당겼다.

"그럴까?"

에르베가 못 이기는 척 따라나섰다. 다비드의 명성은 에르베도 알고 있었다.

복도로 나오자 유 이사와 황 부장, 최 조리부장 등이 보였다. 프랑스의 정통 미식가 다비드. 리폼 요리의 서막을 장식할 인물이 도착하니 다들 고무된 모습이었다.

"셰프님."

"네?"

"실은 다들 내기를 걸고 있어요. 설 대표님이 계산액을 맞히는 사람에게 50만 원 보너스를 약속하셨거든요."

"보너스?"

"리폼 자유지불제 테이블의 첫 손님이잖아요? 조건은 계산하기 직전까지, 자격은 누구나. 직원들의 관심을 고양시키기 위해서래요."

"그래서요?"

"다 빈치의 콩팥빵과 최후의 만찬 메뉴… 저 두 사람은 얼마를 내고 갈까?"

"이 팀장님도 걸었어요?"

"다들 건다고 하니 호기심이 있기는 한데……."

"얼마 베팅했는데요?"

"셰프가 귀띔해 주면 안 될까요? 얼마를 적어야 할지?"

"나라면 한 1억 적겠죠."

"셰프님."

"동그라미 하나 더 붙여 줘요?"

"아, 진짜……."

"그럼 아예 동그라미 다 빼세요."

"1원을 적으라고요?"

"프랑스 사람이니 1유로?"

"그 농담 진짜예요?"

"예."

"……?"

이리나가 걸음을 멈췄다. 어이가 없는 모양이었다. 이리나는 준비 과정을 알고 있었다. 장어만 해도 한 마리에 20만 원에 가까웠다. 거기에 와인과 빵, 스튜 등이 딸려 나온다. 그러니 기본 재료비만 60만 원에 육박할 판이었다.

하지만.

그녀는 머리 회전이 빨랐으니 윤기의 의도를 자기식으로 해석해 버렸다.

"하긴 첫 손님으로서의 지명도와 홍보를 고려하면 돈을 안 받아도 되겠군요."

"그런가요?"

"세계 정상급의 미식가 다비드. 어떤 호텔들은 유명 손님에게 돈을 주고 초청하기도 하잖아요? 예를 들면 파워 블로거나 유명 인플루언서들……."

"그렇군요. 하지만 제 말은 그런 뜻이 아니었습니다."

"아니라면?"

"최후의 만찬이라는 그림에는 복선이 깔려 있죠. 그건 아시겠죠?"

"배신?"

"조금 순화시켜서 반전이라고 해도 될까요?"

"상관없죠."

"이기고 싶으면 그 반전의 묘미를 살려서 가격을 써 내세요."

"반전의 묘미라… 그럼 에르베 셰프님은 얼마라고 보세요?"

"나는 100만 불?"

"네에?"

"송 셰프를 그만큼 믿는다는 얘기입니다."

대화가 오가는 동안에 연회장 앞에 닿았다.

[리폼]

명판이 보였다. 이 명판은 안드레아의 레스토랑에 붙였던 것과 거의 같았다. 윤기가 직접 그려 준 까닭이었다. 미식 대공 다비드, 그도 이 명판을 보았을까? 기대감과 함께 홀 안으로 들어섰다.

다비드가 보였다. 그 형체는 속도감 있게 시야를 차고 들어왔다. 이렇게 다시 보는 건 20년 하고도 몇 년 만의 일이었다.

"아, 송 셰프님."

그 옆의 파드리스가 먼저 윤기를 발견했다.

"다비드 박사님, 제가 말하던 코리아의 송 셰프입니다."

파드리스가 윤기를 소개했다. 그제야 가볍게 목인사를 건네는 윤기였다. 다비드는 당당한 사람을 좋아한다. 그런 마인드 자체는 윤기도 좋았다. 제아무리 거들먹거리는 미식주의자라고 해도 결국은 셰프의 요리에 위장과 뇌가 녹아나게 되어 있었다.

그러니 칼자루를 쥔 쪽은 셰프였다. 전생들의 생각도, 윤기의 생각도 그랬다. 미식가들을 대우하는 건 단지, 요리의 마력을 대중들에게 전하는 나팔수이기에 예우하는 것뿐이었다.

"반갑습니다. 기적의 손맛이라고요?"

다비드의 불어는 기품이 넘쳤다. 온화한 얼굴도 그랬다. 전생이 죽고 20여 년이 흐르는 동안, 그는 원숙함으로 거듭나 있었다.

"찾아 주셔서 영광입니다."

윤기의 첫 불어 인사는 그를 처음 만났을 때와 같았다.

"나보다 불어 발음이 좋으시군요?"

"불어보다 요리로 만족을 드릴 수 있기를 바랍니다."

"파드리스가 만족한 셰프라기에 달려온 겁니다. 이 친구, 미식 클럽에 나오지 않지만 막강한 재야 입맛이거든요. 그런데 옆 분은 우리 프랑스 사람 같은데?"

"맞습니다. 에르베라고 합니다."

에르베가 다비드의 인사를 받았다.

"혹시 에스코피어 요리 대회 수상자?"

"기억해 주셔서 감사합니다. 그때 박사님께서 요리 맛을 봐 주셨죠?"

"어이쿠야, 반갑습니다. 여기서 만날 줄이야?"

"한국에 요리 전수차 잠시 나왔는데 송 셰프를 만났지 뭡니까? 제가 오히려 배워 가야 할 판이니 요리의 신세계를 만나게 되실 겁니다."

인사를 마친 에르베가 먼저 퇴장을 했다.

"파드리스 님에게는 다시 한번 고맙습니다."

윤기가 한 번 더 예의를 갖추었다. 미식가들은 요리만 먹는 게 아니다. 명예와 예의를 먹고 산다. 수많은 상류층을 상대해 본 전생이었으니 몸에 배어 버린 매너였다.

"에르베 셰프까지 극찬이니… 셰프께서 프랑스나 이탈리아 요리에 대한 해석력이 뛰어나다고 하던데… 혹시 세계 대회 출신인가요?"

"아닙니다."

"그럼 노마나 칸 노카, 무가리츠 등에서 요리를 선도하는 명장 셰프의 수제자?"

"제 스승은 인류의 요리와 그 레시피, 그리고 요리를 향한 고결함입니다."

"요리를 향한 고결함?"

"손님을 보는 순간, 그 미각에 알맞을 요리와 레시피만을 생각하지요. 그러다 보니 파드리스 님의 눈에 뜨인 것뿐입니다."

"그렇군요. 나는 속물이라 셰프가 독일이나 룩셈부르크 요리 대회 출신인가 했어요? 그도 아니면 폴 보스키나 골든 램지, 혹은 피에르 가니엘의 수제자든지."

"다비드 박사님도 장 앙텔름 브리야사바랭이나 퀴르농스키에게 미식을 배운 건 아니잖습니까?"

"호오, 박식하기까지?"

"스펙은 일천하지만 요리만큼은 박사님의 기대치에 맞춰 보도록 하겠습니다."

"기대하죠."

다비드가 어깨를 으쓱해 보였다. 그러자 그의 체취가 물씬 풍겨났다. 그 순간 윤기의 후각이 그 체취를 낚아챘다. 세월이 흘렀다. 그러니 과거의 자료를 그대로 답습할 수는 없었다. 후각 망울로 들어온 체취는 가볍게 분석이 되었다.

[신맛 단맛 짠맛]

20여 년이 지났지만 다행히 그의 취향은 크게 변하지 않았다. 다만 농도가 변했다. 단맛이 더 진해졌으니 다른 두 향을 누르고 있었다. 그 뒤로 불쾌한 잔향이 느껴졌다. 약 냄새였다.

'병에 걸렸군.'

윤기의 시선이 그의 복부로 향했다. 단맛을 선호하는 병이라면 짐작이 어렵지 않았다.

"그럼 레오나르도 다 빈치의 만찬을 준비해 올리겠습니다."

정중한 인사를 두고 돌아섰다.

복도로 나오자 유 이사가 다가왔다.

"어때?"

"뭐 말입니까?"

"메뉴, 진짜 최후의 만찬을 시켰어?"

"당연하지 않겠습니까?"

"자신 있지?"

"한 가지만 말씀드리죠."

"한 가지?"

"제 요리를 먹지 않은 사람은 저를 깔 수 있겠지만 요리를 먹은 사람은 그러지 못합니다."

야심 차게 돌아설 때 복도 끝의 이상백 기자가 보였다.

'왔군.'

윤기가 웃었다. 팔짱까지 낀 채 진 부조리장의 이야기를 듣고 있다. 거만을 떨지만 한 건 건지고 싶어서 온 게 분명했다.

그렇다면.

몸 좀 달아오르게 해 드리지.

셰프는 오직 요리로 말하고 요리는 칼질과 불질로 시작된다.

이상백.

감히 나를 평가하지 마.

발로 먹여 주는 스테이크 따위는 아무것도 아니니까.

퍼포먼스 한 번?

윤기 머리에 들어온 단어였다. 양손에 칼을 잡았다.

다다닷 다다다닷 다닥.

도마 위의 연주가 시작되었다. 하로셋 소스와 스튜를 위한 재료 칼질은 전에 없이 화려했다. 작심한 퍼포먼스였으니 오늘의 주연이 다비드나 파드리스가 아니라 윤기라는 증명과도 같았다. 정말이지 미친 칼질이었다. 칼날을 받은 레몬은 고르고 투명하게 잘렸다.

"후아."

보조하던 경모와 명규, 창혁은 물론, 조리부장과 부조리장들도 혀를 내둘렀다. 웅성거리는 소리를 들은 이상백이 유리창 가까이 다가왔다. 그 눈매에 힘이 들어가는 게 보였다.

"창혁아."

보란 듯 레몬 한 조각에 스냅을 줘 창혁의 입으로 골인시켰다.

모두의 충격은 이제 시각에서 청각으로 넘어갔다. 화려하기만 한 게 아니었다. 도마를 두드리는 소리는 한 곡의 클래식을 방불케 만들었다.

"쇼팽의 첼로 소나타 같은데요?"

마무리 부분에 들어가자 복도의 주희가 중얼거렸다.

"쇼팽이 무슨 첼로 소나타?"

이리나가 톡 쏘았다.

"주로 피아노곡을 썼지만 첼로 소나타도 썼어요."

주희의 해명과 함께 윤기의 칼질이 끝났다. 그럼에도 모두의 눈길은 윤기의 동선을 따라간다. 양고기가 수비드 수조에서 나오고 장어가 찜통으로 들어갔다. 촐렌트 스튜도 은근하게 끓기 시작했다. 히숍 때문인지 박하 냄새가 시원했다.

요리의 완성은 후각으로도 알 수 있었다. 8장의 등심을 겹친 후에 베이컨을 말아 굽는 양고기 냄새는 참기 어려운 고문이었다. 파드리스를 위한 왕새우 요리도 은박지에 쌓여 숯불 위로 올라갔다. 두 냄새의 하모니는 지켜보는 사람들의 침샘을 폭발 직전까지 몰고 갔다.

숯은 따로 주문한 너도밤나무였다. 껍질을 제거하고 만들라고 옵션을 붙였다. 그러지 않으면 연기가 많이 나고 불쾌한 잡내가 고기에 배기 때문이었다. 윤기에게는 나무나 숯도 하나의 향신료였다.

열매가 익어 가듯 풍미가 농익어 갔다. 현란한 시각에서 감미로운 청각을 지나온 요리는 후각으로도 마무리가 되었다. 주방 밖 복도에 서성거리는 사람들이 늘어갔다. 양고기와 장어에 컴파운드 소스가 들어갔다. 모두의 시선과 함께 윤기의 플레이팅이 끝났다.

[다비드를 위한 다 빈치의 최후의 만찬]
[파드리드를 위한 다 빈치의 콩팥빵과 왕새우 요리]

찰칵.

주희의 카메라가 바빠졌다. 이제부터 올라가는 모든 요리가 리폼의 메뉴이자 역사가 될 것이기 때문이었다. 그때 이리나가 윤기에게 이상백의 의사를 타진해 왔다.

"기자님도 한 컷 찍고 싶다는데요?"

그 말을 들은 윤기가 고개를 들었다. 유리 너머의 이상백이 손을 들어 보인다.

"요리 주인이 따로 있으니 곤란하다고 전해 주세요."

윤기의 결정은 단호했다.

바로 덮개가 덮였다. 이제 요리로서 다비드를 만날 시간이었다.

"송."

에르베가 격려의 엄지를 세웠다.

"파이팅."

경모와 명규, 창혁도 주먹을 쥐며 성공을 빌었다.

"가실까요?"

이리나 팀장에게 카트를 맡긴 윤기가 복도로 나왔다. 유 이사와 황 부장, 조리부장에 진 부조리장까지 주먹을 쥐어 보이며 기대감을 표출한다.

"안 떨려요?"

이리나가 물었다.

"왜 떨어야 하죠?"

윤기는 담담했다. 윤기의 감정은 떨림이 아니라 설렘이었다. 바다를 건너온 면식 미식가에게 요리의 진수를 설파할 설렘. 그리하여 그 미식을 정복하며 넓혀 갈 요리의 지평… 그렇기에 걸음도 조금씩 빨라지고 있었다.

"아오, 저 강심장… 나는 강심제 먹었어도 떨리는데……."

호흡을 고른 이리나가 걸음을 재촉했다.

"만찬을 올리겠습니다."

다비드의 테이블 앞, 부러질 듯 긴장한 이리나와 주희를 옆에 두고 윤기가 만찬의 서막을 올렸다.

＊　　　＊　　　＊

아마로네 와인.

소박한 빵.

하로셋 소스.

촐렌트 스튜.

등심 8장을 겹쳐 숯불로 구워 낸 양고기.

슬라이스로 썰어 낸 장어찜.

역시 얇게 저며 낸 레몬.

콩팥 패티를 넣은 빵.

속을 꺼내 양념을 하고 다시 채워 넣은 왕새우 숯불 구이.

만찬이 세팅되었다. 아래의 것은 파드리스와의 약속을 지킨 요리였다.

"굉장하군요?"

파드리스의 소감이었다. 소박하면서도 빛나는 요리에 반한 눈빛이었다. 그 말이 끝날 때 윤기의 손이 소금 통을 잡았다. 뚜껑을 열더니 살짝 엎어 버린다. 이리나가 놀라지만 눈짓으로 안심시켰다.

귀빈의 테이블에 엎어 놓은 소금 통. 그럼에도 수습하지 않는 서버들.

다비드는 뭐라 멘트를 하지 않았다. 시선은 요리로 돌아가 있었다. 빵과 와인을 필두로 하나하나 섬세하게 스캔에 들어간다. 분석이다. 부검의처럼 메스를 들이대는 중이다. 이리나가 와인을 따르고 물러났다. 풍미부터 시식(?)한 다비드가 와인 잔을 잡았다.

"수고한 셰프를 위해."

가볍게 윤기를 겨누더니 한 모금으로 입술을 축였다. 그 또한 오래 음미한다. 마세라시옹의 과정 동안 생성된 탄닌의 함유량을 파악하는 표정이다. 다음으로 스푼을 잡는다. 스푼이 스튜로 들어갔다.

'세 번……'

윤기의 추측이었다. 그는 본래 두 번 맛을 본다. 그것으로 요리의 수준과 방법을 가늠한다.

[당신이 먹은 음식을 말해 보라. 그러면 내가 당신을 정의해 주겠다.]

저 유명한 장 앙텔름 브리야사바랭의 말이다. 다비드식으로 말하면 이렇게 변한다.

[당신의 요리를 가져와 보라. 그러면 내가 그 요리의 본질까지 분석해 주겠다.]

다비드는 그런 능력이 있었다. 그럼에도 세 번으로 바꿔 놓은 건 세월 때문이었다. 이 세상에 무한한 것은 없다. 저 맛난 요리도 시간이 흐르면 향이 날아가고 단백질에 변성이 온다. 숙성이나 발효도 마찬가지다. 정점을 지나면 균형이 무너진다. 다비드의 미식 능력도 예외가 될 수 없었다.

다행히.

윤기는 젊은 몸으로 전생들의 능력을 받았지만 다비드는 그 세월만큼 노후(?)되었다. 분명 그렇다. 미뢰도 당연히 노후되는 능력이었다.

다음으로 빵을 집었다. 하로셋 소스를 찍더니 한 입을 베어 문다. 우물거리는 모습은 더 신중해졌다. 나쁘게 보면 미뢰의 반응이 느려진 것이고 좋게 보면 경륜이 쌓인 것이다.

다시 와인 한 모금이 들어갔다. 그 막간에 장어찜을 빵 위에 올리더니 레몬 조각을 집었다.

"……?"

거기서 처음으로 주춤거렸다. 레몬 조각 때문이었다. 컴퓨터로 자른 듯 균일하면서도 해파리처럼 얇고 투명했으니 서너 장을 집어야 A4의 두께가 될 정도였다. 그 위로 장어가 두 조각 올라갔다.

여기서 또 한 번 멈칫하는 동작이 나왔다. 야생의 장어 향을 느낀 것이다. 몇 초간의 음미와 함께 입으로 들어갔다. 만찬의 메인인 장어 요리. 그렇기에 다비드의 음미는 길고 특별했다.

'한 번 더.'

윤기의 시선이 먼저 장어 접시로 옮겨 갔다. 다비드의 손이 그 시선을 따라갔다. 이번에는, 레몬을 두 조각 더 올리고 장어도 한 조각 더 쌓았다. 최적의 풍미를 찾아낸 것이다.

우물.

몇 번 입을 움직이는 사이에 그의 눈이 감겼다. 지긋하고 부드러웠다.

빙고.

윤기 입가에 미소가 흘러갔다. 풍미가 마음에 들 때 인간은 저렇게 눈을 감는다.

'오케이.'

윤기가 소리 없이 물러났다. 맛에 취할 때는 신도 방해하면 안 된다. 그것은 거룩한 충전의 시간이니 맛에 몰입할 권리의 보장이었다.

"송 셰프님."

"쉬잇."

뭐라고 말하려는 이리나를 막았다. 지금은 지켜볼 시간이었다. 윤기가 정숙하자 이리나와 주희도 숨을 죽였다.

다비드의 손은 계속 장어찜 쪽이었다. 마침내 그 접시가 비었다. 그제야 양고기 접시를 당겨 썰기 시작했다. 또 한 번 숨이 멈춘다. 고기가 갈라지면서 나온 양고기의 향미 때문이었다. 미리 썰어 온 장어와 달리 중심부에 숨었던 향이 폭발했으니 난폭할 정도였다.

몇 점을 먹더니 촐렌트 스튜에 찍는다. 하로셋 소스도 같이 시도한다. 다비드 앞의 석기 접시들은 마침내 깨끗하게 비워져 갔다.

"이것도 드셔 보시죠."

옆의 파드리스가 콩팥 패티의 빵과 왕새우 한 마리를 밀어 주

었다. 다비드는 사양하지 않았다. 파드리스와 와인 잔을 부딪치
더니 새우의 등을 갈랐다.

"……!"

다비드가 또 한 번 주춤거렸다. 새우살은 다져져 있었다. 입
에 넣자 파르마산 치즈의 고소함에 레몬 박하의 화한 조화가 알
싸하게 느껴졌다. 조금은 아쉬운 눈빛. 그렇게 빈 접시를 바라본
그가 포크를 놓았다.

"셰프께서 바쁘십니까?"

다비드가 저만치의 이리나를 바라보았다. 윤기는 홀을 나가고
없었다.

"불러 드려요?"

"바쁘지 않으시다면."

"잠깐만 기다려 주세요."

이리나의 지시를 받은 주희가 주방으로 향했다.

윤기는 리폼 주방에 있었다. 다른 요리를 하는 중이었다.

"VIP께서 뵙고 싶다세요."

"알겠습니다."

윤기의 손은 여전히 조리에 몰두했다.

"셰프님."

주희는 조바심이 났다. 다른 사람도 아니고 다비드였다. 그냥
가 버리기라도 할까 애가 탔다. 윤기는 달랐다. 태연하고 담담하
게, 여전히 요리 몰입이었다.

"경모 선배, 다 되었어요?"

"응."

"그럼 이리 주세요."

윤기가 손을 내밀었다. 경모의 재료를 받아 든 윤기, 자신이 다지던 재료에 채워 넣고 모양을 잡았다.

"숯불에 구워 놓으세요."

그걸 맡기고서야 손을 씻었다.

"송 셰프."

결국 이리나까지 달려왔다.

"쉬잇."

이리나와 주희를 안심시키고서야 주방을 나서는 윤기였다. 이리나와 주희는 그 카리스마에 흘렸다. 조리부장이나 팀장들에게서도 엿볼 수 없는 위엄이었다. 복도에는 여전히 사람들이 많았다. 이상백이 거만하게 다가왔다.

"송 셰프."

"무슨 일이죠?"

"다비드 말입니다. 당신 요리에 만족하셨나?"

"그건 다비드에게 물어야 하는 거 아닙니까?"

"예?"

"제게는 제 요리에 만족하느냐, 그게 합당한 질문인 거 같아서 말입니다."

"이봐, 내 말은……."

"죄송합니다. 손님이 기다리고 계셔서……."

가볍게 이상백을 스킵해 버렸다. 모두가 아연실색하지만 윤기는 개의치 않았다. 페이스 조절자는 윤기였다. 다른 누구에게도 그 권위를 넘길 생각은 없었다. 전혀.

"좋은 시간 되셨습니까?"

다비드 앞에서 다시 정중한 모드로 돌입했다.

"셰프."

"최선을 다하긴 했지만 궁금하군요."

"최선을 다한 건 인정합니다. 하지만 몇 가지는 좋았고 또 몇 가지는 나빴습니다."

나빴다.

윤기 뒤에서 청각 안테나를 세우고 있던 이리나 표정이 살짝 굳었다. 나쁘다는 단어가 귀에 박힌 것이다.

"어떤 것들이 그랬을까요?"

윤기의 표정은 여전히 우아했다.

"나쁜 것부터 말하자면… 일단 빵입니다. 셰프의 빵에는 누룩 냄새가 진한데 다 빈치가 그린 만찬의 시대에는 누룩을 쓰지 않았습니다."

"네."

대답하는 윤기 뒤에서 이리나의 얼굴이 또 한 번 구겨진다.

"다음은 장어요, 칼 솜씨는 인정하지만 만찬의 장어는 투박한 게 옳습니다. 레몬도 마찬가지고요."

"예."

"양고기도 마찬가지로 아쉬웠습니다. 양고기가 만찬에 있었느냐 없었느냐는 논란의 여지가 있지만 만약 올라갔다면 베이컨으로 말았어야 하는데 셰프의 요리에는 비엔나소시지까지 들어갔군요."

"여러 가지군요. 더 있을까요?"

"그 정도입니다. 다른 건 기대 이상으로 훌륭했어요."

다비드의 평가가 끝났다. 표정으로 보아 별 넷 정도의 만족도였다. 비평으로 사라진 별 하나. 이제 그걸 되찾을 시간이었다.

"이제 제가 잠깐 설명을 드려도 되겠습니까?"

"듣고 싶소."

미식 식견을 뽐낸 다비드는 여유로운 표정이었다.

"우선 빵부터 말씀드려야겠군요. 만찬에 올라간 빵에 누룩을 쓰지 않은 건 알고 있었습니다."

"그런데 왜?"

"효과를 살린 거죠. 다 빈치가 사망한 지 500년이 넘지 않았습니까? 열두 제자와의 만찬장 빵에도 곰팡이가 슬었을 텐데 그렇다고 손님 테이블에 곰팡이를 놓을 수 없었습니다. 해서 궁리한 게 누룩곰팡이로 분위기를 살리자였습니다. 만찬 그림은 500여 년 전에 그려졌지만 음식을 맛보는 건 오늘의 박사님. 최대한 만찬의 분위기를 맛보여 드려야 하는데 그림 속으로 모실 수는 없으니까요."

"……?"

느긋하던 다비드가 촉을 세우는 게 보였다. 미식자들은 요리에만 열광하는 게 아니다. 그 요리에 지식과 교양을 부여할 때도 열광한다.

"장어도 같은 맥락이었습니다. 다 빈치의 만찬 그림을 보면 빵과 와인 외에는 다 뭉개져서 잘 보이지 않습니다. 박사님께서는 투박한 장어를 생각하셨시만 저는 그 만찬을 차린 셰프의 입장을 생각했습니다. 제가 그 만찬의 셰프라면 결코, 투박하게 자를 수 없었을 겁니다."

"그렇다면 장어 굽는 냄새는요? 분명 컴파운드 소스와 함께 주입한 거 같은데 그렇다면 분자요리의 일환이 아닙니까? 최후의 만찬과는 어울리지 않는 조리법입니다."

"향을 주입한 건 맞습니다. 이유는 장어의 야생성 때문입니다. 당시의 장어들은 친자연적이라 풍미가 강했습니다. 그러나 지금은 오염 때문에 그런 장어를 구할 수 없죠. 그럼에도 당시의 분위기를 포기할 수 없으니 부득 향 추출법으로 야생의 향미를 강화한 겁니다. 누가 뭐래도 제 의무는 만찬의 분위기를 살리는 것이니까요."

"……"

"나아가 양고기… 박사님처럼 저명하신 분이 말씀하시니 혹시라도 제가 요리 과정에 실수로 비엔나소시지도 넣었나 복기했지만 그럴 리 없습니다. 비엔나소시지 냄새가 나는 것 또한 제 정성이었으니 너도밤나무 숯 때문입니다. 그걸로 고기를 구우면 맛의 강화와 함께 비엔나소시지 같은 풍미가 입혀지지 않습니까? 기타 양고기 냄새를 위한 향 처리는 장어와 같습니다."

"……"

세 번째 설명까지 이어지자 다비드의 표정이 굳어 버렸다. 정중한 예의 속에서 날아온 카운터 펀치들이었다. 첫 한 방부터 범상치 않았으니 해박한 그조차 할 말을 잃어버렸다.

더 충격적인 건 윤기 자체였다. 이탈리아 셰프도 아니었다. 노련한 연륜도 없었다. 한마디로 새파란 애송이가 역사 요리의 본질까지 파악하고 있지 않은가?

"그러니까 다 셰프의 의도였다?"

다비드의 목소리가 살짝 흔들렸다. 옆의 파드리스는 모른 척 미소를 머금고 있다. 윤기는 확신했다. 전생이 그랬던 것처럼, 이 테이블의 주인공은 이미 윤기 자신이었다.

"조금 더 부연하자면 양고기입니다. 양고기가 만찬에 나왔느냐 아니냐의 논란이 있지만 저는 나왔다고 생각합니다. 증거는 아마로네 와인입니다. 이 와인은 도수가 높고 향이 진해 육류와 궁합이 맞습니다. 초보 셰프가 아니라면 아마로네 와인을 내면서 육류를 빠뜨렸을 리 없고 초보 셰프라면, 열세 명의 만찬을 감당할 수 없습니다."

반박 불가.

완벽한 이론으로 다비드의 위엄을 조금씩 넘어갔다.

"으음……."

"나아가 만찬의 상징과도 통합니다. 제가 고른 것은 론디넬라 종인데 코르비나나 모리나라종과 달리 피처럼 진한 색이죠. 만찬 후에 피를 보게 되니 천재로 불리는 다 빈치라면 분명 아마로네, 그중에서도 론디넬라를 올렸을 거라 사료되어 선택했습니다. 물론, 박사님에 대한 배려도 조금 작용을 했죠."

"나에 대한 배려라고요?"

"이게 미국산 오크 숙성입니다. 잘 아시다시피 미국산 오크는 바닐라 향이라 미식가처럼 섬세한 미뢰를 가진 분들에게 알맞습니다. 잘 음미하면 달달하면서도 쌉쌀한 끝맛이 식욕을 향해 유혹의 미소를 보내니까요."

"기왕 그렇게 배려하는 거라면 좀 더 좋은 라벨로 차리지 그랬습니까?"

다비드의 응수였다. 속절없이 밀리다 보니 방어 차원의 핀잔이었다. 윤기가 준비한 와인이 하필, 아마로네 중에서도 최하품이기 때문이었다. 당연히, 윤기는 그 답에 대한 준비도 되어 있었다.

"죄송합니다만 박사님, 만찬의 주인공은 이렇게 말하죠. 이 와인이 자신의 피라고. 그러니 그 피는 '쓴맛'이 더 강한 저급품을 세팅하는 게 맞다고 생각했습니다."

"……"

"공감하신다면 요리 속에 숨겨 둔 제 마지막 의도까지 밝혀드리고 싶습니다."

"마지막 의도?"

"박사님은 지금 건강이 좋지 않으시죠? 아마도 간 쪽일 거 같습니다. 그래서 단맛 성향이 조금 더 강하시니 그 맛의 결을 살리기 위해 '쓴맛'을 강조한 것입니다."

"……?"

마침내 다비드의 평정이 깨졌다. 차분하던 눈동자에 격한 파문이 일었다.

간.

사실이었다. 다비드는 4년 전에 간암 판정을 받았다. 조기 발견 덕분에 치명타까지는 아니었지만 이후로 건강이 조금 악화되었다. 이 사실은 파드리스도 모르는 일이었다.

더 놀라운 건 단맛이었다. 최근 들어 단맛에 끌리기 시작했다. 그 또한 자신이 아니면 귀신도 모를 일. 그런데 윤기가 그 식성을 파악하고 있었다. 그 자체만으로도 놀라운데 맛의 배치까지 고려했다. 그제야 알았다. 요리의 뒷맛에 이끌리던 이유. 바로 쓴맛 뒤에 느낀 단맛의 아련한 매력 때문이었다.

"그리고 소금 통 말입니다. 다 빈치의 작품에도 엎어져 있었기에 따라 한 디스플레이였는데 혹 불쾌했다면 사과를 드립니다."

사과와 함께 소금 통을 세웠다.

"허어."

다비드의 반응은 깊은 탄식이었다.

"아무튼 박사님을 모시게 되어 행복했습니다. 그 보답으로 한 가지 요리를 서비스하고 싶은데 괜찮으시겠습니까?"

"서비스 요리?"

"별거 아닙니다만 즐겨 주시면 고맙겠습니다."

윤기가 주희에게 사인을 주었다. 그녀가 리폼 주방에 인터폰을 걸자 경모가 요리를 가져왔다.

"어느 자료인가를 찾아보니 박사님이 이 요리를 좋아하신다고 해서요."

윤기가 덮개를 벗겼다.

"안개 숲의 새벽하늘을 비상하던 메추리 가슴살 구이입니다."

바로 그 요리였다. 전생이 처음 다비드를 녹였던 메추리 요리.

"이 요리도 할 줄 안단 말입니까?"

다비드의 눈이 동그랗게 변했다. 자신의 취향을 제대로 저격하는 셰프. 나쁠 리가 없었다.

"드셔 보시죠. 제대로 만들었는지."

윤기가 요리를 권했다. 파드리스를 돌아본 다비드가 고기 한 점을 집었다. 입에 넣고 우물거리더니 그만 포크를 놓고 말았다. 살점 안에서 느껴진 메추리 목살과 병아리 가슴살의 풍미. 그때 그 맛과 똑같았다.

"혹시라도 맛이 심오하다면 영광입니다."

심오?

다비드의 반응이 미치도록 커졌다.

"그러고 보니 이 요리를 먹을 때는 메추리 노랫소리를 내야 제 격이라죠?"

얼어붙은 다비드의 귓속으로 윤기가 만든 야생 메추리 소리가 낭랑하게 들어왔다.

쪼르르쪼르르 삐이이……

제6장
—
공작이 아니라 대붕

"그러고 보니 이 연회장 이름이……?"

다비드가 두리번거렸다. 들어올 때 스쳐 간 명판이 떠오른 것이다.

"리폼입니다."

"이 이름도 혹시 셰프가 지은 겁니까?"

"그렇습니다."

"그럼 혹시 안드레아 셰프도 아십니까?"

안드레아.

그제야 그 이름이 나왔다. 다비드도 전생을 기억하고 있었다.

어떻게 모를 수 있을까?

내가 바로 안드레아인데.

"그분의 요리를 공부했습니다."

"맙소사, 이건 공부한 정도가 아닙니다. 어쩌면 매너와 표정까지, 사람은 다르지만 그냥 안드레아 그 자체예요."

다비드의 목소리가 올라갔다. 그의 위신과 냉철함은 완벽하게 사라지고 없었다.

"영광입니다."

윤기는 가볍게 받아넘겼다. 다비드는 유명세를 떨치는 미식가답게 안드레아의 요리 맛을 잊지 않고 있었다.

"오오, 이럴 수가. 파드리스, 안드레아 알죠? 20여 년 전에 돌연사한?"

다비드가 파드리스를 바라보았다.

"알죠."

"이 메추리 요리… 그냥 판박이입니다. 나를 매혹시켰던 그 맛 그대로… 그 친구, 인간미는 없었지만 요리 하나는 탁월했죠. 그가 죽은 후로 이 맛이 미치도록 그리웠는데… 당신, 설마 안드레아의 환생은 아니겠죠?"

"다비드 박사님……."

파드리스가 주의를 환기시켰다. 그가 보기에 다비드는 선을 넘고 있었다. 하지만 윤기가 보기에는 정상이었다. 병아리 가슴살과 메추리 목뼈에서 바른 살을 가운데 박았던 메추리 요리. 안드레아 레스토랑의 정식 메뉴가 아니었으니 그걸 아는 셰프는 유럽에조차 없었다.

"실례했습니다. 너무 놀라서……."

그제야 다비드가 자기 제어에 들어갔다.

"아닙니다. 그런 실력자와 비교되다니 영광이죠."

다비드는 흥분하지만 윤기는 분위기에 휩쓸리지 않았다.

"그의 레시피를 구한 겁니까? 돌연사라서 아무것도 남기지 않은 걸로 알았는데?"

"그분 물건을 처분한 사람에게서 얻었습니다. 레시피 대신 메뉴의 메모들이 있었다더군요. 운이 좋았죠."

"그럼 다른 요리도?"

"뭐든 가능합니다. 안드레아의 메뉴라면."

"뭐든?"

"예."

"그렇다면 로마 황제 콤모두스의 요리와 튜터 왕가의 요리, 히틀러가 즐겨 먹던 영계와 정통 지중해식 부야베스 같은 것도 된단 말입니까?"

"죄송하지만 방금 드신 메추리 요리가 증명이 아닐까요?"

"맙소사, 맙소사……."

"그러면 이제 파드리스 선생님 차례십니다."

윤기의 관심이 다비드를 스킵했다. 상대가 고양되었을 때 대화를 잘라 버리는 것. 상대의 조바심과 관심을 극단적으로 끌어올리는 방법이었다.

"내가 먹은 요리도 굉장했어요."

파드리스도 만족이었다.

"다행입니다."

"특히 왕새우… 이게 바로 말로만 듣던 바로 그, 꼬리 쪽으로 살을 빼내서 마리네이드를 하고 다시 집어넣은 방법입니까?"

"맞습니다."

"그런데 꼬리에 전혀 흔적이 없던데요?"

"머리 밑을 따서 작업하고 주사기로 밀어 넣었습니다. 한국 말에 어두일미라는 게 있습니다. 머리에서 작업을 하면 풍미가 진해집니다."

"그랬군요."

"콩팥빵은 어땠습니까?"

"멋졌습니다. 석류는 알맞았고 아니스 한 방울의 강조가 기막힌 조화를 이뤘어요. 다 빈치가 왜 콩팥 패티를 좋아했는지 알 것 같았습니다. 사견으로는 이것도 단품으로 내면 좋을 것 같은데요?"

"오늘 메뉴로 나온 요리들은 정식 메뉴 리스트에 올라갈 겁니다. 다 파드리스 선생님 덕분입니다."

윤기가 마무리에 들어갈 눈치를 보이자 다비드가 대화에 뛰어들었다.

"셰프, 질문이 남았습니다."

말투가 급해졌다. 윤기에게 궁금한 게 많은 까닭이었다.

"말씀하시죠."

윤기의 매너는 점점 더 유려해진다. 이리나와 주희는 눈을 떼지 못했다. 수십 년 서빙의 노장 웨이터보다 더 노련하고 빛나는 접대 매너. 그녀들이 보아도 테이블의 지배자는 윤기가 분명했다.

"요리의 전반을 관통하는 맛의 균형 말입니다. 단맛은 와인의 쓴맛으로 강조했다지만 신맛, 단맛, 짠맛의 조화가 완벽한 균형을 이루고 있었습니다. 너도밤나무를 쓰면 여러 풍미가 살짝 올라가는 건 맞지만 이 정도는 아닙니다. 어떤 향신료가 들어간 건지 궁금합니다."

역시 다비드.

윤기는 진심으로 행복했다. 허접한 미각을 앞세워 비평의 칼을 들이대는 황교일 같은 무리들과는 클래스가 다르다. 적어도 이 정도 수준은 되어야 요리를 논할 기분이 나는 것이다.

"주인공은 바로 이겁니다."

윤기가 작은 열매 몇 알을 내밀었다.

"뭐죠?"

"오미자라고 다섯 가지 맛을 가진 한국 향신료입니다."

"맛을 봐도 될까요?"

"물론이죠."

윤기가 수락하자 다비드가 한 알을 깨물었다.

"이 맛이지만 이 맛이 아닌 것 같은데?"

다비드 고개가 갸웃 돌아갔다.

"씨를 빼고 맛을 보시죠. 그냥 먹으면 '오미'지만 씨를 빼면 '삼미'가 됩니다."

"씨?"

씨를 발라 낸 다비드가 다시 맛을 보았다. 그제야 얼굴이 굳었다. 그의 요리 속에서 맛의 균형을 이루던 세 가지 맛의 비밀이 거기 있었다.

"오미자에서 바로 삼미자로의 변신이라… 만찬 후에 배신당하는 예수의 이야기와 통하는 것도 같군요."

다비드가 말하자 윤기가 웃었다. 미식가들은 갖다 붙이는 걸 좋아한다. 덕분에 때로는 요리에 신화를 입혀 준다. 그렇기에 그의 해석에 토를 달지 않았다.

"모레 말이오, 셰프의 특선으로 한 번 더 예약이 가능할까요?"

다비드의 추가 오더가 나왔다.

목매게 기다리던 바였지만 윤기는 덥석 물지 않았다.

"예약은 저희 이리나 팀장님 담당이십니다. 그녀와 상의해 주시면 고맙겠습니다."

"그럼 오늘 계산은 어떻게 할까요?"

"제 특선 요리는 자유지불제입니다. 기준 가격을 참고로 박사님이 만족한 만큼만 지불하시면 됩니다."

"1달러를 내든 100달러를 내든 상관없단 말입니까?"

"요리의 가치란 먹은 사람의 만족도에 달린 거니까요."

"알겠습니다. 오늘은 나도 정신이 없군요."

"그럼……."

윤기의 마무리는 여전히 흐트러짐이 없었다. 연회장을 나오며 이리나에게 찡긋 사인을 보냈다.

'인심 좀 써 주세요.'

윤기의 의도였다. 잠시 숨을 고른 이리나가 다비드의 테이블을 향해 걸었다.

"송 셰프."

복도에 설 대표가 있었다. VIP 손님 유치를 위해 나갔던 그. 리폼 첫 VIP의 일이 궁금하니 퇴근도 잊고 돌아온 모양이었다.

"어때? 분위기는 좋아 보이던데?"

"미식가도 인간이니까요."

"호평이었나?"

"분위기 보셨다면서요?"

"계산은 얼마나 했나? 그것도 중요할 것 같은데?"

"지금 이 팀장님이 계산을 받으러 갔습니다."

"자네도 들었지? 우리가 내기를 건 거?"

"……"

"미안하네. 하지만 그만큼 관심이 뜨겁다는 거야."

"대표님은 얼마 쓰셨습니까?"

"천만 원 정도 쓰고 싶었지만 유럽인들은 합리적인 사람이 많아서 100만 원 썼네만."

"나는 80만 원."

"나는 200만 원 걸었어."

설 대표 뒤의 유 이사와 황 부장이 합창을 했다.

"그 배팅표 제가 볼 수 있나요?"

윤기가 설 대표에게 물었다.

"문제없지. 기준가격이 78만 원이다 보니 대부분 800불에서 1,000불 사이야. 어디 보자, 가장 적은 액수는 10불이고 가장 많은 액수는 3,000불? 가만, 10불 건 사람 누구야?"

설 대표가 유 이사를 바라보았다.

"이리나 팀장입니다. 무슨 이유인지 10불과 3,000불, 두 가지를 걸었어요."

"이 친구가 병 주고 약 주나? 10불은 뭐고 3,000불은 또 뭐야?"

"저도 걸어도 될까요?"

윤기가 물었다.

"문제없네. 아직 결제가 끝나지 않은 거 같으니."

"저도 10불에 하나, 3,000불에 하나 겁니다."

"……?"

설 대표가 의아해할 때 다비드와 파드리스가 연회장에서 나왔다. 둘은 복도의 윤기를 향해 목인사를 남기고 멀어졌다.

"이 팀장."

설 대표가 이리나를 불렀다. 이리나의 표정은 제대로 굳어 있었다.

"왜?"

"그게… 저 분 계산이……."

이리나가 신용카드의 영수증을 내밀었다.

"10불?"

설 대표가 소스라쳤다.

"10불이라고요?"

유 이사도 사색이 된다.

"으아, 진짜 10불이네? 원가만 해도 수십만 원이라던데 10불이라니?"

황 부장은 아예 분노의 대방출이었다.

"……."

설 대표의 표정이 어두워졌다. 사실 그가 우려하던 일이기도 했다. 세상 모든 사람들이 양심적인 것은 아니었다. 비싼 요리를 시키고 천 원을 내도 따질 수 없다. 자유지불 시스템의 맹점이었다.

이리나도 마찬가지였다. 10달러에 걸기도 했으니 가격 맞히기는 적중한 셈이었다. 하지만 이건 결코 좋아할 일이 아니었다.

"팀장님……."

주희 목소리도 목구멍 깊이 기어 들어갔다. 그렇게 좋아 보이던 테이블 분위기. 그렇기에 10달러 결제의 충격은 그녀에게도 예외가 아니었다.

"테이블 정리해."

이리나의 지시였다. 기가 막히지만 업무는 업무였다.

"아, 진짜… 먹을 때는 온갖 우아에 고상을 다 떨더니 쪼잔하기는……."

주희는 치를 떨며 테이블로 향했다.

"돈 주고 모셔야 할 정도로 유명한 사람이야. 그걸로 만족하자고."

설 대표의 손이 윤기의 등을 토닥거렸다. 비통한 마음이지만 그래도 대표의 위치. 리더십을 발휘하며 일단 짓는 설 대표였다.

그때 연회장 안의 테이블에서 주희의 비명이 들려왔다.

"까악, 팀장님."

놀란 이리나가 테이블로 뛰었다.

"왜 그래?"

"이거 보세요, 이거."

주희가 봉투와 함께 메모를 흔들었다.

"뭐야?"

"카드는 팁입니다. 진짜 계산은 이 돈으로 하세요. 다비드 아넬카."

"지금 뭐라는 거야?"

"쓰인 그대로잖아요? 카드는 팁, 진짜 요리값은 여기 두고 갔나 봐요."

"얼마야?"

"무려 3,000불요."

"3,000불?"

100불짜리 지폐 30장을 확인한 이리나의 눈이 뒤집혔다. 그 아찔함 속으로 윤기의 말이 스쳐 갔다.

─최후의 만찬이라는 그림에는 복선이 깔려 있습니다.

─조금 순화시키면 반전이겠죠.

─이기고 싶으면 그 반전의 묘미를 살려서 가격을 써 내세요.

그제야 알았다. 윤기가 거기까지 생각하고 있었다는 것. 그렇지 않으면 우연인데 우연이 이렇게 들어맞을 리 없었다.

10달러는 복선.

3,000달러는 그 반전의 묘미

'아우, 나이도 어린 게 진짜⋯⋯.'

이리나는 짜릿한 쾌감에 몸서리를 쳤다.

"송 셰프."

설 대표가 그냥 넘어갈 리 없었다. 윤기와 에르베가 액체질소로 메뉴를 실험할 주방으로 쳐들어왔다. 유 이사와 황 부장 등을 거느렸다. 그 앞을 명규가 막았다.

"죄송합니다. 송 셰프님이 관계자 외 출입 금지령을 내렸습니다."

"뭐야? 관계자?"

황 부장의 충성심이 빛을 발했다.

"지금 대표님이 격려차 오신 거잖아?"

"그래도 곤란합니다."

"허, 이 친구 봐라……."

황 부장 혈압이 올라갈 때 윤기가 나왔다.

"대표님."

"송 셰프, 뭐야? 관계자 외 출입 금지?"

황 부장이 으름장을 놓았다.

"내일 이지용 회장님 특선을 준비 중이라서요."

"그래도 그렇지, 대표님이셔, 대표님."

"황 부장님, 주방은 칼을 쓰고 불과 뜨거운 물, 기름 등을 다뤄서 위험한 곳입니다. 게다가 우리 리폼 주방은 액체질소처럼 위험한 소재도 있고… 그게 아니더라도 요리사들끼리도 동선이 엉기면 화상이나 자상을 입는 일이 허다합니다. 아시는 분이 그러십니까?"

윤기가 팩트를 짚어 주자 황 부장은 할 말을 잃었다.

"송 셰프 말이 맞아."

설 대표는 윤기를 지지했다.

"퇴근길이라 말이야, 오늘 VIP 결제 가격을 자네하고 이리나 팀장이 맞혔지 않나? 돈이 나가지만 기분이 좋아서 간단히 한잔 내려고 들렀네. 어떤가?"

"죄송하지만 식재료 준비 중이라서요. 게다가 술은 요리사의 미각이나 후각 관리에 해롭습니다. 차라리 격려품 같은 걸 주시면 팀원들에게 도움이 될 것 같습니다."

"아, 그럼 송 셰프는 차 마시면 되잖아?"

황 부장의 충성심은 아직도 꺼지지 않고 있었다.

"이 회장님 예약 준비해야 한다고 말씀드렸습니다. 숙성이 필요한 재료인데 맛이 제대로 안 나면 부장님이 책임지실 겁니까?"

윤기가 쐐기를 박아 버렸다.

"아아, 됐어. 내가 그 생각을 못 했군."

설 대표가 상황 정리에 나섰다.

"그보다 VIP 초대는 얼마나 진행되었습니까?"

바로 분위기를 돌려 버렸다. 일 이야기를 하는데 싫어할 경영자는 없었다.

"오늘 몇 사람 예약에 성공했네. 아마 내일 이지용 회장 건까지 진행되면 굵직한 귀빈들이 예약에 응할 걸세. 발 스테이크 사진도 제대로 먹히고 있거든."

"제 격려는 그거면 되었습니다."

"이 회장님 메뉴도 예약인가?"

"아닙니다. 저한테 일임하셨습니다."

"뭘 준비 중인지 살짝 귀띔 좀 안 될까?"

"한 가지만 알려 드리자면 아주 특별한 무입니다."

"무? 김치 담그는 그 무?"

"예."

"그걸로는 좀 약하지 않을까?"

"그 판단은 이 회장님이 해 주시겠죠."

"좋아. 수고하시게."

설 대표는 조금 아쉬운 표정으로 발길을 돌렸다.

"잘 했어."

간부들이 멀어지자 새우와 씨름 중인 명규를 챙겼다. 대표를 막는다는 거, 당연히 쉬운 일이 아니었다. 그럼에도 지시를 따른 건 리폼 주방의 규율이 먹히고 있다는 증거였다. 설 대표를 막은 건 일종의 질서 확립이었다. 주방은 셰프들의 제국, 리폼 주방의 황제는 설 대표가 아니라 윤기였다.

"그런데⋯⋯."

"왜?"

"내일 이 회장님의 메인 소재가 진짜 무입니까?"

"응."

"도무지 감이 안 와서⋯⋯."

"그럼 아예 알려 주지. 무로 소고기를 만들 거야."

"예?"

"말하자면 무갈비?"

"무갈비?"

"새우 요리는 잘 되어 가나요?"

윤기가 경모를 바라보았다. 창혁과 함께 다 빈치의 새우 요리에 몰입하고 있었다. 윤기가 내준 과제였다. 새우 껍질에 상처를 주지 않은 채 살을 꺼내 다진 후 계란 노른자와 향초, 파르마산 치즈를 반죽하는 작업이다. 윤기의 샘플과 유사하게 만드는 사람에게 이 요리를 맡길 생각이었다. 기회는 팀원에게 공평했다.

그렇기에 팀원들은 틈나는 대로 올인하고 있었다.

"늦었으니까 하던 것만 마무리하고 퇴근하세요. 나도 마무리하고 나갈 거거든요."

에르베는 이미 퇴근한 상황, 팀원들도 하나둘 주방을 나갔다. 혼자가 되자 갈아 낸 무의 물기를 짜낸 후에 숙성실에 넣었다.

우직한 티본스테이크에 이어 또 한 번 이지용 회장을 사로잡을 비장의 무기.

[맑은 이슬 머금고 소고기가 된 무 떡갈비 스테이크]

무로 만드는 소고기. 에르베조차도 궁금해하는 요리의 준비가 끝났다.

주차장으로 나왔다. 차 문을 열려 할 때 누군가 윤기를 불렀다.

"송 셰프님?"

돌아보니 이리나였다.

"아직 퇴근 안 했어요?"

윤기가 물었다.

"셰프님 덕분에 부수입 짭잘했잖아요, 좀 늦는 게 대수겠어요?"

"가격 맞힌 거 때문이라면 잊어버리셔도 됩니다."

"저보다 다른 팬이 있어서요."

"다른 팬?"

"저분요."

이리나가 뒤를 돌아보았다. 유럽풍의 가로등 아래 한 사람이 보였다. 이상백 기자였다. 이 시각까지 윤기를 기다린 이유. 윤기는 알 것 같았다. 이상백에게 있어 윤기의 가치. 처음에는 을도 아니고 병이나 정의 위치였지만 이제는 갑이 되어 간다는 시그널이었다.

*   *   *

"송 셰프."

커피전문점 테라스에서 이상백이 포문을 열었다.

"까놓고 말해서 상호 협력 합시다."

"뭘 말이죠?"

"다비드 말입니다. 식사 마치고 가는 걸 이리나 팀장에게 통역 부탁해서 붙잡았는데 정식 인터뷰 요청을 하고 오라고 하더군요."

"당연한 거 아닙니까? 다비드는 길 가는 아무 외국인이 아니니까요."

"식사비로 3,000불을 두고 갔다죠?"

"정확히 말하면 3,010불입니다."

"최후의 만찬에 대해 평이 좋았다고 들었습니다."

"그런 거 같습니다."

"모레 재예약도 했고요?"

"그런 것 같습니다."

"요리 어디서 배웠어요? 입사 서류 보니까 스펙이 조리과학고

밖에 없던데?"

"이전의 요리에서 배웠죠."

"이전의 요리?"

"먼저 살다 간 사람들의 기록과 사진들이요, 유명한 소설가 김훈이 한 말인데 나중에 온 사람에게는 최고의 스승이라죠."

"젊은 사람이 도인처럼 말하네?"

"도는 늙어야만 드는 건가요?"

"좋아요. 아무튼 협력합시다."

"뭘 말이죠?"

"다비드 말이야. 취재에 협조해서. 그럼 송 셰프 당신도 뜨게 돼."

이상백의 말투가 은근 반말로 내려갔다.

"뜬다고요?"

"아직 어려서 모르는 모양인데 내가 요리 분야에서는 좀 나가는 기자야. 내 칼럼 한 방이면 당신은 뜨게 되어 있어."

풋.

"가겠습니다."

헛웃음을 참은 윤기가 일어섰다. 이상백에 대한 자극이었다.

"이봐, 송 셰프."

"실은 다른 기자님들에게도 연락이 몇 번 왔습니다."

"지금 나 협박?"

이상백은 베테랑답게 노련하면서도 능청스러운 구석이 있었다.

"협박이 아니라 제 주제 파악입니다."

"뭐라는 거야?"

"제 주제가 일천하니 기사님 같은 대기자의 수고를 끼쳐서야 되겠습니까? 차라리 저랑 수준이 맞는 기자를 만나겠습니다."

"지금 내가 기사 써 주겠다는 거잖아?"

"그래 봤자 영혼 없는 문장의 나열에 불과하지 않을까요? 기자님은 애당초 제 요리에는 관심이 없었으니까요."

"발 스테이크 히트 쳐 준 게 누군데?"

"고맙지만 그건 기자님 연륜이 있다 보니 후배뻘 기자들이 좋은 자리를 내준 결과일 뿐입니다."

정곡에다 슬쩍 변화구를 꽂았다. 이상백의 안면이 경련하는 게 보였다.

"내 말이 틀리다면 제 요리에 대한 기사가 같이 나왔겠죠. 하지만 사진 아래에 그냥 서울호텔 장애아 초청 이벤트에서의 아름다운 소통이라는 한 줄이 전부였습니다. 물론 잘 알고 있습니다. 제가 신예라는 것. 그럼에도 자비를 베풀어 왕림해 주셨다는 것. 그런데 묻고 싶군요. 좋은 요리는 스펙이나 관록으로 하는 겁니까? 베토벤이나 라흐마니노프 같은 천재성은 음악에만 유효한 겁니까?"

변화구에 이어 직구가 들어갔다.

"베토벤이나 라흐마니노프까지는 너무 질러 간 거 같은데?"

이상백은 노련미로 커트를 해냈다.

"천만에요, 음악이나 미술의 시대는 이미 저물었습니다. 지금은 요리의 시대입니다."

"요리의 시대?"

"요리 전문이라면서 모르십니까? 세상의 모든 것이 요리로 덮여 가기 시작했다는 것. 먹고살 만해진 인류의 욕망이 이제는 음악이나 미술, 패션 등이 아니라 저 본능의 내장 속으로 집중되는 사실."

"……?"

"그 결과 인류는 내장에 요리를 열심히 축적하고 있지요. 지방이라는 데이터로 말입니다. 일찍이 인류가 이토록 요리에 열광한 적이 있었을까요?"

"뭐라는 거야?"

"사진이 아니라 요리를 말하고 있는 겁니다. 저 유명한 르 몽드의 미식 담당 기자 장루이나 뉴욕타임즈의 에밀허쉬 셰프의 기사를 쓸 때 셰프의 요리부터 시작합니다. 자신이 원하는 요리가 겨울 제철이면 겨울에 가고 여름이면 여름을 골라서 가지요. 그렇게 요리를 이해하고 나서야 취재에 들어갑니다. 그런데 기자님은 어떤가요? 지금의 자세는 그들과 괴리가 큰 것으로 보입니다만."

윤기는 작심 참교육으로 들어갔다. 세계적인 미식 기자를 앞세웠다. 이상백은 한때 쓸 만한 미식 기사를 제법 썼었다. 그 첫 번째 책은 윤기도 읽었다. 지금은 관록으로 써 재끼고 있지만 자질은 있는 편.

'알아들으면 가까이하고 아니면 손절.'

윤기는 밑질 것도 없었다. 윤기는 유니크하지만 기자는 널리고 널린 세상이었다.

"당신이 장루이를 알아?"

당장 입질이 왔다.

"알죠."

"이봐, 나 6년 전에 파리에서 장루이를 직접 만났던 사람이야."

"그래서요?"

"부처 앞에서 염불 외지 말라는 거야."

"조금 더 첨언을 해야겠군요. 장루이 말입니다. 그는 셰프의 요리를 한 번만 먹지 않습니다. 두 번 세 번, 향신료의 한 가지와 사용하는 물에 그날의 날씨까지 이해한 후에야 기사를 써 내기 시작하죠."

"어디서 주워 듣긴 들은 모양이군."

"그가 혹시 안드레아 셰프에 대해 얘기하지 않던가요?"

"안드레아?"

"그의 요리는 일곱 번을 먹어 보고야 기사를 쓰게 되었다고. 아니, 그 난폭한 미각 장악의 황홀경을 기사로 폭로하기조차 싫었다고."

"……?"

이상백이 소스라쳤다. 그런 일이 있었다.

—가장 인상 깊었던 셰프가 누구입니까?

—한둘이 아니지만 하나를 꼽으라면 미각 강탈자 안드레아?

—뭐가 인상에 남았습니까?

—그 난폭한 맛의 정수를 독자들에게 알려 주기 싫었죠.

그날 이상백이 장루이와 나눈 영어 대화였다. 먼 나라에서 온 사람이라 해 준 말이니 기사로는 쓰지 말라고 했다. 이상백이 아는 한 그와 관련된 어떤 기사나 책자에도 그 에피소드는 나오지 않았다.

이상백의 머리카락이 멋대로 삐죽거리기 시작했다.

"결론적으로 당신은 천재 요리사다?"

이상백의 목소리가 조금 가라앉았다. 윤기를 의식하기 시작했다는 신호였다.

"내 테이블에 앉은 사람들의 평가를 전했습니다. 기자님은 그 평가가 궁금한 거 아닙니까?"

"송 셰프, 그래 봤자 그 케이스는 고작……."

"모차르트는 10살도 되기 전에 데뷔했지요. 그때도 천재였고 이후에도 천재였습니다. 모차르트가 수천, 수만 곡을 남겼어야만 천재성을 인정받는 건가요?"

"……."

"역사를 따라 명멸해 간 요리사들 중에는 모차르트나 라흐마니노프보다 더 강력한 천재성을 가진 사람이 한둘이 아니었습니다. 그렇기에 변덕이 심한 중세의 왕이나 황제의 미각에 부응하며 요리의 역사를 이어 준 거지요."

"송 셰프……."

"내일은 이지용 회장님을 모실 겁니다. 모레는 다비드와 연예인 김민영, 그다음에는 장대방과 미식 독설가 황교일… 요리의 전설이라는 건 말입니다. 기자들이 만드는 게 아니라 셰프 자신이 만들어 나가는 거라고 생각합니다. 커피값은 기자님이 계산하세요. 제가 원해서 시킨 게 아니었으니."

인사와 함께 윤기가 돌아섰다.

"……"

이상백은 뜨악했다. 풋내기 셰프는 알고 보니 거장급이었다. 5성 호텔의 총주방장들, 심지어는 그랑 여수나 시그니처 호텔의 요리 책임자도 설설 기는 이상백이었다. 아양을 떨어도 기사 한 줄 내줄까 말까 한 신예 요리사. 그런 주제에 일장 연설을 전개하고 보란 듯이 퇴장해 버렸다.

허.

기개조차 남달랐다.

문제는 두 가지였다.

하나는 미식가 다비드.

알아 보니 그는 중국을 거쳐 한국으로 들어왔다. 다른 특별한 일정은 없었다. 그렇다면 송윤기의 요리를 먹기 위해 일부러 왔다는 가정이 가능했다.

두 번째는 윤기의 주장이었다. 기막힌 팩트와 설득력이 담겨 있었다.

음악, 미술, 무용.

현대의 고위 문화 버전이었다. 요리는 그 범주에 들지 못했다. 그런데 변화가 일기 시작했다. 누구도 명시적으로 주장하지 않지만 분위기가 그랬다. 모든 인류가 중독이라도 된 듯 요리에 열광하고 셰프를 존경하기 시작한 것이다.

'가만?'

그러고 보니 그 선봉장이 바로 안드레아였다. 빌런 요리 천재로 불리던 안드레아. 악마의 요리사이자 미식 강탈자로도 불리던 그는 요리사가 인류의 리더가 될 수 있다는 가능성을 구현한 사람이었다. 그렇기에 그의 돌연사를 비통해한 유럽의 상류층 십여 명이 자살을 했고 몇몇은 그 요리를 맛볼 수 없다는 박탈감에 식음을 전폐하기도 했었다.

'장루이와 에밀허쉬……'

미식 칼럼의 전설로 불리는 두 사람이었다. 그 이름을 들으니 찔리는 곳이 있었다. 둘 다 이상백 마음의 멘토들이었다.

첫 미식 기사를 쓸 때는 아낌없는 발품을 팔았다. 윤기의 말처럼 그 셰프의 요리를 먼저 먹어 보았다. 소문과 달리 맛이 없으면 기사를 쓰지 않았다.

지금은 어떤가?

현장 취재 따위는 개나 줘 버렸다.

취재처가 멀거나 취향이 아닌 재료들, 혹은 셰프가 마음에 들지 않으면 팩스나 이메일, 카톡 등으로 보도 자료를 요청했다. 거마비가 두둑하면 홍보성 자료임을 알면서 그대로 내준 적도 있었다. 때로는 요리 맛보기보다 '기름값 봉투'에 몰입한 적도 많았다. 그럼에도 나름 인지도를 유지하는 건 초기에 쌓은 신뢰 때문이었다.

돌아보니 그 유효 기간은 이미 경과했다. 다행히 후발 기자들이 프로 정신이 없기에 버티고 있지만 이상백 자신이 모를 수 없었다.

'이 친구……'

이상백의 뇌리에 윤기가 피어올랐다. 상상 속의 눈빛은 아까보다도 강렬했다.

[20대의 신예 요리사]

몹시 당돌하다.

기시감이 드는 일화가 있었다. 요리 담당 기자가 되고 8개월 후였다. 발로 뛰다가 읍 소재지의 종합고등학교 조리과의 소문을 들었다. 자칭 요리 신동이라는 학생이 보낸 이메일이었다. 하도 당돌해서 취재를 나갔다. 학생은 천재였다. 열정 하나만은. 그런데 제대로 꽃피웠다. 조리과를 졸업하고 이탈리아로 떠난 학생은 밀라노의 7성급 호텔 Town House의 총주방장이 되었다.

어쩌면.

그 학생보다 윤기의 느낌이 더 세게 느껴졌다. 요리 실력에 더해 해박함과 신념까지 두루 갖춘 것이다. 다비드의 인지도와 윤기의 기세를 합치자 잊고 살던 감이 오기 시작했다.

이 친구…….

'공작새쯤 되나 했더니 대붕이었어?'

아침부터 바빴다.

다 빈치의 새우를 체크해야 했다. 새벽처럼 출근을 했다. 재료의 숙성 시간 때문이었다. 창혁이나 명규를 시키면 되겠지만 아직은 윤기의 손길이 필요했다.

놀랍게도 1착은 명규였다.

"어, 셰프님."

새우 냄새 풍기던 그가 얼굴을 붉혔다.

"맹연습?"

"생각처럼 잘 안 되어서 말이죠?"

고민은 새우였다. 자칫 잘못 다루면 껍질이 부서진다. 동네 식당이라면 몰라도 호텔에서는 안 될 말이다. 겉모양에 흠이 있어도 요리로 낼 수 없었다. 하물며 리폼은 이제 그랑 서울의 메인이었다.

"힘으로 안 되면 태양과 바람의 동화를 생각하면 도움이 될 거야."

슬쩍 힌트를 던져 주었다. 새우 껍질에도 규칙이 있다. 힘으로 덤비면 껍질이 부서진다. 나그네의 모자를 벗기려고 강풍을 불어대는 바람과 같다. 결을 찾는 스킬의 터득이 필요한 것이다.

셰프석의 화면을 열었다. 런치 타임의 LGY 스테이크 예약만 120명이었다. 자연적으로 디너는 80명이 된다. 그러나 청탁이 붙다 보니 116명으로 붙었다. 어제 먹고 간 사람들이 올린 인스타와 사진들 때문이었다. 준비한 분량을 훌쩍 넘었지만, 이리나의 간청도 있고 하니 한 번은 감수하기로 했다.

#LGY 스테이크
#새로 뜨는 맛집
#발로 먹는 스테이크
#나도 플렉스
#그랑 서울호텔
#송윤기 셰프
#리폼

LGY 스테이크와 관련된 해시태그가 눈에 띄게 많아졌다. 동결과 수비드 분량을 늘일 때 창혁이 들어왔다. 경모도 그 뒤를 이었다.

"신경 끄고 새우 하세요."

윤기를 챙기려는 움직임이 보이자 선을 그었다. 아직은 근무 시간이 아니었다. 다른 건 몰라도 그것만은 지켜 주고 싶었다. 전생들은 그렇게 살지 않았지만 이제는 세상이 바뀌었으니까.

"송 셰프, 우리 준비 끝났는데?"

티본스테이크를 수비드 수조에 넣을 때 경모가 소리쳤다. 접시 위에 새우가 놓였다. 윤기가 맛을 보았다. 셋 다 완전 긴장이다. 바람직했다. 주방에서는 실력이 권력이었다. 그것이 곧 윤기의 철칙이자 신념이었다.

"경모 선배 새우가 가장 잘 카피되었네요. 오늘부터 다 빈치 새우 요리 주문에 대해 책임지고 진행하세요."

"고마워."

경모가 반색했다.

"명규하고 창혁이도 좋았어. 하지만 잔다리가 부서지고 수염 탈락, 속도 욱여넣은 느낌이 나잖아? 맛은 괜찮지만 요리는 입으로만 먹는 게 아니니까."

간단하게 이유를 짚어 주었다. 납득할 만한 이유는 평가받는 사람에게 피가 되고 살이 된다. 그것마저 받아들일 도량이 없다면 어쩌냐고?

실력자의 잔소리를 벗어나는 길은 의외로 간단했다. 그걸 뛰어넘든지, 아니면 요리복을 벗든지.

점심 시간, 이리나가 리폼 주방을 찾았다.

"송 셰프님."

"왜요?"

에르베와 함께 LGY 스테이크 플레이팅에 분주하던 윤기가 고개를 들었다.

"디너 추가 예약 가능한가요?"

"안 됩니다. 소스와 스테이크 숙성 분량에 여유가 없어요."

"알겠어요. 그리고 지금 홀에 이상백 기자가 와 있어요."

이상백 기자?

윤기가 고개를 들었다.

"또 취재 요청인가요?"

"아뇨. 스테이크를 먹었어요. 오늘부터 새 메뉴로 올라간 다빈치의 '창조적 영감의 빵'도 함께요."

"뭐라던가요?"

"1인분 더, 라고 하던데요?"

이리나가 웃었다.

"다른 말은 없고요?"

"내일도 예약을 부탁했어요."

"잘하면 단골 되겠네요?"

"어제 두 사람, 무슨 일 있었죠?"

"차만 마시고 헤어졌는데요?"

"그래요? 아무튼 셰프가 나가서 인사 정도 해야 하는 거 아닌가요?"

"식사에 방해만 될 뿐이죠."

윤기의 선택은 정중한 사양이었다.

이상백의 스테이크 주문? 마음을 열었든, 오기가 생겼든 나쁘지 않은 신호였다.

런치 타임의 폭풍이 지나고 디너의 광풍도 지나갔다. 그사이에 인스타와 페이스북 등에 올라온 LGY의 사진과 성지 순례담(?)이 엄청나게 늘었다. 연인들은 심지어 발 스테이크를 패러디한 사진까지 올려 댔다.

[300명]

하루도 되지 않아 추가 수정안이 들어왔다. 입으로 충성하는 간부들의 의견이었다. 물 들어올 때 배 띄우자는 논리였지만.

"안 됩니다."

윤기는 단호했다. 요리는 공산품이 아니다. 숨 쉴 틈 없이 만들다 보면 하자가 나온다. 제아무리 공들여 쌓은 명성도 하자 하나로 무너지는 게 요리의 탑이었다.

"마지막 접시입니다."

LGY 스테이크의 마지막 주문이 끝났다. 시간대별 예약자들이 겹치면서 숨 쉴 틈도 없었지만 윤기의 스피드가 빛을 발했다. 컴파운드 소스의 주입은 원샷 원킬이었고 랍스터 카르파치오를 저며 낼 때는 손조차 보이지 않았다.

[시그니처 스테이크 236인분]

스테이크로만 무려 5천만 원 상당의 매상.
완벽한 완판이었다.

"쏭."
주방도 정리를 마친 에르베가 하이 파이브를 날려 왔다.
짝.
경쾌하게 응답한 윤기가 팀원들을 챙겼다.
"다들 수고했어요."
"와우."
그제야 숨을 돌리는 경모와 명규, 그리고 창혁이었다. 주방에
서는 익숙한 풍경. 그러나 다들 고무된 건 그만한 실적이 따른
까닭이었다. LGY 스테이크의 가격은 22만 원. 조리 1팀에서 일
할 때는 상상도 못 하던 매상이었으니 뿌듯하지 않을 수가 없었
다.
"간단하게 건배해야지 않겠어?"
에르베의 제안에 윤기가 바로 화답했다. 시원한 수박을 주사
위 크기로 잘라 믹서기에 갈아 낸 후에 원심분리기를 돌렸다.
그 상층부 액상만을 따라 목을 축였다.
"건배."
투명한 수박 주스는 어느 음료보다 시원하게 넘어갔다.
잠시 하루를 복기하는 동안 연회 팀 주희에게 인터폰이 들어
왔다.

"이지용 회장님 오셨습니다. 대표님이 잠깐 오실 수 있냐는데요?"

'이 회장?'

당연히 가야지.

특별한 반죽을 내려놓고 손을 닦았다. 윤기의 3라운드. 그러나 가장 행복한 시간이 왔다. 이제부터는 오롯이 윤기가 통치하는 요리 제국의 시간이었다.

"송 셰프."

VIP석의 이지용이 윤기를 반겼다. 사모님이 아니라 중후한 남자와 동행하고 있었다.

"여긴 배기성 원장님, 우리 병원 총지휘자신데 내가 소원하던 스테이크를 먹었다는 말을 듣고 꼭 한번 오고 싶으시다기에 모셔 왔네."

"배기성입니다. 요즘 대세 요리라기에 점심도 굶고 왔어요."

배 원장이 눈인사를 해 왔다. 인사를 받으며 체취부터 파악하는 윤기. 배 원장의 체취는 난이도가 있었다. 피 냄새와 소독약 냄새 등이 몸에 밴 까닭이었다. 그것들을 밀어내고 먹거리로 쌓인 체취를 구분해 냈다.

'응?'

윤기 눈빛이 저 홀로 흔들렸다.

배 원장.

극단적 저염식을 하는 사람이었다.

제7장
—
맛의 버닝을 시작합니다

"저는 좀 서운합니다, 매형."

인사차 들른 설 대표가 볼멘소리를 냈다.

"왜?"

"제가 모시겠다고 할 때는 번거롭다고 사양하시더니 송 셰프의 초청에는 응하시다니."

"처남은 송 셰프처럼 맛깔스러운 요리를 못 만들지 않나?"

"왜 이러십니까? 우리 송 셰프, 제 직원입니다."

"오랫동안 그 능력을 못 알아봤잖아?"

"예?"

"처남은 그게 문제야. 사람 보는 눈을 더 길러야 큰일을 하지."

"그건 면목 없게 되었습니다. 그래도 조금 늦었지만 결국 알아

보지 않았습니까?"

"그게 또 그렇게 되나?"

"아무튼 어려운 걸음 해 주셔서 감사합니다. 편안한 시간 되시기 바랍니다."

설 대표는 그쯤에서 물러났다.

"주문하시겠습니까?"

윤기가 둘의 의향을 물었다.

"우리 배 원장님은 내 이니셜을 붙인 LGY 스테이크를 드셔 보고 싶으시다네."

이지용의 답이었다.

"회장님은요?"

"나를 초청했으니 따로 준비한 게 있을 것 같은데?"

"맞습니다. 하지만 추가하셔도 됩니다."

"아니야. 송 셰프 추천 오마카세로 배를 채우고 싶네."

"그럼 준비하겠습니다."

"그런데 가격 말이야, 서빙하는 직원에게 물으니 정식 메뉴 외에는 자유지불제라고 하던데 맞나?"

"맞습니다."

"그건 좀 위험한 방식 아닌가? 경제학적으로 봐도 우려스러운데?"

"왜죠?"

"사람이라는 게 워낙 다양해서 말이야. 호텔이라고 해도 무전취식이 없는 게 아니라네. 여기 배 원장님 쪽은 병원비를 떼어먹고 가는 사람들이 있거든."

"저는 반대로 생각했습니다."

"반대?"

"쌀독에서 인심 난다고 하지 않습니까? 배가 부르면 인심이 후해지니 지갑이 팍팍 열릴 걸로 기대했죠."

"셰프의 홈그라운드라서 그런가? 괜찮은 논리 같은데?"

"두 분이 술을 하실 겁니까?"

"아니야. 원장님도 내일 수술이 있어서 말이지."

"그럼 간단한 음료로 내겠습니다."

오더를 받은 윤기가 홀을 나갔다.

[극단의 저염식]

윤기 기억에 맴도는 원장의 식성. 그것은 곧 식재료의 염분만으로 맛의 조화를 이루어야 한다는 뜻이었다.

"경모 선배, 토마토 갈아서 원심분리기에 돌려 주세요. 2인분입니다."

리폼 조리실에 들어서기 무섭게 지시를 내리고 에르베에게 다가섰다.

"셰프님."

"VIP 왔어?"

"네."

"내가 도울 일이 있군?"

"아까 양배추하고 당근 같은 채소 찌셨죠?"

에르베는 새 메뉴를 개발 중이다. 그 일환으로 채소를 굽거나 쪄서 나오는 자체 액즙으로 자연스러운 담백미의 조합을 찾고 있었다.

"지금은 다른 채소하고 과일로 진행 중인데?"

"그 액즙 흘러나온 거 제가 좀 쓸 수 있을까요?"

"오늘 특선 맛보여 주면."

에르베가 귀여운 딜을 걸어왔다.

"그거야 문제없죠."

"오케이."

에르베가 냄비 뚜껑을 열었다. 푸근하고 달달한 냄새가 가득한 채소찜이었다. 물을 넣지 않고 찐 채소와 과일이었다. 약불을 가하면 채소와 과일에서 수분이 흘러나와 물이 필요 없다. 이때의 수분은 물과 달라 달고 담백하다. 윤기도 알고 있다.

이 방법은 주로 역아가 많이 익힌 조리법이었다. 자극 없는 단맛에 푸근한 채소의 맛. 채소가 가지고 있는 염분까지 흘러나와 자연스러운 짠맛도 들어 있었다.

컴파운드 소스의 기본도 뒤집었다. 갈색 소스 미량에 채소의 액즙을 가해 새로운 길로 간 것이다. 양지와 사태를 고아 낸 젤라틴을 다시 배합하고 스테이크 향을 더해 마무리를 끝냈다.

스테이크 소스도 이 액즙으로 수술을 했다. 몇 가지 농도를 만들어 배 원장의 체취와 비교를 했다. 눈을 감고 각 농도별 소스의 냄새를 맡는다. 셋 다 체취보다 진했다. 또 다른 냄비의 액즙까지 더하자 겨우 농도가 비슷해졌다.

"원심분리 완료."

경모가 신호를 보내 왔다. 주희를 불러 주스부터 내보냈다. 생수처럼 맑은 '토마토 주스'였다.

팀원들의 시선은 윤기에게서 떨어지지 않았다. 특히 무였다. 쪄서 다진 소량의 닭고기와 버무려진 다량의 무. 마치 떡갈비용 다짐육처럼 보이는가 싶더니 트랜스글루타미나아제를 뿌려 모양을 잡는다. 잠시 후, 무 다진 것은 진짜 떡갈비처럼 변신해 버렸다.

[무갈비]

오늘 윤기의 회심작이었다. 이걸 만들기 위해 무말랭이 샘플을 아홉 가지나 받았다. 하나하나 맛을 보며 선택을 했다. 그깟 무말랭이. 아홉 번째 샘플에서야 오케이를 내자 김풍원이 이유를 물었다.

"대체 뭐가 다른데요?"

그렇잖아도 이색적이고 자잘한 식재료 주문이 겹치자 호기심이 피어오르던 그였다.

"이것만 유기농이거든요."

윤기가 답했다.

"어떻게 압니까? 성분 분석을 한 것도 아니고."

"맛을 보면 알죠. 궁금하시면 생산자에게 확인해 보세요. 틀리면 매입가 세 배로 올려 드리겠습니다."

딜보다 결과가 궁금한 김풍원이 생산지에 전화를 걸었다.

"유기농 맞아요. 그게 민달팽이가 먹어 군데군데 패인 거라 상품성이 떨어져 눈물을 머금고 무말랭이로 가공한 거거든요. 어떤 분인지 귀신이네요."

생산자의 해명이었다.

'헐.'

김풍원은 한 번 더 혀를 내둘렀다. 그 자신도 구분하기 힘든 걸 윤기가 해내고 있었다.

그렇게 숙성된 재료가 숯불로 올라갔다. 너도밤나무 숯이 아니고 소나무였다. 순간 팀원들의 코가 격렬한 반응을 보였다. 소고기 굽는 냄새가 난 것이다.

"저기에 소고기도 넣었어?"

경모가 명규에게 물었다.

"아뇨. 닭고기만 조금 넣는 것 같았는데요?"

"창혁이 너는?"

"저도 못 봤어요."

창혁도 고개를 저었다.

마무리는 생 솔잎이었다. 무갈비에 올려 앞뒤로 굽더니 가볍게 털어 낸다. 솔향 코팅이었다.

시어링만 보면 영락없는 스테이크. 하지만 짧은 레스팅 후에 컴파운드 소스를 주입하지 않는 게 달랐다.

마무리는 면이었다. 수타식으로 뽑으니 에르베까지 시선을 놓지 못했다. 묘기가 따로 없었다.

"……?"

멤버들은 갈피를 잡지 못했다. 반죽을 숙성시키는 건 알고 있었다. 그러나 면을 뽑는 건 상상도 못 했다. 지금까지 윤기가 만든 건 주로 서양 요리였기 때문이었다.

'아차.'

경모가 그제야 이마를 짚었다. 중국요리가 있었다.

'삼불점…….'

참교육을 당할 때 맛보았던 절정의 계란 요리. 그 또한 중국요리였었다.

면발을 확보한 윤기의 손이 유려하게 움직였다. 고추기름과 흑식초를 더한 육수가 준비되고 고수와 청경채 등의 고명도 준비가 끝났다.

"쏸라펀이야."

면 요리를 완료한 윤기가 팀원들에게 말했다. 네 개의 종지를 꺼내더니 추가로 투입한 면을 꺼내 담았다.

이어 무갈비의 플레이팅에 착수한다. 소스는 데미글라스나 샤토브리앙이 아니라 노란 빛깔의 슈프림 소스였다.

"주희 씨."

윤기가 인터폰에 대고 요리 완료를 알렸다.

"와아."

먼저 달려온 이리나가 환호를 질렀다. 단아한 무갈비와 쏸라펀의 향미 때문이었다.

LGY 스테이크.

무갈비

쏸라펀

찰칵찰칵.

이리나의 카메라가 먼저 돌아갔다. 무갈비와 쏸라편이 정식 메뉴로 올라간다는 신호였다.

"가시죠."

윤기가 주희를 앞세웠다.

"창혁아, 조리대에 준비된 거 시식용이니까 에르베 셰프님 먼저 챙겨 드리고 맛봐라."

팀원들 챙기는 건 창혁에게 넘겼다.

"면 요리는 중국요리죠?"

복도에서 이리나가 물었다.

"네."

"대체 못하는 게 뭐예요?"

"진짜 요리사라면 물과 불만 있으면 뭐든 해내야 합니다."

"서양 요리와 중국요리 중에서 더 잘하는 건요?"

"엄마가 좋아 아빠가 좋아 그 질문 같은데요?"

"어머."

단 한마디로 정곡을 찔러 버린 윤기. 발은 어느새 리폼 홀에 들어서고 있었다.

주희가 요리를 세팅하는 동안에도 이지용과 배 원장은 기대에 찬 모습을 숨기지 못했다.

윤기의 신호를 받은 주희가 덮개를 열었다.

"이야."

배 원장이 먼저 반응을 했다.

"내건 면도 있네?"

이지용이 쏸라편을 바라보았다.

"일단 드셔 보시죠. 저는 후식을 마련해 오겠습니다."

매너를 갖춰 준 윤기가 돌아섰다.

"송 셰프."

에르베는 문 앞에 나와 기다리고 있었다.

"뭐가 잘못되었습니까?"

"잘못되었지. 이거 말이야."

무갈비 접시였다. 깨끗이 비워져 있었다.

"진짜 소고기 맛이었어. 이게 어떻게 가능하지?"

"경모 선배하고 명규, 창혁이는?"

대답 대신 팀원들을 돌아보았다.

"네, 아무리 봐도 소고기 맛이었어요. 그런데 소고기는 들어가지 않았잖아요?"

창혁이 답했다.

"나 다시 돌아올 때까지 숙제."

윤기는 냉장고에 넣어 두었던 사이펀을 꺼냈다. 가볍게 흔들어 준 후에 유리 볼에 짜자 황금빛 퓌레가 나왔다. 황도로 만드는 분자요리였다. 그 위에 복숭아꽃 생화를 올리고 쟁반에 담았다.

"송 셰프……."

에르베가 재촉하지만 윤기의 대답은 미소뿐이었다.

이지용의 테이블은 식사가 끝나 가고 있었다. 배 원장 얼굴은 편안하게 풀려 있었다. 요리에 만족했다는 뜻이었다. 그 앞의 이지용도 다르지 않았다.

"부족한 게 있으면 말씀하시죠."

후식을 내려놓으며 물었다.

"아, 송 셰프, 우리 배 원장님은 메밀주먹밥이 한두 개 아쉽다는군."

"주희 씨."

바로 주희에게 전달했다. 가니튀르는 넉넉하게 준비되었으니 가져오면 될 일이었다.

"스테이크, 진짜 환상이었어요. 우리 이 회장님 입을 사로잡을 만하더군요."

배 원장의 칭찬이 시작되었다.

"이게 꼭 옛날 우리 어머니가 하루 종일 삶아 낸 양지나 사태 살코기를 먹는 느낌이네요. 입에 넣으면 조바심 나는 맛에 미치도록 감미로운 담백미와 감칠맛… 게다가 소스 말입니다. 무엇 하나 센 맛이 없는데 포근하고 은은한 여운이 입안에 가득합니다. 이 소스 이름이 무엇입니까?"

"원장님이 저염식을 하실 것 같아 일체의 간을 배제하고 채소와 과일에서 나온 천연의 액즙으로 구성을 했습니다. 보통 사람이라면 맛이 없다고 했겠지만 저염식으로 혀가 맑아지셨기에 아련한 천연의 맛을 느끼신 겁니다."

"내 식성을 어떻게 알았죠?"

배 원장이 뜨악한 표정을 지었다.

"느낌입니다."

"그랬군요. 천연의 액즙……."

"맛나게 먹어 주셔서 감사합니다."

"맛보기로 나온 회장님 스테이크도 굉장히 편한 맛이더군요. 먹다가 든 생각인데 우리 병원 환자들에게도 잘 맞을 것 같아 VIP들에게 연결시키고 싶어졌습니다. 큰 수술을 하고 나면 입맛이 돌아오지 않아서 식사를 제대로 못 하는 분들이 많거든요."

"연결해 주시면 어떻게든 만족시켜 드리겠습니다."

"실은 당장 나도 걱정입니다. 이렇게 고급진 맛을 보았으니 앞으로 집밥, 병원밥 어떻게 먹나 싶기도 하고."

"자주 들러 주십시오, 늘 성심껏 모시겠습니다."

"그래야겠어요. 솔직히 맛집이다 뭐다 가 봤자 실망만 하고 왔는데 여긴 다르군요."

"감사합니다."

"송 셰프, 오늘 내 식사비는 받지 말아야겠어? 배 원장님이 단골 되실 것 같으니?"

이지용이 슬쩍 조크를 던졌다.

"그럴까요?"

"말이 나왔으니 말인데 오늘 스테이크 말이야, 무자극 소고기라고 해야 하나? 입과 속이 너무 편한 거 있지. 오늘은 또 무슨 마법을 쓰신 건가?"

"마음에 드셨습니까?"

"그렇다마다. 면 요리만 아니었으면 1인분 더 먹을 판이었어. 면 요리 역시 투명하고 탄력 있는 면발부터 감동이었네만 이렇게 편하고 푸근한 스테이크는 진짜 처음이었어."

"죄송하지만 그건 소고기가 아닙니다."

"소고기가 아니라고?"

윤기의 말에 두 귀빈의 눈빛이 튀었다.

"오늘 회장님 스테이크로 나간 건 무가 주재료입니다."

"무?"

이지용의 눈자위가 살포시 구겨졌다. 믿을 수 없다는 뜻이었다.

"정확하게 말하면 민달팽이가 먼저 맛을 본 유기농 무말랭이입니다."

"무슨 말인가? 분명 소고기 맛이었는데?"

"맞아요. 소고기 맛."

배 원장도 동의하고 나섰다. 그에게도 맛보기를 준 까닭이었다.

"사실 오늘 회장님의 메인은 쏸라펀입니다. 하지만 워낙 스테이크 마니아시다 보니 스테이크를 빼면 허전할 거 같아서 머리를 짜낸 겁니다. 소고기맛 무갈비? 무는 소화도 잘되고 위에도 좋은 식재료니 그거라면 회장님 취향도 만족시키고 메인을 즐기는 데 도움이 될 것 같았습니다."

"진짜 무라는 건가?"

"예."

"말도 안 되는……."

"회장님, 삼국지 마니아시잖아요?"

"그거하고 무슨 상관인가?"

"제갈량이 맹획을 제압하고 돌아갈 때 만두의 기원이 나오지 않습니까?"

"송 셰프도 삼국지를 아는군?"

"그때 사람 머리 대신에 머리 모양으로 만든 게 만두입니다. 그 안에 소고기를 대신해서 들어간 게 바로 이 무입니다."

"……?"

"어제 제가 프랑스의 미식가를 모셨는데 그분에게 다 빈치의 만찬을 올렸습니다. 그 만찬에 올라간 게 장어인데 사실 만찬의 주인공이 그걸 먹었을 리 없습니다. 다 빈치의 상상력이거나 아니면 그를 후원하는 귀족의 취향을 반영한 것이죠. 삼국지 또한 실제 역사가 반, 작가의 상상력이 반이니 나관중의 생각이 반영되었을 것 같습니다."

"그런 기록이 있나?"

"있습니다."

"그래?"

이지용이 관심을 보였다.

"삼국시대 이전에 춘추시대가 있었죠. 그때 제나라의 환공이 극심한 가뭄에 시달리는 성으로 달려가 소도 없이 소고기 요리를 만들어 주민들에게 먹이니 칭송을 받았습니다."

"출전이 어디인가?"

"요리사들에게 전하는 전설 같은 이야기입니다만 제가 구현했으니 전설만은 아닌 것이죠."

"……"

"사실 대단한 것은 아닙니다. 우리나라 지방의 만둣집에서도 이 묘방을 쓰는 사람이 있거든요."

윤기가 검색 화면을 보여 주었다.

[무말랭이 속으로 소고기 맛을 내는 만둣집]

진짜였다. 동영상 속의 손님들이 한결같이 증언하고 있었다. 이지용은 군말을 달지 못했다. 무로 만든 소고기. 그 자신도 직접 먹고 느꼈기 때문이었다.

윤기가 말한 환공의 사례는 팩트였다. 까마득한 옛날, 제나라의 환공에게 칭송을 안겨 준 게 자신이기 때문이었다. 그 지역에 소는 없었지만 무말랭이는 많았다. 당대 최고 요리사 역아. 타고난 미식가였던 환공의 입맛을 맞추다 보니 온몸으로 터득하고 있던 비기였다.

레시피는 간단했다.

무말랭이와 닭고기, 그리고 약간의 향신료들.

무를 삶고 갈고 숙성시키는 과정과 소량 들어가는 찜닭과의 배합 비율이 관건이지만 전생이 개발한 레시피이기에 문제가 되지 않았다.

"변죽을 울렸으니 진짜 삼국지로 들어가 볼까요?"

윤기는 빛나는 매너로 이지용의 대화를 유도했다.

"쏸라펀이라고 했나? 이 요리도 삼국지에서는 읽지 못했네만."

"책에는 나오지 않습니다. 쏸라펀은 도원결의가 이루어진 복숭아밭의 주인이 만든 음식이니까요."

"그리고 상하이에서 협력사 총경리에게 들은 것도 같군."

"원래는 신단쏸매운맛이 기본인데 도원결의에서 세 사람이 의기를 합치니 신맛을 죽여 세 가지 맛으로 간을 맞췄고 전체적인 자극성도 약하게 만들었습니다."

"그중에서도 단맛을 강조했고?"

"맞습니다. 삼국지 속에서 만두는 액땜용이었으니 회장님의 병환에 액땜이 되기를 바라는 마음입니다. 나아가 쏸라펀은 한 가닥의 면으로 뽑았으니 병환을 떨치고 장수하라는 의미, 마무리 퓌레는 요리의 주제를 관통하는 복숭아 분자요리로 마무리했습니다."

"허어, 음식 한 그릇에도 그런 의미를 담아 내니 우리 회장님이 반하지 않을 수가 없겠군요."

배 원장의 덕담이 나왔다.

"요리도 요리지만 도원결의 속으로 들어갔다 나온 거 같아서 더 흔쾌하네. 이러다 송 셰프 요리에 중독되는 거 아닌지 모르겠어?"

이지용도 흐뭇한 반응을 보였다.

"제 소망입니다. 제 테이블에 앉아 준 손님들의 입맛을 중독시켜 버리는 것."

윤기의 답은 우아했다.

"송 셰프님, 아까 말씀드린 거 말인데요, 저는 농담 아니었으니 진짜 우리 VIP 환자들에게도 이 부드러운 스테이크를 맛보일 수 있겠습니까?"

배 원장이 확인 체크를 해 왔다.

"염려 마십시오. 어렵지 않은 일입니다."

"아아, 몇몇 분이 당장 떠오르는데… 그러고 보니 고민도 생기는군요. 이 얘기 들으면 또 울어 버릴 사람이 있으니……"

"……?"

"이분이 아주 유명한 사람으로 모친이 말기 암으로 장기 투병 중이에요. 그 모친은 더 유명했던 사람인데 치매기까지 겹쳐 호스피스 병원으로 가야 할 형편이지만 이제 와서 낯선 곳으로 보낼 수 없어서 제가 맡고 있죠. 그런데 이 부드러운 스테이크조차 씹거나 넘기지를 못해요. 겨우 숨만 쉬는 분이라……."

"추 장관님 말씀이군요?"

이지용이 물었다.

"네……."

"참 딱하게 되었어요. 세월은 누구도 막을 수가 없으니……."

이지용의 목소리가 무거워진다. 세월이 나오는 걸 보면 당연히 전직 장관. 그러나 이지용이 알고 있는 걸 보면 굉장한 사람이 분명했다.

"그분이 스테이크를 좋아하나요?"

"젊을 때 미국 유학을 했어요. 스테이크를 좋아해서 장관 그만둘 때 부처 직원들에게 답례 스테이크를 썼던 분이죠. 그런 이유로 따님이 모형을 갖다 놨을 정도예요. 말년에 사고로 장애까지 생겨… 의사 된 도리로 볼 때마다 짠하죠. 마음 같아서는 그분에게 먼저 먹게 해 드리고 싶은데……."

배 원장 눈시울이 붉어진다.

"그런 분이 먹을 수 있는 스테이크도 가능합니다만."

경청하던 윤기가 담담하게 답했다.

"네?"

놀란 배 원장이 시선을 들었다.

아무것도 먹지 못하는 환자.

그런 환자가 먹을 수 있는 스테이크?

그게 가능?

배 원장은 명의 반열의 의사. 그건 의학적으로 불가능한 일이었다.

그런데…….

"가능합니다."

재차 강조하는 윤기 목소리는 미치도록 단아했다.

"송 셰프님."

배 원장은 고무되고 있었다. 오늘 맛본 스테이크는 가히 중독적이었다. 저염식을 선호하다 보니 맛의 기본을 알고 있다. 배 원장 역시 어지간한 요리에는 '맛집'이라는 타이틀을 주지 않았다. 심하게 말하면 서울에는 맛집이 없었다. 화려한 플레이팅을 자랑하는, 혹은 가성비 좋은 곳들은 몇 곳 보았지만 누군가에게 자신 있게 추천할 곳은 없었다.

그 곤란은 외국인 의학자들의 방문 때마다 반복되었다. 그들은 한국 전통 요리를 맛보길 원했다. 정통 한정식을 자랑하는 곳이 물망에 오른다. 화려한 반찬 가짓수는 외국인들의 눈길을 끌었다. 그러나 깊은 맛은 없었다.

이지용 회장이 스테이크 노래를 부를 때도 그랬다. 주치의인 배 원장은 누구보다 그 사실을 잘 알고 있었다. 치료는 약으로만 하는 게 아니다. 환자의 사기도 중요하다. 이지용이 수많은 유명 셰프를 불러들이면서도 스테이크에 만족하지 못할 때, 배 원장도 안타까웠다. 배 원장이 보낸 셰프도 그들 중에 있었기 때문이었다.

오늘 와 보니 윤기의 실력을 알 것 같았다.

요리사가 한 가지 요리를 잘하는 경우는 있었다. 하지만 그들도 저염식 앞에서는 실력 발휘가 어려웠다. 윤기는 달랐다. 이지용이 인정해서가 아니라 배 원장의 혀가 인정한 것. 그건 신도 뒤집을 수 없는 평가였다.

그래도 이 문제는 달랐다. 카스테라처럼 부드러운 스테이크는 인정하지만 '거의' 먹지 못하는 환자도 먹을 수 있다니?

그럼에도 웃어넘길 수 없는 건 윤기의 태도였다. 조크가 아니었다. 미치도록 담담한 저 눈은 심연보다 깊은 자신감에 불타고 있었다.

"이분입니다. 사생활 때문에 공개하지 않아야 하지만 아무래도 셰프가 보셔야……."

배 원장이 화면을 보여 주었다.

"……!"

순간 윤기 시선이 정지되었다. 병약한 80대 후반의 여자. 머리카락이 듬성거리고 얼굴 피부는 나무껍질처럼 거칠었다. 몸에 달린 링거 줄마저 힘들어 보인다. 아는 사람은 아니었다. 스쳐간 적도 없다.

그런데.

"……?"

뭔가 당기는 느낌이 있었다.

"이런 분인데도 가능합니까?"

배 원장이 다시 물었다. 의학적으로도 그런 요리는 있을 수 없었다. 만약 있다면 배 원장이 먼저 권했을 것이다. 목숨이 경각에 달린 환자와 보호자의 소원이었으니 마약의 식재료라고 해도 말릴 수 없었다.

"가능합니다."

윤기의 답은 여전히 확신 쪽이었다.

"어떻게 말입니까? 이 환자는 물로 제대로 먹을 수 없습니다. 흡수라면 또 몰라도."

"바로 그겁니다. 정확히 말하면 흡입하는 거지요."

"셰프님."

"에어로졸, 거기에 답이 있습니다."

"에어로졸?"

"특별한 환자들을 위해 약이나 백신도 흡수하는 방법이 있다고 들었습니다. 알고 계시죠?"

"맞아요. 약을 먹지 못하는 사람들에게 쓰는 방법입니다."

"신세기 병원에서도 쓰고 있나요?"

"아뇨. 우리나라에서는 아직 보편화되지 않았습니다."

"가능성 자체는 부정하지 않으시죠?"

"요리를 약품처럼 기체화시킨다는 건가요?"

"약이든 스테이크든 물질인 것은 같습니다. 문제는 분자의 크기가 되겠죠."

"그게 바로 분자요리인가요?"

"분자요리의 결정판이죠. 하지만 원장님, 분자요리 단어에 의미를 부여할 필요는 없습니다. 솔직히 말하면 분자요리는 새로운 관심을 끌려는 사람들의 말장난에 불과해요. 왜냐하면 요리란 그냥 먹지 않는 한 모두 분자요리의 행위이기 때문입니다. 저 수천 년 전부터 이미."

"모든 요리가 분자요리다?"

"우리가 루틴으로 먹는 밥을 생각해 보시죠. 쌀이 밥으로 변화하지 않습니까? 이때 화학적인 호화 작용이 일어납니다. 김치도 그렇습니다. 숙성 역시 화학작용이 아닙니까? 저 흔한 뻥튀기와 솜사탕까지 우리가 먹는 모든 요리는 분자요리입니다."

"하지만 흡입이라는 건… 자칫 기체가 폐로 들어가면 치명적인 상황을 초래하게 됩니다."

"알고 있습니다. 그래서 관건은 분자의 크기라고 말씀드렸는데 같은 원리의 초콜릿과 커피가 상품화된 게 있습니다."

"흡입하는 커피와 초콜릿?"

"하버드 의료 공학 팀에서 고안한 르 위프(Le whif)라고 들어보셨습니까?"

"아뇨."

"그게 바로 고체를 기체 속에 분산시킨 에어로졸 방식입니다."

"셰프님."

"어렵게 생각하실 거 없습니다. 요리에 기체 과학을 적용하는 것뿐이에요. 스테이크 분자를 폐로 들어가지 않는 크기로만 만들면 됩니다."

"그것도 셰프가 할 수 있다는 거로군요?"

"원장님이 도와주시면 가능하죠. 명망 높은 의학자이시니 의료 공학 전문가나 분자 화학자를 잘 아실 것 아닙니까?"

"그거야 문제없죠. 내 주변이 다 그런 인간들이에요."

"그분들 실험실을 소개해 주시면 내일이라도 당장 만들어 드리겠습니다."

"내일이라도?"

"다시 말하지만 분자의 크기와 흡입하는 흡입기만 있으면 어려울 거 없습니다. 스테이크를 고체 입자로 갈아 내 기체 속에 분산시킨 에어로졸을 먹는 것이니 환자는 스테이크의 향은 물론이고 포만감까지도 느낄 수 있습니다."

"맙소사."

"이게 바로 흡입하는 커피, 르 위프입니다."

윤기가 검색 화면을 보여주었다.

흡입하는 요리.

전생 때 이미 시도한 요리였다. 프랑스의 리폼이 잘나갈 때였다. 귀족들 중에 병자들이 많았다. 직접 올 수 없는 환자는 출장 요리를 가면 그만이지만 먹고 싶어도 먹을 수 없는 병자들이 문제였다.

그때 분자화학자 단골의 실험실을 빌려 기체화 요리를 만들었다. 요리 한 접시를 통째로 건조 시킨 후에 흡입이 용이한 분자로 쪼개 흡입시켰던 것. 처음에는 기침이나 발작을 하는 사람들이 있었지만 곧 해결되었다. 원인을 찾아냈으니 바로 분자의 크기 조절이었다. 그건 단골 화학자에게 있어 너무나 쉬운 일이었으니 폐포로 흡입되지 않는 크기로 조절하자 문제가 해결되었다.

"안드레아 셰프, 이제 당장 죽어도 여한이 없어요."

전생이 마지막으로 접한 흡입요리식 환자의 말이 귓전에 생생하다. 그녀는 귀족의 애인이었다. 아래턱 부위의 말기 하악암으로 시달렸으니 젊은 날 좋아하던 달팽이 요리 에스카르고를 먹는 게 소원이었다. 그녀가 애정하던 와인에 재운 에스카르고를 에어로졸로 만들어 바쳤다. 운명을 앞둔 그녀는 전생을 존경과 흠모의 눈으로 바라보았다. 그걸 다시 못 할 이유가 없었다.

"그렇다면 셰프님, 제가 그 보호자를 보내 드리겠습니다. 죄송하지만 예약을 좀 받아 주시겠습니까?"

"예약 담당은 연회 팀입니다. 하지만 원장님 말씀이니 원하는 시간에 예약이 되도록 말씀드리겠습니다."

"아마 내일 당장 달려올 겁니다."

"참고하죠. 다만 에어로졸 시설을 갖춘 지인분을 꼭 소개시켜 주셔야 합니다."

"그건 걱정 마세요. 제가 한 트럭이라도 수배해 놓을 테니까요."

배 원장의 몸이 달아올랐다. 짐작건대 굉장한 VIP 환자인 것 같았다. 그렇다면 윤기에게도 고마운 일이었다. 고급 요리란 저명한 사람들의 미각부터 공략해야 반향이 크기 때문이었다.

"원장님이 제 치료로 고생이 많으셔서 위로차 모셔 왔는데 일을 떠안기는 거 같아 죄송한데요?"

이지용이 웃었다.

"아닙니다. 이런 일이라면 백 번이라도 좋습니다. 회장님 스테이크 하나 해결해 드리지 못해 면목이 없었는데 엉뚱한 숙제를 해결하는 기분입니다."

배 원장은 흔쾌했다. 묵은 체증이 내려간 얼굴이 거기에 있었다.

"우리 송 셰프는? 내가 괜한 짐만 지운 게 아닌가?"

"이런 짐이라면 저도 행복합니다. 이보다 더 보람된 요리가 어디 있겠습니까?"

"그렇다면 다행이고……."

"제가 연구하던 요리의 하나이니 마음 쓰지 않으셔도 됩니다."

"그럼 이제 계산을 해 드려야 할 텐데?"

이지용이 윤기를 바라보았다. 카운터 쪽의 이리나와 주희도 그 분위기를 감지한다. 그랑 서울의 호텔리어들은 오늘도 가격 맞추기에 열중이었다.

[이지용 회장은 얼마를 낼 것인가?]

윤기는 그 리스트를 알고 있다. 최고액은 1억이다. 진규태의 입력이었다. 나머지는 1,000만 원에서 300만 원까지였다. 1억과 천만 원이 나온 건 이회장이 대기업의 총수이기 때문이었다. 윤기에게 스테이크 신세를 진 걸 알기 때문이었다.

신세기 그룹의 총수 이지용.

그가 지갑을 꺼내 들었다.

*　　　　*　　　　*

"그럼 또 뵙기를 바랍니다."

인사와 함께 윤기가 물러났다. 계산은 연회 팀이 할 일이었다. 복도로 나올 때 주희가 따라왔다.

"셰프님."

"네?"

"예약 말이에요, 내일 말씀하시는데 괜찮겠어요? 내일은 특선 예약이 두 건이나 있던데?"

"끝에다 넣어 주세요."

"그런데……."

"또 뭐죠?"

"이 회장님 말이에요, 지금 팀장님이 계산받으려 하시는데 얼마 내실 거 같아요?"

"주희 씨도 베팅하게요?"

"입력 마감 직전이긴 한데 전 새가슴이라 그런 거 못 해요. 셰프님이 귀신처럼 맞히시니 궁금해서요."

"배팅할 거면 찍어 드리죠."

"뭐, 셰프님이 알려 주신다면……."

"배 원장님 스테이크는 정액이니 22만 원은 열외죠?"

"네."

"이 회장님 요리는 기본 가격이 15만 원."

"……."

"주희 씨 생각은 어때요?"

"대기업 회장님에 셰프님 신세도 졌고… 식사도 굉장히 만족스럽게 하신 거 같으니… 한 500만 원?"

"아뇨."

"그럼 천만 원?"

"아뇨, 반대로 가세요."

"내리라고요?"

"네."

"그럼… 200만 원?"

"15만 원요."

"네?"

"15만 원으로 베팅하세요."

한 번 더 강조한 윤기가 돌아섰다. 주희는 잠시 넋을 놓고 있었다.

기준 가격 15만 원.

그건 요리가 나올 때 공개를 한다. 하지만 이지용 회장이었다. 윤기의 소개로 진 부조리장의 딸에게 거액의 치료비를 쾌척하기도 한 사이. 그렇게 특별한 관계에 만족도도 높았던 테이블 분위기. 더구나 배 원장의 추가 예약까지 나온 판에 꼴랑 15만 원?

'이건 좀 아닌 거 같은데?'

베팅 화면 앞의 주희는 한참을 망설였다. 그만둘까 싶었지만 약속은 약속.

[연회 팀, 변주희 15만 원]

금액을 입력하고 홀 쪽으로 걸었다. 카드를 받은 이리나가 나오고 있었다. 주희를 보더니 불만스러운 표정을 지었다. 그 순간

감이 왔다.

'송 셰프님이?'

오싹한 기분과 함께 이리나의 확인이 나왔다.

"이 회장님 보기보다 쪼잔하시네. 특선 요리는 15만 원 그대로 결제하신대."

"엄마야."

그 말을 들은 주희가 휘청거리며 벽을 짚었다.

"왜?"

"아, 아뇨."

"아우, 나는 300 입력했는데 오늘은 꽝이야. 송 셰프도 실망 좀 하겠는데?"

"셰프님은 알고 있었어요."

주희가 혼자 중얼거렸다.

"뭐?"

"알고 계셨다고요. 15만 원 결제하실 거."

"송."

주방으로 돌아오자 에르베가 윤기를 잡아끌었다.

"무갈비 말이야, 레시피 좀 알려줘."

"문제없죠."

"그리고 쏸라펀도, 그 면발은 또 어떻게 뽑은 거야? 특별한 밀가루를 쓴 것도 아니었잖아?"

"특별하지 않은 재료로 특별한 요리를 만드는 게 셰프 아닌가요?"

"설명이 필요해."

"셰프님 앞에서 말입니까?"

"이 주방의 메인은 이미 송 셰프야. 사실 누가 메인인지는 하나도 중요하지도 않고."

"무갈비에 쓴 무말랭이 말입니다. 건조가 되면 일반 무와 성분이 아주 달라집니다. 단백질은 100배 이상 증가하고 탄수화물도 15배 정도 늘어나죠. 지질 또한 20배 이상 증가되면서 쫄깃한 식감까지 형성되는 특성을 이용한 거죠. 과정은 번거롭지만 약간의 향신료와 닭고기의 보조를 받으면 가능합니다. 그리고 쏸라편은… 창혁아, 밀가루 좀 준비해 줄래?"

윤기가 요청하자 바로 밀가루가 대령되었다.

"이것도 좀 번거로운 과정이 있습니다. 일단은 손으로 일일이 가루를 깨야 하고요."

"체로 치는 게 아니고?"

"그것만으로는 부족합니다. 밀가루도 미세하게 뭉친 것들이 있는데 그런 게 있으면 결합력을 방해합니다."

"으음……."

"다음은 뜨거운 물로 익반죽 하는데 반죽이 말랑해질 때까지 치대야 합니다. 이 과정에서 난백분을 조금 첨가했지요."

"난백분?"

"창혁아."

윤기가 창혁을 바라보았다. 그 작업을 수행한 게 창혁이었다. 물론 세 번 퇴짜는 기본이었다.

"계란을 반숙으로 삶아 흰자만 사용했어요. 건조한 다음에

믹서로 갈아 내고 마지막으로 절구에 넣어 손으로 한 번 더 갈아 낸 고운 가루요."

창혁이 보고를 했다.

"결착력을 높이려고?"

에르베는 바로 눈치를 차렸다.

"맞습니다. 다음으로 강력분과 중력분을 섞은 가루를 찬물과 미지근한 물 두 곳에 풀어 준비하면 되죠."

윤기가 시범을 보였다. 반죽을 떼어 그 물을 적신 후에 건져 내더니 밀가루를 살짝 묻혀서 숙성 준비를 마쳤다. 신기한 건 반죽들이 붙지 않는다는 거였다.

"이렇게 세 번 숙성을 시키면 가늘고 투명하고 찰진 면을 얻을 수 있습니다."

"그랬군. 나는 초를 날린 식초에 계란 흰자를 풀어 반죽에 바름으로써 결착력을 높였는데 그 방법보다 월등한 것 같아."

에르베가 혀를 내두를 때 설 대표가 손을 흔들었다. 주방 너머의 복도였다.

"웬일이시죠?"

윤기가 입구로 나갔다.

"우리 매형 말이야, 굉장히 흡족해하시더군."

"다행이네요."

"무갈비와 쏸라편?"

"삼국지 마니아시라기에 주제를 그쪽으로 잡았는데 잘 통한 거 같습니다."

"그게 삼국지에 나오는 요리였단 말인가?"

유 이사가 끼어들었다.

"예."

"이야, 어제는 레오나르도 다 빈치, 오늘은 삼국지, 내일은 또 뭐가 나오나? 설마 단군신화의 곰 발바닥 요리가 나오는 건 아니겠지?"

"언젠가는 나올지도 모르죠."

"게다가 매형이 지불할 금액까지 맞혔다고?"

"예?"

"연회 팀 주희 씨가 자백했어. 그녀가 마감 직전에 맞혔길래 말이야. 혹시라도 공정성 때문에 체크를 했더니 결제는 이리나 팀장이 받았다고? 그래서 물으니 송 셰프가 힌트를 줬다고 하더군."

"예……."

"우리 매형, 좀 쪼잔하긴 했지만 어떻게 알았나? 나는 500만 원 정도 생각했는데?"

"쪼잔하지 않다고 생각합니다."

"아니라고? 딱 기본 가격만 내고 갔는데?"

"대그룹 총수 아니십니까? 공사를 가리지 못하면 그 자리를 보전하시겠습니까? 공은 공이오, 사는 사니 상식적인 선에서 추론한 것뿐입니다."

"……!"

간단한 대답에 설 대표가 굳어 버렸다. 이지용은 그런 사람이었다. 들어가고 나올 때를 안다. 그런 면모 때문에 존경해 마지않던 설 대표. 윤기와의 스테이크 인연에 홀려 판단력이 흐려진 자신이 부끄러웠다.

"허헛, 송 셰프. 이거야 정말……."

설 대표는 혀를 내둘렀다. 요리면 요리 외국어면 외국어, 심지어는 셰프로서의 품격 있는 접대 매너와 상황 판단까지 틈이 없으니 날마다 새롭게 보이는 윤기였다.

"어머나, 이게 다 뭐야?"

아침부터 어머니 입이 쫙 벌어졌다. 당연히 요리 때문이었다. 테이블에서 그녀를 맞이한 건 프랑스요리 알리고(Aligot)였다.

"요즘 입맛이 없으신 것 같길래요, 간단하게 먹기 좋은 요리예요."

윤기가 볼을 밀어 주었다.

"세상에, 이게 간단해?"

"저한테는 된장찌개나 이거나 비슷하거든요."

"송 셰프."

"으음, 아침부터 그런 눈빛은……."

"좋아서 그러지. 고마워."

"요리는 맛부터 보고 말하는 거예요."

"알았어."

어머니가 시식에 들어갔다. 포크로 뜨니 부드러운 치즈가 딸려 왔다. 맛은 당연히 고소하고 담백하다. 분이 눈처럼 하얗게 나는 감자를 으깨고 치즈를 올렸기 때문이다. 크림과 버터가 들어갔고 마늘은 어머니 취향이라 조금 많이 넣었다. 보기는 간단해도 프랑스의 전국구 요리다.

이 요리의 성패는 감자보다 치즈에 달려 있다. 보통은 톰므 치즈를 올리지만 윤기는 라귀올에서 온 치즈를 썼다.

"어때요?"

"고마워. 이제 말해도 되지?"

"그럼요."

"치즈가 너무 쫄깃하네? 감자는 입안에서 봄 아지랑이처럼 녹아 버리고."

어머니는 치즈를 거푸 말아 댄다. 알리고는 파스타처럼 돌돌 마는 재미가 있다. 딸림으로 내놓은 건 평범한 비엔나소시지였다. 알리고는 원래 이렇게 먹는다. 소시지의 짭짤한 맛과 알리고의 담백함이 좋은 궁합을 이루기 때문이다.

"어제 회장님 가셨지?"

"아셨어요?"

"그제 사모님이 말씀하셨어. 회장님이 가시니 당신도 동창들이랑 예약해야겠다고."

"병원 원장님이랑 같이 오셨어요."

"좋아하셔?"

"어땠을 거 같아요?"

"당연히 좋아하셨겠지. 회장님이 나름 미식가시잖아? 송 셰프 스테이크에 괜히 반한 게 아니야."

"스테이크는 제 요리의 일부에 불과해요."

"신기해. 한편으로는 짠하기도 하고."

"뭐가요?"

"우리 윤기 실력 말이야. 나도 몰래 실력을 갈고닦느라 얼마나 고생했을까 싶기도 하고."

"고생은요 뭐."

"아무튼 고마워. 그리고 잘 먹었어."

어머니 눈에 또 이슬이 어린다.

으음, 알리고가 너무 맛있었나?

엉뚱하게 둘러대고 일어섰다. 오늘은 특선 요리 예약만 세 명이었다. 다비드와 김민영, 그리고 배 원장님의 소개로 올 특별한 환자의 보호자.

'어떤 요리로 녹여 줄까?'

여러 레시피를 머리에 그리며 차에 올랐다.

시작은 LGY 스테이크였다. 수비드 수조에 들어갈 숙성육을 하나하나 골랐다. 경모와 명규가 신경을 곤두세운다. 윤기의 식재료 구분법은 가히 현미경급이었다.

내일 쓸 205인분 중에서 6개가 퇴짜를 맞았다.

"맡아 봐요. 이물질 냄새가 배었습니다."

윤기가 그것들을 밀어 주었다.

"……?"

냄새를 확인한 경모와 명규 표정이 굳었다. 살짝 불쾌한 냄새가 깃들어 있었다. 숙성육은 분명 같은 날 잡은 것들. 겉보기에는 이상이 없지만 윤기의 레이더는 용서가 없었다.

추가로 6개를 채워 동결 작업에 들어갔다. 윤기 시선이 메모판으로 건너간다. 오늘 런치는 103인분이었다. 그중 동결함침법을 쓰지 않는 일반 스테이크가 37인분. 씹는 맛을 원하는 고객을 위한 투 트랙에 들어간 것이다. 그럼에도 동결함침법 스테이크 오더가 압도적으로 많았으니 LGY의 오리지날은 동결함침법 스테이크로 자리 잡고 있었다.

[LGY 스테이크 하면 사르르 녹는 부드러움의 끝판왕]
[한 입 먹는 순간, 당신도 성자가 됩니다.]

제법 영향력 있는 인플루언서가 올린 감평이다. 어제는 이 태그가 SNS를 타면서 화제가 되었다. 며칠 사이에 LGY 스테이크는 성지 순례 같은 놀이로 번져 가고 있었다.

"셰프님."

이리나가 등장했다.

"추가 주문 있어요?"

"단품이 몇 개 있긴 한데……."

"왜요?"

이리나가 주저하니 윤기가 물었다.

"주희하고 저하고… 셰프님 덕분에 상금 탔잖아요? 간단하게 ABC 쥬스턱인데 드실 시간 있겠어요?"

"그런 거라면 무조건 먹어야죠."

"주희 씨."

윤기가 수락하자 복도에 손짓을 한다. 주희가 음료 쟁반을 들고 왔다. 윤기가 받아 에르베부터 창혁까지 나눠 주었다. 리폼 주방 직원 숫자와 같았기 때문이었다.

"선물이에요? 뇌물이에요? 애매모호한데요?"

"뇌물이에요. 오늘은 세 테이블이나 있잖아요 우리 얼마나 긴장되는지 아세요?"

이리나의 엄살은 괜한 게 아니었다. 손님들 면면이 그랬다. VIP가 오면 서버들도 긴장한다. 수준 높은 질문이 나올 수 있기 때문이었다.

"제가 지불 비용 미리 맞히면 그 긴장이 좀 풀릴까요?"

"오늘도 가능해요?"

"일단 배 원장님이 예약한 테이블은 빼세요. 누군지 몰라도 큰 베팅 안 할 겁니다."

"그럼 다비드와 김민영이네요?"

"다비드는 3,000불, 김민영은 100만 원 정도 쓰세요."

"알았어요. 이번에 또 맞히면 진짜 거하게 쏠게요."

이리나와 주희가 돌아갔다.

"셰프님, 오늘 특선은 뭐예요?"

찜솥으로 게를 찌던 창혁이 물었다. 창혁의 관심은 가격 맞히기보다 메뉴 쪽이었다.

"특별한 송아지 안심구이, 양송이, 그리고 와인?"

"재료보다 타이틀이 더 궁금해요."

"서양에서 유명한 왕 몇 명만 꼽아 봐."

"알렉산더, 아더왕, 엘리자베스 여왕, 태양왕?"

"태양왕 루이 14세의 테이블."

"루이 14세? 정말요?"

창혁의 입이 꽃게 뚜껑만큼이나 크게 벌어졌다.

제8장
—
두가지 초대박 빅딜

"시간 없다. 전투 개시가 다가오니까 집중하자."

음료잔을 비워 낸 윤기가 숯불 화덕을 향해 돌아섰다.

오늘도 청탁이 끼어들었다. 런치에 6인분이었고 디너에 5인분이었다. 전자는 이리나와 조리부장의 부탁이라 거절할 수 없었고 후자는 유 이사가 초청한 VIP들이라 어쩔 수 없었다. 오늘은 에르베의 특선을 찾는 사람까지 많아 화장실 갈 시간도 없었다.

덕분에 점심도 조리대 앞에서 서서 먹었다. 사실 호텔 주방에서는 흔한 일이었다. 화려한 요리를 만들지만 주방의 점심은 간편식이 많았다.

디너의 마지막 스테이크를 내주고 호텔 후문으로 나왔다. 아담한 다복솔이 좋아 한숨 돌리기에 좋은 공간이었다. 그런데 그 자리를 선점하고 있는 사람이 있었다.

"이 기자님?"

이상백이었다.

"비켜 드려요?"

"아뇨. 괜찮습니다."

"실은 아까부터 기다렸어요."

"저를요?"

"예."

"왜죠?"

"오늘 다비드 박사가 오는 날이죠?"

"예."

"어제, 오늘 거푸 송 셰프님 요리를 먹었습니다. 육질을 극단적으로 연화 시킨 동결함침법과 스테이크 중심부에 주입된 컴파운드 소스, 그리고 랍스터에 들어간 꼬냑까지 공부를 좀 했죠."

"……?"

"설탕 결정으로 시작하는 청각적 미각향연, 푸아그라가 들어간 메밀주먹밥을 마지막으로 먹을 때와 랍스터가 마지막 한 입일 때가 다르더군요. 말하자면 동서양인의 미각 대변이라고할까요?"

"……."

"나는 아무래도 한국인이라 주먹밥으로 마무리할 때가 가장 개운했습니다. 그 두 가지 가니튀르, 그런 의도가 들어 있는 거 아니었나요?"

"얼마나 확신하시는데요?"

"100%죠. 취재의 감은 사실 늘 50%대 50%인데 어차피 둘 중하나를 선택해야 하니까 100%."

"꼬냑 등급은요?"

"VSOP?"

"혹시 메밀의 원산지도 알아 맞혔을까요?"

"제주산 같았습니다. 곰곰이 음미하다 보니 바다 냄새가 약간 묻었더라고요."

제주산 메밀.

제대로 맞혔다.

그 차이도 제대로 알고 있었다. 제주 메밀에는 아련한 바다 냄새가 배어 있다.

"다비드 박사님 취재, 아직도 원하신다면 도와드리죠."

윤기가 손을 내밀었다. 이상백이 도리를 다한 까닭이었다.

"정말입니까?"

"이 팀장을 통해 제 요리를 예약했다는 말 들었습니다. 어떻게 보면 기분 상했을 수도 있는데 마음을 받아 주시니 고맙습니다."

"맞아요. 그날은 화가 났었죠. 그런데 목 마른 놈이 우물 파는 거 아닙니까? 게다가 송 셰프를 보고 있자니 옛날 생각도 나고… 초심으로 돌아가 송 셰프 요리 먹어 보니 그 말이 맞더군요. 우리 기자들, 현장 체험 없이 기사 쓰는 게 루틴이 되어 가고 있는데 반성하게 되었습니다."

"이해해 주시니 고맙네요."

"취재는, 오늘 될까요?"

"박사님이 곧 오실 겁니다. 식사가 끝나면 양해를 구해 보고 허락이 떨어지면 바로 연락드릴게요. 박사님 다음 스케줄을 모르니 그게 좋지 않겠습니까?"

"그렇게만 해 주시면……."

"오늘 그분 테이블에 올라갈 요리는 태양왕 루이 14세가 즐기던 송아지 요리와 즉석 꽃향을 더한 와인입니다. 참고하고 계시면 인터뷰에 도움이 되겠죠?"

"루이 14세의 요리라고요?"

이상백 눈이 휘둥그레질 때 창혁이 나와 다비드 박사의 도착을 알렸다.

"오셨다는군요. 그럼……."

윤기가 돌아섰다. 이상백은 윤기 모습에서 눈을 떼지 않았다.

'루이 14세…….'

윤기의 단어가 머리를 흔들었다. 이건 또 어떤 요리란 말인가? 윤기의 한마디로 그새 마음이 급해지는 이상백이었다.

그런데.

도착 손님은 다비드만이 아니었다.

"셰프님."

홀에 들어서기 무섭게 김민영이 손을 들어 보였다. 그녀는 창가 테이블이었는데 예약 시간보다 40분이 빨랐다.

"오셨어요?"

"요리가 땡겨서 견딜 수가 있어야죠. 조금 빠른데 괜찮을까요?"

"당연히 괜찮죠."

윤기가 말했다. 돌발은 셰프의 숙명이다. 그 정도 대처법은 당연히 있었다.

"오늘은 혼자 우아하게 먹고 싶어서요. 셰프님 특선으로 부탁할게요."

"술도 드시나요?"

"조금은 상관없어요."

"알겠습니다."

윤기가 메뉴를 접수했다. 김민영의 몸에서는 기름과 MSG 냄새가 진동을 했다. 먹방 때문이다. 맛집이라고 찾아다니지만 상당수가 MSG 범벅이다. 1년 365일 그걸 먹는다. 한 끼에 보통 3-6인분을 해치운다. 그러니 몸에 밴 것이다.

돈 많으면 뭐 하나.

얼마 전의 방송에 꼬마 빌딩을 샀다는 언급이 있었다. 흡입 가능한 것들을 강제로 욱여넣은 보상이다. 그건 식사가 아니다. 윤기 입장에서는 진심 가엾을 뿐이었다.

기대하세요.

오늘 당신에게 요리의 천국을 보여 드리죠.

단, 중독은 책임 못 집니다.

안으로 더 들어가자 다비드가 보였다. 그도 혼자였다.

"송 셰프."

"혼자 오셨네요?"

"셰프께서 불어를 잘하니 호젓하게 즐기러 왔습니다. 안 될까요?"

"잘하셨습니다."

"실은 파드리스 선생이 비즈니스가 안 끝나서요. 같이 못 가게 되었다며 어찌나 서운해하든지… 해서 내가 2인분을 먹고 오겠다고 했습니다."

"그렇게 하시죠."

"오늘 저는 뭘 먹게 될까요?"

"왕의 요리를 준비했는데 혼자시니 더 어울릴 것 같군요. 왕은 혼자 먹으니까요."

"왕의 요리?"

"루이 14세의 송아지 안심구이입니다. 그분이 마시던 특별한 와인과 함께요."

"허어, 이렇게 되면 파드리스 선생이 땅을 치고 후회할 텐데?"

"먼저 온 손님이 있어서요. 조금만 기다려 주시면 바로 준비하겠습니다."

오더를 확인한 윤기가 물러났다.

철관음우롱차
지우더화
어린 솔잎 페스토의 자연 파스타
생 화이트 트러플을 뿌린 금빛 가리비 관자에 오렌지 버터를 곁들인 라이스
꼬냑 칵테일 감미로운 속삭임

김민영의 몫으로 뽑은 메뉴였다.

"주희 씨."

철관음우롱차부터 내주었다.

그런 다음 특별하게 준비한 식재료를 꺼냈다. 자작나무 형성
층과 솔잎의 여리여리 새순이었다. 냉동실에서 나온 솔잎 새순
은 올리브에 절여져 있었다.

[싱싱한 금빛 가리비 관자, 쌀, 계란, 청경채, 아스파라거스, 오
렌지]

윤기가 준비한 식재료 목록이다.

다르르.

냉동된 여리여리 솔잎 새순에 향신료를 넣고는 언 상태로 분
쇄기에 갈았다. 윤기가 준비한 재료에는 나무가 많았다. 지금 냉
장고에서 숙성되고 있는 와인도 나무통이었다. 김풍원 사장에게
부탁한 것들이 이제야 조달되는 까닭이었다.

먹을 것 많은 세상에 초근목피를 뭐에 쓰냐고?

두고 보시면 아신다.

하르르.

몇 번의 칼질 소리가 들리더니 펄펄 끓는 물 속으로 스파게티
가 들어갔다. 자기 조리대에서 소스를 개발하다 돌아본 에르베
고개가 갸웃 돌아간다. 뭔가 이상하다는 표정이었다.

"명규."

"네?"

"송 셰프 말이야, 재료 중에 스파게티도 있었어?"

에르베가 불어로 물었다.

"못 봤는데요."

"경모나 창혁이 가져다줬나?"

"아닌데요."

경모의 답이었다.

"그런데 저 면이 어디서 났지?"

"그러게요. 셰프님. 조리대에는 자작나무 껍질밖에 없었는데?"

명규와 창혁도 의아할 뿐이었다.

자작나무 껍질?

그리고 보니 뜨거운 증기와 함께 싱그러운 자작나무 향이 끼쳐 왔다. 그렇다면 저 파스타가 자작나무 자체?

[자작나무 껍질로 면을 뽑아 낸 파스타?]

파스타라면 알 만큼 아는 에르베조차도 그런 요리법은 들어 본 적이 없었다. 그러나 물 속에서 끓고 있는 면에서는 자작나무 향이 폴폴… 재료에 파스타가 없었으니 다른 추론은 불가능했다.

말도 안 돼.

에르베가 고개를 저었다. 팀원들도 그랬다. 그들 모두는 돌발성 그림에 말을 잃고 있었다.

요리는 세 갈래로 진행되었다. 고이 씻은 밥은 강력한 화력으로 시작하고 수비드 수조에서 나온 가리비 관자는 버터를 뿌려 오븐에 넣었다. 옆의 주물냄비에서는 닭 육수와 함께 연두부가

242 요리의 악마

익어 갔다.

"연두부?"

이번에는 경모가 반응했다. 그 또한 윤기의 식재료에 없던 것이었다. 그렇다고 윤기가 재료를 가져온 것도 아니었다. 팀원들에게 요청도 없었다. 그럼에도 냄비 안에서 익어 가는 건 분명한 연두부.

'미치겠다.'

경모의 혀가 마르기 시작했다. 이럴 때면 윤기가 차라리 마법사처럼 보였다. 그러는 사이에도 윤기는 시스테믹하게 움직였다. 서두르거나 흐트러지는 모습 따위는 없었다. 둥글게 이어지는 물결처럼 자연스러운 손짓은 하나의 연주처럼 보였다.

가볍게 부드럽게
생동감 있게 경쾌하게
충분히 넉넉하게
불같이 열정적으로
화려하게 빛나게

악보 기호라면 딱 어울릴 것 같은 손길과 함께 요리가 나오기 시작했다.

싱그러운 솔잎 새순 페스토 위에 싱그러운 나무향의 스파게티가 올라앉았다. 초록초록한 페스토와 어울린 순결한 흰빛은 차마 형언하기 어려운 동화의 한 편이었다. 오직 자연색만으로 색감을 맞춘 스파게티는 세상 어디에도 없는 소박한 배색을 뽐내고 있었다.

게다가.

저 푸근하고 상큼한 식향이라니…….

오렌지 버터 위에 살포시 자리 잡은 흰 쌀밥도 그랬다. 가볍게 타원형으로 다듬어 중앙에서 비낀 위치에 자리를 잡았다. 그 앞에는 포실한 느낌의 가리비들이 놓이고 슬라이서로 갓 썰어 낸 생 화이트 트러플이 뿌려졌다. 라이스는 살짝 말리다가 구워 놓은 오렌지 한쪽과 아스파라거스로 마감되었다.

노란빛의 주목성과 대비되는 흰빛의 쌀밥, 거기 악센트가 되는 오렌지와 아스파라거스의 초록은 기막힌 앙상블이 아닐 수 없었다.

푸근한 닭 육수 속에서 봉긋 부풀어 오른 연두부는 소담미의 극치였다. 그 또한 청경채의 악센트로 인해 한 폭의 수채화처럼 보였다.

"와아."

요리를 가지러 온 주희와 이리나가 얼어붙었다. 컬러와 향미의 앙상블 때문이었다. 식재료의 자연색을 그대로 살려 놓은 요리는 명작 수채화처럼 투명하면서도 아름다웠던 것.

"송 셰프님."

주희 목소리가 떨렸다. 정말이지 남몰래 훔쳐 달아나고 싶은 색감이 거기 있었다.

"왜요? 리폼의 정식 메뉴가 되기에는 좀 부족하나요?"

윤기의 조크가 주의를 환기시켰다.

"그, 그럴 리가요. 너무 아름다워서……."

"요리는 맛이죠. 모양이 허술하면서 맛있는 요리는 용서가 되지만 에쁘기만 하면서 맛이 없는 요리는 용서되지 않습니다."

"용과처럼요?"

이리나가 답했다.

"용과는 아니에요. 그건 따로 쓸모가 있어 밍밍한 맛으로 태어난 과일이니까요. 마치 이 계란처럼."

윤기의 손이 연두부 요리를 가리켰다. 그 말이 모두에게 파문을 일으켰다.

"이게 계란이라고요?"

경모부터 뒤집어졌다. 푸근한 닭 육수 안에서 부드러움의 극치를 떨치고 있는 비주얼은 누가 봐도 연두부였다.

"요리 식어요, 사진."

윤기가 주희를 바라보았다.

"아, 네."

주희가 서둘러 카메라를 꺼냈다.

찰칵찰칵.

수십 방이 돌아간다. 다른 날보다 더 많이 찍는 건 주희가 요리의 색감에 반했기 때문이었다.

"된 거 아니야?"

주희의 과몰입은 이리나가 깨 주었다. 테이블에서 손님이 기다리고 있었다.

요리가 카트에 올라가는 동안 냉장고 안에서 유리병이 나왔다. 칵테일은 그 병 속에 있었다. 코냑에 와인, 위스키를 넣고 라벤더와 엘더베리 시럽을 넣었다. 포인트는 큐라소 캐비어였다. 분자요리 기법으로 만든 캐비어 몇 개를 넣음으로써 김민영의 정찬이 마무리되었다.

"자작나무 파스타와 지우더화는 따로 준비해 놨으니 맛을 보세요."

윤기가 에르베와 팀원들에게 말했다. 그 말에 이리나와 주희가 반응을 했다. 그녀들도 사람이다. 맛난 요리를 보면 참을 수 없는 건 다른 사람과 같았다.

"그 옆에 팀장님과 주희 씨 것도 있어요. 맛보기는 될 테니 서빙하시고 나서 맛보세요."

"아싸!"

주희와 이리나가 동시에 환호했다.

"대신 말이죠."

윤기가 주희 귀에 대고 속삭였다. 파스타의 덮개를 조금 덜 닫은 채 다비드의 테이블 앞을 천천히 지나가라는 주문이었다. 주희는 당연히 윤기의 지시에 따랐다.

천천히.

카트의 속도를 늦추자 다비드가 고개를 들었다. 윤기의 의도에 대한 반응이다. 몇 발 뒤의 윤기 입가에 회심의 미소가 스쳐 갔다.

"셰프님."

김민영의 테이블이 가까워지자 주희가 카트를 세웠다. 김민영이 보였다. 그런데, 아무래도 울고 있는 것처럼 보였다.

"괜찮아요, 차 때문에 그럴 겁니다."

윤기가 계속 가라는 사인을 주었다.

김민영이 운 건 사실이었다. 찻잔을 잡고 눈물을 그렁거리던 그녀, 카트 소리가 나자 눈물을 수습했다.

"요리 세팅해도 될까요?"

윤기가 물었다. 감정을 수습할 시간을 준 것이다.

"네."

그녀의 대답이 나오고서야 세팅 신호를 했다. 지금 이 순간, 김민영은 손님이 아니었다. 공주이자 여왕이었다.

윤기가 덮개를 열자,

"악!"

김민영의 입에서 행복한 비명이 터졌다. 두 손으로 입을 막은 김민영은 기대감에 어쩔 줄을 몰랐다. 투명한 수채화 한 폭. 그녀의 테이블 분위기가 딱 그랬다.

"오늘은 이 테이블의 여왕이십니다. 천천히 즐기세요."

"세상에나… 이건 요리가 아니라 한 편의 동화잖아요?"

"특별하게 조제한 칵테일과 위장을 편안하게 만들어 줄 라이스, 그리고 100% 자연에서 온 자작나무 스파게티와 지우더화입니다. 지우더화의 소재는 계란인데 연두부처럼 부드러워 그동안 혹사한 미각에 위로를 줄 겁니다."

"이미 위로가 되고 있어요."

"차는 어땠나요?"

"차요?"

김민영의 목소리 끝이 살짝 떨렸다.

"어머니나 할머니 생각이 나지 않았습니까?"

"맞아요. 아련한 꽃 향기에 옛날 할머니 생각이……."

"그 향은 히아신스 향입니다. 많은 사람들이 그 차를 마시면 옛날 사람들 생각을 하더군요. 먹방 활동으로 미각이 건조해졌을 것 같아서 서정적인 차를 준비해 드렸습니다."

"고마워요."

"다른 손님이 기다리고 있어서 설명은 나중에 드려야겠습니다. 천천히 드시고 계세요."

인사를 하고 물러났다. 다비드 때문이었다.

혼자 남은 김민영은 숟가락부터 들었다.

'지우더화?'

연두부처럼 생긴 계란 수프가 타겟이었다. 국물은 제어할 사이도 없이 육중한 몸 전체로 퍼져 갔다.

담백.

먹방에서처럼 없는 말을 만들지 않아도 몸이 저절로 느꼈다.

두 번째로 계란을 떴다.

"……?"

계란은 겉과 속이 달랐다. 겉은 연두부처럼 매끈한데 속은 부드럽게 풀어져 있었다. 위장의 수고조차 막아 주려는 것 같았다.

"와아."

속으로 내려던 감탄이 밖으로 나오고 말았다. 부드러운 계란과 더 부드러운 연두부의 식감, 푸근한 육수의 맛이 버터보다 고소하기만 했다.

이번에는 파스타였다. 자작나무 스파게티라고 했다. 포크로 말아 초록초록한 소스를 충분히 묻혔다. 그러자 은은한 솔향과 아련한 자작나무 향이 피어올랐다. 조심스럽게 입안으로 넣었다. 폭풍 흡입력을 자랑하던 방송에서와는 아주 다른 모습이었다.

"……?"

입안으로 들어온 파스타는 그대로 숲이 되었다. 놀랄 정도로 섬세한 부드러움은 땅콩 버터를 문 느낌 이상이었다. 이윽고 이어지는 청아한 숲의 향기들. 여리한 풀과 시트러스 향, 나무를 갓 잘라 놓았을 때의 싱그러운 향들이 입안을 차지해 버렸다.

'이게 바로 힐링이야.'

김민영은 전율을 느꼈다. 오랜 음미를 끝내고 젓가락을 들었다. 한 입씩 먹는 건 너무 야만적인 것 같았다. 이런 힐링은 한 가닥 한 가닥 아껴 가며 음미하고 싶었다.

하지만 오래 버티지 못했다. 옆에는 아직도 손을 대지 않은 라이스가 있었다. 모락모락 김이 오르는 가리비 관자, 화이트 트러플의 아득한 향까지 그윽하니 그야말로 치명적이었다.

"어머."

또 감탄을 토하고 말았다. 트러플의 향을 다 음미하기도 전에 고소한 관자가 녹아 버렸다. 부드럽기가 지우더화의 계란에 못지 않았다. 그냥 담백+감칠맛 덩어리였으니 입안 살까지 깨물고 말았다. 프로 먹방러의 실수. 그 정도로 멈출 수 없는 맛이었다.

얼마나 깨물었나?

혀로 더듬다가 칵테일잔을 발견했다. 요리에 홀려 칵테일을 잊었던 김민영. 바로 한 모금 시음에 들어갔다.

'미치겠다.'

신의 물방울.

그 단어가 떠올랐다. 먹방을 하면서 참고 삼아 보았던 만화였다. 거기 가장 맛난 와인의 하나가 스쳐 갔다. 실제로 맛보았지만 그닥이었다. 하지만 이 칵테일은 달랐다. 달콤한 맛 뒤에 작렬하는 라벤더 향과 풍성한 뒷맛의 향연. 입을 떼기 무섭게 또 먹고 싶어졌으니 가히 중독 수준이었다.

"어머."

그제야 또 한 번 자지러지는 김민영. 그러고 보니 중요한 걸 빼먹고 말았다. 사진을 놓친 것이다.

김민영이 당황하자 주희가 다가왔다. 윤기가 준비한 시식을 먹고 돌아온 주희였다.

"뭐 필요한 거 있으세요?"

"사진요, 사진을 못 찍었어요."

김민영은 금세라도 울 것만 같았다.

"그거라면 걱정 마세요. 제가 요리 내오기 전에 샘플로 찍은 게 있거든요. 번호 주시면 보내 드릴게요."

"지금요, 지금 보내 주세요."

김민영이 핸드폰을 내밀었다. 주희가 이미지를 전송하자 그제 야 마음을 놓는 김민영. 그녀는 다시 우아한 모습으로 황녀의 식사 시간으로 돌아갔다.

"셰프님, 왔어요."

주방에 들어서기 무섭게 창혁이 외쳤다. 시식에 골똘하던 에르베가 윤기를 바라보았다.

"송 셰프."

남은 파스타를 들고 달려온다. 정말이지 거의 뛰는 수준이었다.

"자작나무 스파게티요?"

윤기는 조리가 우선이었다. 다비드가 기다리고 있기 때문이었다.

"이거 진짜 자작나무 맞아? 자작나무 가루를 넣은 건가?"

"100% 자작나무 결로 만든 스파게티입니다."

"말도 안 돼. 젤라틴이나 한천, 알긴산 쓰는 것도 보지 못했거든?"

"물리적 화학적 변화가 일어나면 다 분자요리잖아요."

윤기는 또 자작나무를 잡았다.

"이게 자작나무 형성층이거든요. 그냥 껍질은 소화가 되지 않죠. 하지만 세포층으로 이루어져 부피생장이 일어나는 이 형성층. 이건 요리의 재료가 될 수 있어요. 썰기에 따라 아까처럼 스파게티가 되기도 하고 지금처럼……."

슬라이스 감자 형태로 썰린 자작나무가 올리브 기름 안으로 들어갔다.

쏴아아쏴아아.

싱그러운 바람 소리가 난다. 잠시 후에 나온 자작나무는 색감부터 질감까지 그냥 감자칩이었다. 그 위에 뿌려진 건 붉나무 소금. 은근하게 끓여 낸 차도 잔에 따랐다. 아삼차다. 이 차는 루이 14세의 요리를 살려 줄 포인트로 간택되었다.

[아삼차와 자작나무 감자칩 튀김]

다비드를 위한 첫 번째 요리가 출전을 했다.

"송 셰프."

"죄송하지만 지금은 집중해야 합니다."

에르베의 궁금증을 저만치 밀어냈다. 윤기는 알고 있었다. 에르베와 팀원들이 궁금해하는 것. 다음 것은 보나마나 지우더화였다. 그들이 연두부로 알고 있는 것. 그게 계란의 흰자였으니까.

수비드 수조에서 송아지 안심을 꺼냈다. 베이컨을 감은 채 회전 꼬챙이에 꽂아 숯불 위에 올렸다. 너도밤나무 숯이었다. 팀원들은 그 동선들을 레시피로 적고 있었다.

윤기의 붓이 자상하게 움직였다. 마리네이드용 소스를 꾸준히 덧칠했다. 흘러내리는 소스도 버리지 않고 모았다. 그것들은 남은 소스와 함께 테이블에 올라갈 소스로 변신했다. 약간의 버터와 붉나무 소금, 흑후추를 넣어 살며시 끓여 낸 것. 아삼차 추출물 또한 비밀 병기의 하나로 첨가되었다.

안심이 레스팅되는 동안 컴파운드 소스가 주입되었다. 소스에 들어간 향신료는 정향과 로즈메리, 유자 껍질, 월계수 등이었는데 다른 때보다는 조금 거친 맛을 골랐다.

오븐의 양송이가 나오자 와인도 준비되었다. 아침부터 냉장

숙성 시킨 것으로 너도밤나무 통이 사용되었다. 그 또한 여과를 거쳐 와인 잔으로 들어갔다.

신의 와인
뱀장어와 소시지를 넣은 양송이 요리
베이컨을 곁들인 송아지 안심구이

다비드의 요리도 끝이 났다.
찰칵찰칵.
주희의 카메라가 또 불을 뿜었다.
"시음용 와인과 안주입니다."
와인과 자작나무 감자칩을 남겨 두고 주희의 뒤를 따라갔다.
"셰프님."
하얀 칩을 살피던 다비드가 고개를 들었다.
"루이 14세의 성찬, 신의 와인과 양송이 요리, 그리고 송아지 안심구이입니다. 양송이에는 원래 송아지 고기를 쓰는데 안심과 겹치니 장어를 사용했습니다."
"그보다 이 칩 말이오. 이거 감자 맞습니까?"
"박사님 보기에는 뭐 같았을까요?"
"감자맛이 나지만 그것과 달라요. 만약 감자라면 신들이 먹는 감자?"
"비슷할 것도 같네요. 그게 자작나무의 형성층인데 나무는 늘 하늘을 향해 기도를 하니까요."
"자작나무 형성층?"

"나무의 형성층은 식용이 가능하잖습니까? 자작나무 형성층에는 달달한 전분기가 있지요. 짭쪼름한 맛도 있는데 붉나무 소금의 약한 맛을 조금 더해 놓았습니다."

"이게 자작나무?"

"일단 요리부터 즐기시지요. 루이 14세의 성찬들이 식어 갑니다."

"알았어요."

다비드는 윤기의 말에 따랐다. 궁금한 게 많지만 더 궁금한 요리의 세계가 펼쳐진 까닭이었다.

윤기는 김민영에게 향했다. 뜻밖에도 요리가 많이 남았다. 파스타는 절반 가까이 남았고 라이스 역시 반밖에 먹지 않았다. 지우더화도 그랬다.

먹방여신 김민영, 그녀는 다시 울고 있었다.

절반밖에 먹지 않은 요리들.

그 앞에서 흐느끼는 김민영.

뭐가 잘못된 걸까?

식사 평을 듣기 위해 몇 발 뒤에서 윤기를 따르던 이리나와 주희. 두 여자가 칼날처럼 긴장하기 시작했다.

"괜찮아요."

윤기의 반응은 달랐다. 손님이 우는 데도 당황은커녕 긍정적이었다. 근거가 있었다. 전생들의 노하우 덕에 손님의 표정을 알 수 있다. 이런 반응은 요리에 감격한 후에 나오는 반응의 하나였다.

"요리에 문제가 있나요?"

모른 척 통상적인 체크에 들어갔다.

"어머, 셰프님."

김민영이 얼른 눈물을 훔쳤다.

"실은 그 반대예요."

"반대라면?"

"셰프님의 요리… 정말이지 한 입 한 입마다 제 지친 위장과 영혼을 달래 주는 거 같아서요. 아까워서 차마 먹지 못하고 보고 있었어요."

김민영의 입으로 문제가 없음을 확인한 윤기가 슬쩍 신호를 보냈다. 이리나와 주희가 안도하는 모습이 보였다.

"먹방… 힘드시죠?"

윤기가 위로를 건넸다. 모를 윤기가 아니었다. 전생의 수준으로 먹방을 보자면 그들이 가여웠다. 그건 요리가 아니라 아무 먹거리의 흡입이었다. 미각에 대한 모독이고 위장에 대한 가혹 행위였다. 진짜 먹방이라면, 프로 먹방러라면 적어도 윤기 요리 정도를 놓고 폭식해야 했다. 그렇다면 만인의 호기심과 부러움은 배가 된다. 딱하지 않은가? 위장에 테러를 가하면서 음식까지 허접하다니.

더구나 요리는 그 사람의 정신과 영혼의 씨앗이 된다. 그러니 테러도 그런 테러가 없었다.

"맞아요. 처음에는 그럭저럭 버텼는데 1년, 2년이 지나다 보니 고문이 되었어요. 이제는 그날 진행할 요리 얘기만 들어도 위가 거부를 해요. 하지만 워낙 이쪽으로 이미지를 굳히다 보니 먹

고 토하고 먹고 토하고 하는 게 일상이었는데 셰프님 요리를 보
니……."

[신세계이자 판타지아]

그녀의 눈빛이 하는 말이었다.

"……."

"먹방으로 온갖 나라를 다녔지만 요리다운 요리를 느껴 본 적
이 없어요. 우리는 뭐든 맛있는 척, 대량 폭식하는 게 컨셉이니
까요."

"이해합니다."

"오늘에야 알았어요. 내 속을 이렇게 편하게 하는 요리도 있
구나. 진짜로 먹는 사람을 황후처럼 느끼게 하는 요리도 있구
나."

"……."

"정말이지 이건 요정이 먹는 요리 같아요. 한 입 먹으면 위로
가 되고 또 한 입을 먹으면 몸과 마음이 정화가 되어요. 그러다
보니 그동안 혹사시킨 내장에게 미안해서, 그렇게 먹고 사는 내
가 한심해서 눈물이 났어요."

"정화가 되는 건 맞습니다. 오늘 드신 요리의 재료는 다 순수
자연에서 가져온 거니까요. 순수 방목의 토종닭이 낳은 계란을
시작으로 이틀 전에 딴 솔잎의 어린 순과 자작나무로 만든 파스
타, 그리고 동해 바다 청정 해역에서 공수된 금빛 가리비 관자,
그것들이 숲과 바다, 들판의 초자연적인 싱그러움으로 김민영 님

의 몸을 정화시켜 준 겁니다."

"파스타… 이거 정말 자작나무로 만든 거 맞나요?"

"그럼요."

"나무가 면이 된다고요?"

"형성층이라고, 껍질 안쪽의 속살입니다. 스파게티부터 감자 칩까지 만들 수 있는데 그 은은한 나무의 향이 일품이죠."

"그리고 이 계란… 이거 정말 연두부가 아니란 말이죠?"

"지우더화의 매력입니다. 계란을 연두부처럼 조리해 내는 것. 김민영 님의 경우에는 소화가 더 쉽도록 안팎의 결을 다르게 조리했습니다."

"칵테일도 멋졌어요. 제가 사실 입맛이 저렴해서 소주 스타일인데 입에 착 붙더라고요. 죄송하지만 이름을 알려 줄 수 있으신가요?"

"감미로운 속삭임, 오늘 김민영 님을 위해 처음으로 만든 겁니다."

"어머, 그럼 다른 데서는 못 마시는 거네요?"

"코냑에 디저트 와인을 넣고 라벤더와 엘더베리 시럽 등으로 맛을 조절한 후에 6시간 냉장숙성 시킨 겁니다. 오늘 이후로는 정식 메뉴가 될 거니까 언제든 찾아 주시면 됩니다."

"셰프님."

"네?"

"제가 조금 전에 우리 피디님이랑 통화를 했거든요. 돌아오는 300회 특집에 8도 요리 섭외 중이었는데 그거 301회로 미루고 이 요리 배 터지게 먹게 해 달라고요."

"……."

"사진을 보더니 깜짝 놀라요. 외국 미쉘린 쓰리스타의 요리 이미지냐고?"

"……."

"됐고 답이나 달라고 했더니 발 스테이크로 셰프님 이미지가 좋아 가능할 거 같다고 하더군요. 말 나온 김에 셰프님께 허락부터 받아 보라는데 괜찮을까요? 대우는 제 출연료를 빼서라도 최고로 해 드리라고 부탁할게요."

인기 가도를 달리고 있는 최고 먹방 여먹4총사.

"셰프님."

그 리더인 김민영은 이미 윤기의 요리에 녹아 버렸다.

"하죠."

윤기가 답했다. 리폼도 뜨고 윤기의 요리도 뜰 수 있는 일. 애가 타고 있는 김민영이었으니 뜸 같은 건 들이지 않았다. 그래도 옵션은 걸었다.

"다만 요리에 관여하거나 방송용으로 그 무엇도 요구하지 않는다면 말입니다."

윤기는 당당하니까.

"고마워요. 그럼 저 이제 남은 요리 마음 놓고 먹을게요."

김민영이 포크를 잡았다.

칵테일을 추가한 김민영은 남은 요리까지 깨끗이 비워 냈다.

그녀에게 제시된 기준 가격은 32만 원.

"100만 원 내고 싶어요."

김민영의 결제 액수였다.

찰칵.

그녀의 퇴장은 윤기와의 기념 사진 촬영이었다. 그녀가 원하자 윤기가 응해 주었다. 좋은 일로 얼굴 팔리는 거라면 언제든 환영이었다.

주희가 김민영의 팬이라니 한 컷 추가되었다.

찰칵.

"맛이 괜찮았습니까?"

다비드의 식사가 끝나자 윤기가 인사를 올렸다. 다비드의 대답은 말 대신 엄지척이었다.

"셰프."

"예."

"루이 14세 성찬의 재현… 지난 최후의 만찬보다도 감동이었습니다."

"감사합니다."

"궁금한 게 한둘이 아닌데?"

"말씀하시죠?"

"자작나무로 만든 감자칩의 감동은 이미 설명을 들었고… 와인 말입니다. 와인 칵테일이었죠?"

"역시 아시는군요?"

"감자칩이 아니라면 모를 뻔했죠. 와인에서도 아련한 자작나무 향이 났거든요."

"루이 14세는 레몬과 사과, 오렌지, 그리고 정향 등을 추가한 와인을 즐겼거든요. 그걸 와인에 재워 나무통에 넣었다가 차게 만든 후에 마시곤 했었죠."

"그 나무는 자작나무?"

"아마 오크나 너도밤나무였을 겁니다. 하지만 오늘 자작나무 감자칩을 내다 보니 제가 갈래를 바꾸었습니다."

"명작에 못지않은 해석이었소. 질 좋은 고기에 멋진 향신료를 뿌려 풍미를 살린 것처럼 말입니다."

"감사합니다."

"안심과 양송이도 마찬가지예요. 이런 재료는 흔하지만 진짜 루이 14세의 식탁에 앉은 듯 아련한 풍미를 주더군요. 레시피 공개를 요청해도 될까요?"

"그 레시피의 핵심은 처음에 드신 아삼 차였습니다. 컴파운드 소스에 아삼 차 추출액을 섞었거든요."

"아삼 차?"

"차의 향이 어땠습니까?"

"달달하면서도 건조한 맛? 그러면서 옛날 고서점에 들어온 듯 오래된 느낌이 들었어요."

"옛날의 느낌… 그게 포인트였습니다. 지난번에 최후의 만찬을 드셨으니 그보다 인상적인 무엇이 필요했습니다. 이번에는 흔한 양송이와 안심이다 보니 밋밋해질 우려가 있었거든요."

"그래서 과거의 맛을 담아 냈다?"

"그렇습니다."

"기막히군요. 탁월한 선택이었어요."

"감사합니다."

"미안하지만 아까 저쪽에 나간 요리 있잖습니까? 솔향 냄새가 나는?"

"솔잎 새순 페스토를 뿌린 자작나무 파스타 말이군요?"

"미안하지만 그거 좀 시식이 될까요?"

빙고.

윤기가 내심 쾌재를 불렀다. 주희를 시켜 유혹했던 전략의 성공이었다.

"어렵지 않죠. 남은 재료가 있거든요."

주방으로 돌아온 윤기가 두 젓가락 분량의 파스타를 만들었다. 여분으로 남겨 두었으니 어려울 것도 없었다.

"흐음……."

다비드는 냄새부터 음미했다. 정말이지 그렇게 진지할 수가 없었다.

미식가들.

그들은 새로운 것에 열광한다. 그런 기준에서 보자면 자작나무 파스타는 훌륭한 유혹이 될 수 있었고 냄새를 풍겼던 윤기의 의도는 제대로 먹혔다.

"사진을 찍어도 될까요?"

다비드가 물었다.

"그럼요."

윤기가 말하자 다비드가 카메라에 담았다. 이 또한 흔한 일은 아니었다.

면발을 감아 입으로 넣은 다비드. 신중하게 맛을 음미했다. 두 번까지도 그랬다. 그러다 눈을 떴다. 파스타 접시는 비어 있었다. 아쉬운 마음이 윤기의 눈에 보였다.

"자작나무와 솔잎 파스타……."

"아까 손님이 저급한 폭식에 시달린 분이라서 위장을 위로하느라 만들어 보았습니다."

"100% 자작나무와 솔잎이었습니까?"

"그렇습니다."

"감동이군요. 진작 알았더라면 이걸 예약할 것을……."

"다음이 있지 않습니까?"

"안타깝게도 내일 출국을 해야 하거든요."

"아, 저런."

"그래도 행운입니다. 아까 그 여자분께 감사를 드려야겠군요."

"예."

"그런데 송 셰프."

"말씀하시죠."

"이런 실력으로 세계 요리 대회에 참가하지 않은 이유가 뭡니까?"

"그동안은 요리 공부만 하느라 바빴습니다."

"지금은요?"

"네?"

"참가할 의향이 있나요?"

"스펙에 연연하고 싶지 않지만 생각은 하고 있습니다."

윤기의 답이었다.

"보스키 도르 요리 대회는 아시죠?"

"그럼요."

윤기가 답했다.

보스키 도르 요리 대회.

저 유명한 폴 보스키가 만든 요리 대회였다. 세계조리사연맹이 인정하는 글로벌 셰프 첼린지 파이널, IKA, EXPOGAST 등의 글로벌 요리 대회 이상으로 그 권위를 인정받는다.

그러나 특별하다.

전문가급의 셰프들이 주로 출전하기 때문이었다. 따라서 아마추어들의 셰프 등용문 성격을 가진 요리 대회와는 클래스나 상금 수준이 달랐다.

"두 달 후에 태국 방콕에서 열립니다."

"……."

"대륙별 최종 통과자는 결정이 되었지만 한 자리가 남았죠."

"남은 예선이 있다는 건가요?"

"공식 예선은 끝났죠. 하지만 한 자리는 다른 방식으로 정해집니다."

"다른 방식?"

윤기가 고개를 들었다. 그 대회는 전생도 잘 알고 있었다. 매 2년마다 개최된다. 심사 위원 위촉을 받은 적도 있었다. 하지만 예외는 없었다. 국가별로 엄선된 셰프들이 경쟁을 거쳐 최종 5—6명이 겨루는 방식이기 때문이었다.

"맞습니다. 하지만 송 셰프처럼 초야에 묻힌 셰프들을 위해 특별 출전 제도를 도입했죠. 흥행 강화를 위한 보완책이라고 할까요?"

윤기의 질문에 대한 다비드의 답이었다.

"요리 대회도 하나의 이벤트죠. 성공하려면 그만한 관심을 받아야 합니다. 보스키 도르 요리 대회의 외양이 많이 커지긴 했지만 폴 보스키가 늙었지 않습니까? 보다 큰 주목성이 필요하다 보니 보스키 셰프가 후원자들의 의견을 받아들여 2006년부터 시행하고 있습니다."

2006년.

전생의 사망 이후였다.

"제가 종신 심사 위원의 한 사람인 가스파르 웨버와 가깝습니다. 셰프가 수락한다면 이번 보스키 도르 요리 대회 특별 출전권을 주선하겠습니다. 시간이 촉박하기는 하지만요."

"저를 추천하시겠다는 겁니까?"

윤기가 물었다. 다비드 박사, 20여 년이 흐르는 동안 프랑스 미식계에서 자리를 제대로 잡은 모양이었다.

"현재까지 2명이 물망에 올라 있어요. 후원자들의 면면으로 볼 때 두 명으로 겨루는 건 조금 협소하다고 하던데 어떻습니까? 송 셰프라면 이 시스템을 더 빛나게 해 줄 수 있을 거 같은데요?"

"어떤 조건일까요?"

"종신 심사 위원 추천 셰프들끼리 단판 예선을 치른 후에 대륙별 최종 진출자들이 겨루는 결선에 합류하는 겁니다. 이 심사는 셰프를 추천한 종신 심사 위원에 특별 VIP, 그리고 보스키가 맡게 되는데 저도 VIP의 한 사람입니다. 물론 페널티도 있습니다."

"그건 또 뭐죠?"

"만약 추천받은 셰프의 요리가 기준 미달이 되면 그 종신 심사 위원의 셰프 추천권은 차후 3회 동안 박탈됩니다."

"저한테 박사님의 위신을 건다는 뜻이로군요?"

"가스파르 웨버의 위신도 함께 걸리죠."

"……."

"솔직히 말하면 저는 여기까지는 생각해 보지 않았습니다. 최근의 셰프들은 화려한 플레이팅 위주라 깊은 감동이 없었거든요. 그러나 셰프의 요리는 달랐습니다. 이건 거의 중독성이에요. 가스파르도 분명 좋아할 겁니다."

"저는 이 리폼을 책임지고 있어서 자리를 오래 비우지 못합니다."

"걱정할 필요 없어요. 보스키 도르 결선은 3일간 열리지만 추천권 단판은 하루 저녁이면 충분합니다. 게다가 싱가포르에서 예정되어 있거든요. 주말에 잠깐 시간을 내시면 되는데 4주 후다 보니 여유는 별로 없습니다."

싱가포르?

그렇다면 1박으로 가능한 거리였다.

"셰프, 생각을 멀리하세요. 당신의 요리는 더 많은 사람에게 영감과 위로를 주어야 합니다. 이 리폼에서 요리 왕국을 건설하는 것도 나쁘지 않지만 그건 세계 미식가들에게 크나큰 비극이에요. 이번 심사에는 굉장한 거물들이 참가할 예정이니 당신의 가치를 알리는 데도 나쁘지 않을 겁니다."

"다른 옵션은요?"

"왕복 항공권과 숙박권은 저들이 제공합니다. 다만 후원자들이 있다 보니 요리 경쟁 방식은 그들 마음대로 정할 수 있습니다."

"하죠."

윤기가 답했다.

스펙.

먼바다로 가려면 어차피 필요한 그 타이틀도 필요했다. 특히 한국의 풍토가 그랬다. 보스키 도르에서 우승하면 시너지가 될 수 있었다. 뿐만 아니라 대회 과정에서 외국의 미식가와 유명 칼럼니스트 등에게 노출이 된다. 그것만으로도 윤기의 소득은 충분할 수 있었다.

하지만.

윤기의 생각은 그 상식을 넘어갔다.

최고의 VIP들을 위한 테이블.

전생의 기억이 소환되며 피가 뜨거워진 것이다. 그들 미각을 지배하며 누리던 요리의 권능이 등골을 스쳐 갔다. 당기지 않을 수 없는 제의였다.

"잘 생각했어요. 셰프 요리는 더 많은 사람들에게 알려져야 합니다."

"그런데 박사님."

"더 궁금한 게 있나요?"

"실은 우리나라 미식 관련 기자께서 박사님을 취재하고 싶어 하십니다. 허락하실 수 있을까요?"

"혹시 이상백 기자?"

"맞습니다."

"무례하게 인터뷰를 요청해서 거절을 했었는데 셰프께서 다시 말하니 어쩔 수 없군요. 내일 오전이라면 30분 정도 시간을 낼 수 있습니다."

"감사합니다."

"고마운 건 접니다. 사람들이 놀랄 걸 생각하니 벌써부터 설 렙니다. 다만 셰프의 한국 요리를 맛보지 못한 게 아쉬운데 나 중을 기약하고 싱가포르에서 뵙겠습니다. 약속 꼭 지켜야 합니다."

다비드가 악수를 청해 왔다. 윤기가 그 손을 잡았다.

[보스키 도르 종신 심사 위원 특별 추천]

다비드가 윤기 손에 남기고 간 전리품이었다.

"송 셰프."

설 대표가 연회장으로 내려왔다. 이리나의 보고 때문이었다.

"김민영 씨가 송 셰프 요리로 먹방을 찍기로 했다고?"

"아직 최종 확정은 아닙니다."

"아니긴. 김민영이면 여먹4총사의 간판이야. 그녀가 정하면 된 거나 마찬가지라고."

"그렇게 되나요?"

"다비드도 좋은 제안을 하고 갔다지?"

"보스키 도르 요리 대회 특별 추천권을 주겠답니다."

"와우."

설 대표가 쾌재를 불렀다. 호텔 경영자다 보니 관련 이벤트는 대략 꿰고 있는 그였다. 당연히 보스키 도르 요리 대회의 권위를 알고 있었고 특별 추천 케이스도 알고 있는 모양이었다.

"전초전이 싱가포르에서 열린다던데 그래도 1박은 해야 합니다."

"무슨 문제인가? 송 셰프가 자리를 비우면 리폼의 타격이 크지만 멀리 봐야지. 무조건 참가하게. 경비는 호텔에서 대겠네."

"그건 종신 심사 위원들이 해결한다고 했습니다."

"엄청나군. 그 대회 특별 추천은 공식 대항전을 거친 국가대표들보다 더 영광스러운 참가자로 대우받고 있거든. 재작년 대회를 제외하면 특별 추천 셰프들이 4회 연속 최고상을 먹었어."

"본선은 전초전을 통과해야 가는 겁니다."

"자네라면 가능할 걸세. 다비드가 인정한 솜씨 아닌가?"

"아무튼 그렇게 알고 계십시오."

"오늘은 어떤가? 샴페인 한잔 정도는 괜찮잖아? 내가 대표로 온 이후로 이만한 경사가 없네."

"죄송하지만 이지용 회장님과 오셨던 배 원장님의 손님 예약이 남았습니다."

"송 셰프."

"정 그러시면 그때까지 기다려 주십시오."

"알았네. 기다리지."

설 대표 반응은 내내 흔쾌했다.

제9장

—

SPECIAL AND SPECIAL

"보스키 도르 종신 심사 위원 추천 참가?"

소식을 들은 에르베가 격한 반응을 보였다. 오늘 당번으로 남은 경모도 그랬다. 경모는 뉴욕에서 요리를 배웠다. 그렇기에 보스키 도르 대회의 명성을 알고 있었다. 뉴욕에서 경모를 좌절하게 만든 후임이 바로 그 대회 입상으로 뜬 사람이었다.

바로 수셰프로 격상되었다. 경모가 한국으로 유턴하게 된 결정적인 사건이었다. 그만큼 보스키 도르의 권위는 알아준다. 그런데 더 알아주는 게 바로 종심 심사 위원 쿼터였다. 그 쿼터를 받으면 입상과 상관없이 세계 요리계의 주목을 받는다. 말로만 듣던 쿼터가 윤기에게 돌아왔으니 엄청난 사건이 아닐 수 없었다.

"진짜 잘됐다. 실은 나도 송 셰프에게 세계 대회 출전 권하려던 참이었어."

"고맙습니다."

"그런 차에 보스키 도르? 게다가 영향력이 막강한 가스파르의 추천?"

"아는 사람입니까?"

윤기가 물었다.

[가스파르 웨버]

전생에 이름은 들어 보았다. 당시 그는 도쿄에 체류하고 있었다. 그렇기에 전생과 마주친 적은 한 번도 없었다.

"정킷 비즈니스맨이자 이벤트 사업가라고 할까? 상류층들을 위한 이벤트나 각국 정상들의 비밀 회담 등을 주로 설계한다고 들었어. 한마디로 글로벌 사교계의 큰손이지."

"그렇군요."

"아, 한 가지 더. 빅토르 위고 마니아라는 말도 있던데?"

"문학가 빅토르 위고요?"

"아무튼 결정이 되면 꼭 참가하라고. 송의 요리를 세계 미식계에 알릴 좋은 기회가 될 거야."

"알겠습니다."

"축하해요, 셰프님."

창혁도 축하 대열에 합류했다. 당번이 아니지만 오늘도 남았다. 윤기의 요리를 보기 위해서였으니 퇴근 시간 지키는 일이 드물었다.

"고마워."

들뜬 분위기가 이어질 때 인터폰이 들어왔다.

"마지막 예약 손님 오셨습니다."

마지막 손님.

배 원장이 보내는 사람이었다.

수화기를 놓고 다시 홀을 향해 걸었다. 입구에 있던 주희가 다가왔다. 그녀는 잔뜩 들뜬 상태였다.

"셰프님."

"몇 분이시죠?"

"두 사람요. 그런데 김혜주예요, 김혜주."

"김혜주?"

"그 있잖아요? 찍는 거마다 천만 영화배우, 섹시 심볼 김혜주."

"진짜요?"

"셰프님도 모르셨어요?"

"예, 그냥 좀 나가는 사람인 줄만……."

"처음에는 모자에 선글라스를 쓰고 와서 몰랐는데 테이블에서 벗으니 알겠더라고요. 아휴."

주희가 숨을 고른다. 흥분할 만하다. 김혜주라면 김민영과는 비교도 안 되는 하이 클래스의 연예인이었다.

"이 팀장님은요?"

"아까 다비드 박사님 가시고 퇴근했어요. 아마 김혜주가 온 걸 알면 난리가 날 거예요."

"가죠."

"셰프님은 안 떨려요?"

"제 요리를 먹으러 왔잖아요? 떨어야 한다면 그건 김혜주겠죠."

유유자적, 주희에 앞서 당당하게 걸었다.

김혜주.

배 원장의 반응으로 보아 거물일 줄은 알았다. 그래도 이런 거물일 줄은 몰랐다. 상관은 없었다. 어떤 미녀도, 어떤 권력자도 먹어야 사는 건 마찬가지였다.

"안녕하세요?"

예약 테이블 앞에서 정중하게 그녀를 맞았다.

"처음 뵙겠어요."

그녀가 먼저 악수를 청해 왔다.

"저 아세요? 김혜주예요."

"그럼요, 저도 팬입니다."

"배 원장님 말씀 들었는데 악마의 요리사시라고요? 먹는 즉시 중독이 된다고 하세요."

"과찬이십니다."

"그분은 허튼 말 하실 분이 아니거든요."

"투병 중인 어머니에게 스테이크를 선물하고 싶다고요?"

"가능할까요? 솔직히 믿기지는 않아요."

"믿기지 않는 이유를 들어도 될까요?"

"과학이라는 거, 코로나 때 적나라하게 드러났잖아요? 겉보기에는 조물주의 성분 분석도 할 것처럼 화려하지만 실상은 작은 바이러스 하나 제대로 규명하지 못한다는 것."

"공감하지만 공감하지 않습니다."

"무슨 뜻이죠?"

"의학에 대해 잘 모르지만 아주 모르는 것도 아닙니다. 요리사는 식치이기도 하죠. 먼 옛날, 의학 시스템이 변변치 않을 때 요리사는 요리로 인류의 건강을 돌보았습니다. 그래서 저도 식사와 관련된 응급 처방 정도는 공부를 했고요."

"그러고 보니 그렇네요."

"한식, 중식, 일식, 퓨전… 한국의 요리만 봐도 만두 전문, 도가니 전문, 백반 전문, 탕 전문, 김밥 전문… 원자화 시대답게 쪼개지고 있습니다. 한 가지는 잘할 수 있겠지만 전반을 아우를 수 없지요. 코로나를 상대하던 의학도 온갖 진료 부서로 쪼개지면서 통섭과 통찰의 한계를 드러낸 것으로 봅니다. 하지만 저는 모든 요리 전반을 관통하고 있으니 그런 한계를 넘을 수 있는 겁니다."

"그러기에는 너무 젊으신 거 아닌가요?"

"김혜주 님은 다섯 살 때 데뷔했다고 들었습니다. 나이 때문에 연기에 문제가 있었나요?"

우아한 응수에 김혜주가 할 말을 잃었다. 이 여자는 재원이었다. 어릴 때부터 연기를 하면서도 무려 Y대 사학과를 나왔다. 그렇기에 윤기가 질러 간 의미를 정확하게 파악하는 눈치였다.

"죄송해요. 일반적으로 명장급 셰프라면 희끗한 백발이 섞인 나이가 많아서……."

"괜찮습니다. 요리사는 오직 요리로 말할 뿐이니까요."

"어머니 사진이에요."

그녀가 동영상 파일을 열었다. 단아한, 그러나 솔직히 말하면 생기가 쪽 빠져나간 할머니가 보였다. 한눈에 봐도 중병이다. 그럼에도 여전한 울림이 건너왔다. 만유인력처럼 윤기를 당기는 이 힘은 무엇일까?

"원장님께 말씀 들었는지 모르지만 죽도 못 드시는 분이세요. 무엇보다도 제게는 보석 이상으로 소중한 분이기에 자칫 괜한 고통을 안겨 드릴까 걱정이 되기도 하고요."

"숨은 혼자 힘으로 쉬시죠?"

"예?"

"제가 말한 요리는 숨만 쉬면 먹을 수 있습니다. 문제는 맛이 아닐까요?"

"맛?"

"오랫동안 식사를 하지 못하셨겠죠?"

윤기가 물었다. 외부 혈관처럼 주렁주렁 매달린 링거과 수액으로 알 수 있었다.

"네."

"그래도 맛은 아실 겁니다. 맛의 최종 판단처는 뇌니까 어쩌면 더 민감하게, 더 맹렬하게 기억할지도 모릅니다."

"민감하게 맹렬하게……."

"제 말은 맛이 동반되어야 먹을 수 있을 거라는 뜻입니다."

"……."

"저희 스테이크의 소문은 들으셨나요?"

"오기 전에 검색해 봤어요. 이지용 회장을 병상에서 일으켜 세운 스테이크, 성자의 스테이크에 발 스테이크… 반향이 엄청나더라고요."

"일단 맛을 보시고 얘기를 하시죠. 미각은 솔직한 거라서 이게 아니다 싶을 수도 있으니까요."

윤기가 돌아섰다. 스테이크에 자신이 없어서가 아니었다. 인간은 선택권을 주었을 때 신뢰가 높아진다. 그렇기에 강요 같은 눈치는 보이지 않았다. 이 여자는 똑똑했으니 닥치고 밀어붙이면 반감을 살 수 있었다.

자기결정권.

톱스타의 클래스에 맞춰 주는 윤기였다.

"김혜주가 왔다면서요?"

주방에 들어서자 오늘의 당번 명규가 반색을 했다.

"그게 뭐?"

"빅 스타잖아요? 나도 김혜주 나온 영화는 거의 다 봤는데……."

"미리 말하는데 뭐든 평소대로."

"예?"

"가니쉬 하나도 특별하게 하지 말라는 거야."

엄명을 남긴 윤기가 스테이크 시어링에 들어갔다. 동결함침법의 스테이크는 편리성까지 갖췄다. 사전 준비 작업이 만만치 않지만 해동을 마치면 마무리가 쉬웠다. 컴파운드 소스에도 특별한 처방을 하지 않았다. 김혜주와 매니저의 미각은 평범했다. 그런 사람들은 담백한 감칠맛이면 사로잡을 수 있었다.

플레이팅도 표준이었다. 김혜주는 어머니를 위해 달려온 사자였다. 윤기의 스테이크를 많이 보았다. 평상시라면 특별한 대우에 감동할 수 있지만 검증을 위해 달려온 길. 조금이라도 이상하면 의심의 씨앗이 되기 때문이었다.

"드시죠."

"아."

테이블 위에서 덮개를 열자 매니저가 신음을 토했다. LGY의 위엄이다. 웬만한 사람들은 플레이팅에서부터 녹아나게 되어 있었다.

김혜주는 달랐다. 모든 게 차분했다. 그 또한 그녀가 어머니의 사자로 온 까닭이었다. 윤기는 바로 물러났다. 솔직하게 감상할 기회를 부여한 것이다.

"송 셰프님."

카트를 밀고 가던 주회가 물었다.

"네."

"이런 말 해도 되는지 모르지만……."

"말하세요."

"가끔 손님을 대하는 셰프님을 보면 기묘해질 때가 있어요."

"기묘?"

윤기가 돌아보았다.

"뭐랄까? 손님들을 장악한다고 할까요? 마치 초등학교 1—2학년 아이들 앞에 선 선생님 같은… 아이들은 호기심에다 투정과 질문 투성이지만 무엇 하나 막힘없이 대화를 이끌고 가는……."

"요리사니까요."

"요리사?"

"요리사는 자기가 한 요리의 모든 것을 꿰고 있어야 합니다.

언제, 어떤 질문이 나올지 모르는데, 요리에 대한 설명도 요리의 일부거든요."

"아……."

"저분들이 부르기 전에는 무엇도 방해하지 마세요. 저는 후문 쪽 벤치에 있겠습니다."

윤기가 주희를 앞서갔다.

밖으로 나오자 공기가 시원했다. 도로를 밝히는 가로등을 따라 이회장의 파란 기와집이 보였다. 정원이 아주 아름다운 집.

'기다려. 네 주인은 내가 될 테니까.'

저 저택에 맛의 제국을 만들고 싶었다. 지상의 모든 미식가들을 홀리는 맛의 보고. 오래 걸리지는 않을 것이다. 그렇기에 서두르지 않았다. 윤기는 아직 젊고 시간은 넉넉했다.

"셰프님."

주희가 찾아왔다.

"손님들이 셰프님을 좀 뵙게 해 달라는데요?"

주희의 전갈을 듣고 홀 안으로 들어섰다. 테이블에는 김혜주 혼자였다.

'마음의 결정을 내렸군.'

윤기는 상황을 알았다. 그렇지 않으면 굳이 혼자 있을 필요가 없었다.

"셰프님."

그녀가 고개를 들었다.

"요리가 입에 맞았습니까?"

"굉장했어요. 이렇게 매혹적인 스테이크 향은 처음이에요. 거의 폭력 수준이라 아직도 코와 혀가 얼얼한걸요."

"칭찬으로 듣겠습니다."

"우리 어머니도 이 스테이크를 먹게 되는 건가요?"

"그럼요. 다만 이게 미래 식사법이라 건조시켜서 고체로 만든 다음에 기체 속에 분산시켜야 하니 식감이 조금 떨어질 수는 있습니다."

"미래 식사법?"

"제 생각인데 미래의 인간은 씹는 수고도 번거로워할 거 같아서요. 아마도 우아한 흡입이 대세가 될 겁니다."

"저도 시식이 가능할까요?"

"그럼요."

"가격은 어떻게 되나요?"

"스테이크 가격은 방금 드신 것과 같습니다. 거기에 특별한 장비 사용료와 제 출장비 정도 생각하시면 될 겁니다."

"어머니가 드실 수 있다면 얼마가 들든 상관없어요. 셰프님이 만들어 주세요. 우리 어머니가 먹을 스테이크."

"다른 건 원하는 게 없나요?"

"다른 거라면?"

"유감스럽게도 쉽게 만들 수 없는 요리입니다. 기왕이면 한 가지 정도 곁들이는 게 어떨까 해서요."

"그럼 단팥죽요? 옛날 얘기할 때마다 말씀하시거든요."

"같이 준비하겠습니다."

"고마워요, 하지만 서둘러 주셔야 해요. 어머니께서 오래 사실 것 같지 않아요."

"그렇게 하겠습니다."

"그럼 연락 기다리고 있겠어요."

김혜주가 숄더백을 챙기자 주희가 어렵사리 입을 열었다.

"죄송하지만 기념 사진 한 장 남겨 주시지 않겠어요?"

"음, 셰프님하고라면 좋아요."

그녀의 허락이 떨어졌다. 그녀 옆에 서자 김혜주가 윤기의 팔짱을 끼었다. 노련한 연기자답게 자연스럽기 그지없었다. 실제 나이는 40을 훌쩍 넘은 스타. 그럼에도 심쿵, 설렘을 주니 섹시 미녀의 위력은 달랐다.

찰칵.

주희의 핸드폰이 바빠진다.

"사진 너무 잘 나왔어요. 이거 카운터나 입구에 걸어야겠어요."

주희가 이미지를 보여 주었다. 김혜주가 각을 잘 잡은 까닭에 보기가 좋았다.

김혜주.

호텔리어들은 그녀에 열광하지만 윤기의 열광은 다른 곳에 있었다.

흡입용 스테이크.

죽어 가는 사람의 미각을 낚을 차례였다.

*   *   *

라운지에서 설 대표가 특별한 차를 샀다. 프랑스 명차 마리아

쥬 프레르였다. 이 차에서는 섬세한 모과 향이 난다. 요리로 고단할 윤기에 대한 위로였다.

"그랑 여수에서 바짝 긴장하는 눈치야."

설 대표는 흔쾌했다.

"파리 본사에서도 주목 중이고."

"이제 시작이라고 전해 주시죠."

"내 말이. 그랑 여수 신축 이후로 나도 처음으로 목에 힘 좀 줘 봤다니까."

"대표님의 선택이 옳았던 겁니다."

"아무튼 송 셰프 덕분에 호텔 위상이 쑥쑥 올라가고 있네. 잘하면 저 앞의 신마호텔도 제치게 될지도 몰라."

"목을 거시길 잘했나요?"

"암, 내 인생 최고 결심 중의 하나였어."

"그때 결심하지 않으셨으면 제가 저 앞의 신마호텔에 가 있을지도 모르죠."

"아이코, 거 농담이라도 그렇게 하지 마시게. 만약 그랬다면 지금 이 차 대신 편의점 파라솔 의자에서 깡소주를 마시고 있을지도 모르지."

"그만 가실까요? 주방 마무리가 덜 되어서요."

"그러게. 자네도 쉬어야 할 테니."

차를 비우고 주방으로 돌아왔다. 조리대를 정리하며 퇴근 준비를 하는 중에 배 원장의 전화가 왔다.

"셰프님, 저 기억하시죠?"

"그럼요, 원장님."

"방금 김혜주 씨에게 연락을 받았어요. 스테이크 너무 감동이었다고."

"네, 조금 전에 돌아갔습니다."

"셰프님과는 얘기가 끝났다고요?"

"맞습니다. 안 그래도 내일 원장님께 연락을 드리려고 했습니다."

"내가 먼저 연락드린 건 김혜주 씨 모친 때문이에요. 솔직히 며칠 안에 죽어도 이상하지 않을 분입니다."

"예……."

"의료 공학 하는 제 친구에게는 말을 해 두었는데 어떻게 연결시켜 드릴까요?"

"제가 그분 연구실이나 실험실에 가 봐야 합니다."

"그럼 혹시 지금 시간이 되겠어요? 그 친구가 야행성이거든요."

"시간이 촉박하다니 그것도 좋겠네요."

"알았어요. 그럼 연구실 주소 찍어 드리고 그 친구에게 연락해 둘게요."

"알겠습니다."

전화를 끊은 윤기, 단팥죽을 준비하고 스테이크 세 개를 꺼내 숯불에 구웠다. 레스팅이 되는 동안 컴파운드 소스를 주입하고 단팥죽을 마무리했다.

"경모 선배, 이거 포장 좀 부탁해요."

경모에게 말하고 옷을 갈아입었다.

"송 셰프, 여기……."

경모가 보온 포장을 건네주었다.

"수고했어요. 빨리 정리하고 퇴근하세요."

"먼저 가. 나는 창혁이랑 연습할 게 좀 있어서……."

"연습?"

"시어링요. 셰프님 발끝이라도 따라가고 싶어서요."

숯불 앞의 창혁이 집게를 흔들었다.

"잊었어요? 다들 내 발끝 따라오라고 픽업한 거 아니라는 거."

"송 셰프……."

"아무튼 잘해 봐요. 우리 주방은 무조건 실력순이니까."

치잇.

소고기가 숯불 맞는 소리를 들으며 주방을 나왔다.

"셰프님."

퇴근길의 주희가 손을 흔들었다.

"집이 연희동 쪽이죠?"

"네."

"다른 데 들를 거 아니면 타세요. 저 그쪽으로 가거든요."

"정말요?"

주희가 조수석에 올랐다.

"셰프님 집 그쪽 아니잖아요?"

"그쪽 대학에서 교수님 좀 뵈려고요."

"혹시 아까 김혜주 씨 일로?"

"맞아요."

"아휴, 쉬실 틈이 없네?"

"일 많으면 좋죠 뭐."

"저는 먼발치에서 들었는데 진짜 그게 가능해요? 마시는 스테이크."

"음, 정확하게 말하자면 흡입이에요. 숨 쉬는 거."

"그러니까 가능하냐고요?"

"안 될 거 같아요?"

"제 상식으로는……."

"상식은 변하는 거예요."

"아무튼 보기는 좋아요."

"뭐가요?"

"송 셰프님 말이에요. 어떨 때 생각하면 저한테도 가능성을 안겨 주거든요."

"조금 더 구체적으로 말해봐요."

"들으면 웃을지 모르지만… 송 셰프님이 이렇게 변할 줄 누가 알았겠어요. 그래서 저도 던져 놨던 불어하고 중국어, 독한 마음으로 다시 공부하고 있어요. 언젠가 셰프님처럼 짠 하고 불어의 대가가 되어 잘난 우리 팀장님 스킵하는 꿈꾸면서요."

팀장은 이리나. 그녀는 프랑스 제1대학 유학을 마친 재원. 거기 비하면 주희의 스펙은 보잘것없었다. 더구나 도도한 이리나 밑에서 일하다 보니 스트레스가 없을 리 없었다. 그건 윤기가 잘 안다. 주방도 그랬다. 외국물을 먹고 온 요리사들은 순수 국내파들을 깔보는 경우가 많았다.

"그 꿈 뒤에 숨은 진짜 꿈은 뭐예요?"

윤기가 조금 질러갔다.

"지금은 그저 서빙 회화 수준이잖아요? 셰프님처럼 능숙해지면 더 큰 호텔 팀장 경채 같은 거 도전하고 싶어요. 아니면 그 비슷한 거라도."

"멋진데요?"

"솔직히 셰프님 보고 간이 부었죠. 스펙이 별로라서 여기 나가면 갈 데도 없는 주제인데……."

"외국어 꿈 이루면 제가 스카우트해도 될까요? 업계 최고의 조건으로."

"셰프님이요?"

"저도 지금 꿈 뒤에 다른 꿈이 있을 수 있잖아요."

"아, 하긴……."

"구두계약 성립인가요?"

"말만 들어도 해피해피 하네요."

주희 얼굴이 상기되었다. 주희는 인상이 좋다. 무엇보다 씩씩하고 싹싹하다. 이런 사람은 자기를 알아주는 사람을 따른다. 자기중심적인 이리나와는 달랐다. 그러나 외국어는 중급 턱걸이 수준이니 공부가 필요하긴 했다.

"잘 들어가세요."

연희동 입구에서 그녀를 내려주었다.

코너를 돌아 나오자 대학이 나왔다.

과학 연구실.

전생 때는 종종 들렀던 곳이다. 전생은 유명한 분자화학자의 입맛을 사로잡은 후에 그의 연구소를 내 집처럼 드나들었다. 신호등에 걸린 동안 눈을 감자 그 실험실의 풍경이 생생하게 떠올랐다.

톱스타 김혜주의 어머니.

좋은 기회가 왔다.

적어도 김혜주와 안면을 틀 수 있고, 그녀를 통한 간접 홍보에 더해 그녀의 지인들도 테이블에 앉힐 수 있었다.

그렇다고.

껄떡대거나 서두르지는 않았다.

사교도 요리와 같아 서둘러 먹으면 체하기 십상이다. 그런 의도가 엿보이게 되면 사람이 싸게 보인다. 윤기는 그 철칙을 어기지 않았다.

"송윤기 셰프님?"

연구실에 들어서자 중년의 최순우 박사가 윤기를 맞았다. 그는 현미경을 보고 있는 중이었다.

"안녕하세요?"

일단 인사부터 갖추었다.

"만나서 반갑습니다. 우리 배 원장님 말이 대한민국 최고의 요리사라던데?"

"희망 사항이죠."

"그럴 리가요? 배 원장님 입맛이 보통이 아니십니다. 저도 전에 우리 학교 근처 맛집에 모셔갔다가 핀잔만 먹었죠. 제발 아무 데나 맛집이라는 말 좀 붙이지 말라고."

"그러셨군요."

"스테이크 한 점에 녹다운 되었다던데 저도 언제 한번 가야겠습니다."

"그럴 줄 알고 시식용을 가져왔습니다."

윤기가 스테이크 포장을 열었다.

"이게 그 스테이크입니까?"

"예, 대략적인 얘기는 배 원장님께 들으셨을 것 같아서요."

"비록 전화였지만 임팩트 있게 들었죠."

"드셔 보세요. 금강산도 식후경이니까요."

"이야, 그렇잖아도 내가 야식으로 뭘 시킬까 고민하던 참인데……."

최 박사는 두 손을 비비며 먹을 채비를 갖추었다.

"어디 보자. 대체 어떤 맛이길래……."

스테이크를 자르던 최 박사가 움찔거렸다. 질감 때문이었다. 동결함침법 육질이라 케이크처럼 부드럽게 잘린 것이다.

"……?"

윤기를 바라보려다 또 한 번 놀란다. 이번에는 스테이크의 향미였다. 먹기도 전에 두 번 매료. 침이 샘물처럼 고이기 시작했다.

"이야, 이거……."

군침부터 삼킨 그가 한 점을 찍어 들었다.

"흐음……."

바로 긴장이 풀어진다. 첫 번째 한 점을 음미한 그의 손길이 빨라졌다. 입에 있는 고기가 넘어가기도 전에 마구 들어간다. 그의 볼은 미어터지기 직전이었다.

"아이고, 죄송합니다. 이거 걸신들린 것처럼……."

문득 윤기를 의식하더니 그제야 입을 가리며 웃는 최순우였다.

"괜찮습니다. 맛있게 먹어 주시면 고맙죠, 뭐."

윤기도 같이 웃었다.

최 박사는 거의 폭풍 흡입이었다. 마지막 한 점이 남자 조금 계면쩍은 듯 윤기를 슬쩍 바라보고는 바로 해치워 버렸다.

"아, 이거 일하기 싫어지는데요? 한 판 더 놓고 와인 한 잔 마시면 딱이겠는데?"

"두 판이 더 있기는 한데 드릴 수가 없군요."

윤기가 보온 박스를 가리켰다.

"저도 농담입니다. 벼룩도 낯짝이 있지 배 원장님 말 들으니 이게 무려 22만 원이라고 하던데……."

"가니튀르가 빠졌으니 22만 원은 아닙니다."

"아무튼 기막히군요. 소고기가 이런 육질로 변신하다니."

"그것보다 더 기막힌 변신을 도와 주셔야 하는데요?"

"그러죠. 이렇게 맛있는 뇌물까지 얻어먹었으니."

"박사님이 흡입 백신을 다루신다고 들었습니다."

"맞아요. 여기저기서 용역을 받다 보니 골고루 건드리고 있죠. 이것 좀 보시겠어요?"

최 박사가 현미경을 가리켰다.

"혹시 뭔지 아시겠어요?"

윤기가 접안렌즈에 눈을 맞추자 최 박사가 물었다.

"얼음 결정이네요."

"오, 현미경도 좀 보셨군요?"

"흡입 요리에 대해 공부를 좀 했거든요."

"그럼 시야에 보이는 결정의 사이즈도 짐작하실까요?"

"작은 건 30㎛ 미만, 중간은 50㎛ 정도, 큰 건 55㎛ 이상입니다. 이 정도 결정이 들어가면 아이스크림이 거칠어지죠."

"이야, 조금 공부한 정도가 아닌데요?"

최 박사가 혀를 내두른다.

"박사님이 설명하면 이해할 정도는 됩니다."

"그럼 뭐 바로 작업에 들어가도 되겠군요. 저는 이 원리에 대한 설명이 필요할 것 같아서 아이스크림 결정을 골라 두었거든요."

"이 요리의 관건은 흡입할 때 에어로졸이 폐 속으로 들어가지 않는 것이죠. 그 크기 조절과 흡입 기구가 필요해서 도움을 청한 것이니 그것만 맞춰 주시면 됩니다."

"혹시 물리화학이나 분자화학 전공이십니까?"

"요리도 물리화학의 일부입니다. 요리 공부를 하다 보니 필요한 만큼 이해하는 정도입니다."

"허."

최 박사가 신음을 토했다. 흡입 요리는 그저 들이마시는 게 아니었다. 그랬다가 플레이버 가루가 폐로 들어가면 난감하다. 김혜주 어머니 같은 경우는 바로 사망할 수도 있었다.

첫 번째 관건은 바로 기침 유발 방지. 스테이크의 입자가 폐가 아니라 식도로 들어갈 수 있도록 사이즈를 맞춰야 했다.

예를 들어 스테이크의 입자가 10㎛ 이하라면 폐로 직행해 버린다. 10~30㎛ 수준이면 기도나 기관지로 간다. 비교를 하자면 모래 입자의 크기가 보통 90㎛이고 사람의 머리카락이 50㎛이다. 그렇기에 기침을 유발하지 않으면서 식도로 내려갈 수 있는 크기로의 분쇄가 필요했다.

두 번째는 기구였다. 입을 벌리고 플레이버 가루를 밀어 넣는 게 아니었다. 숨을 들이쉴 때 식도로 들어갈 수 있게 만드는 특별한 흡입기가 필요했다.

"그래서 두 개 더 가져오신 거로군요? 하나는 실험용, 하나는 제품용. 말인즉 쇠뿔도 단김에 뽑자?"

"먹을 사람이 급하다고 해서 말입니다."

윤기가 웃었다.

전생으로부터 20여 년이 흐른 후였다. 코로나로 체면을 제대로 구긴 의학과 과학이지만 그때보다는 발전을 했다. 더구나 배원장이 소개하는 실력자라면 당장의 쇠뿔 뽑기가 가능하다고 판단한 윤기였다.

"혹시 이 분야의 대가 중에 콜린카가 있습니까?"

"콜린카요? 그분도 아십니까?"

최 박사의 반응이 컸다.

"그냥 조금요……."

"콜린카가 이 분야의 최고 권위자 아닙니까? 지금 하버드에서 교편을 잡고 있어요."

"그렇군요."

윤기가 웃었다. 그 사람이었다. 전생에 함께 흡입 요리를 만들던… 굉장히 열정적이었는데 대가가 되었다니 반가웠다.

"아무튼 시작합시다. 스테이크 먹어서 힘도 넘치는 판에."

최 박사가 팔을 걷어붙였다.

"제가 흡입 백신에 쓰던 흡입기입니다. 제트 네블라이저라고

공기를 이용하는 겁니다. 우리 분야에서 가장 많이 쓰는 방식이죠."

최 박사가 분무기 비슷한 도구를 들어 보였다.

"이것 외에 초음파 방식, 진동 메쉬 방식 등이 있는데 스테이크는 초음파 네블라이저가 좋지 않을까 싶습니다."

"흡입이 관건이니 테크닉 쪽은 박사님 판단에 맡깁니다."

"일단 실험부터 해 보죠. 백신하고는 또 다른 경우라서……."

박사가 손짓하자 조수 둘이 들어왔다. 얼마가 지나자 그들이 세 가지 압축기를 가져왔다.

"직접 실험해 보시죠. 스테이크 입자의 크기를 결정하는 단계입니다."

최 박사가 흡입기를 가리켰다. 윤기가 집어 들었다. 윤기는 최적의 에어로졸 사이즈를 알고 있다. 전생에서 수많은 시행착오 끝에 성공했던 일. 잊을 리가 없었다.

"푸업."

첫 번째 흡입은 악몽이었다. 압축기의 버튼을 누르기 무섭게 헛기침이 튀어나왔다. 눈물이 찔끔 난 윤기가 두 번째 시도를 했다. 가장 안정적인 것은 세 번째 흡입기에 든 입자였다. 최적의 사이즈였다. 이거라면 숨만 쉬는 환자도 흡입이 무난할 것 같았다.

"세 번째 압축기에 들어간 사이즈로 분쇄해. 중환자가 먹을 거니까 백신 수준의 멸균 상태 확인하고. 아, 또 다른 주의 사항 있으면 말씀하세요."

조수에게 지시하던 최 박사가 윤기를 돌아보았다. 윤기가 따라가 건조기의 상태를 체크했다. 조수에게 건조 때의 주의 사항과 최적 온도를 짚어 주었다. 자연스럽게 건조가 되어야 하기 때문이었다.

"죄송하지만 이것도 같이 부탁합니다."

조수에게 단팥죽을 건네주었다.

"완성품은 내일 점심쯤이면 나옵니다. 우리 한 선생 편으로 가져다 드리죠."

"비용은 얼마나 될까요?"

"청구서도 그때 같이 보내겠습니다."

최 박사의 답이었다.

"제가 찾으러 와도 됩니다만."

"아닙니다. 모처럼 배 원장님 부탁인 데다 인생 스테이크까지 꽁으로 먹은 터라……."

최 박사가 손을 저었다.

[흡입 스테이크]
[분자요리의 끝판왕]

관건은 세 가지였다. 스테이크의 맛을 유지한 채 건조하기. 건조된 스테이크의 입자 크기. 마지막으로 부작용 없이 흡입할 수 있는 흡입 기구.

장비들이 양호했으니 편안한 마음으로 실험실을 나왔다. 이제 기다리면 될 일이었다.

　　　　　*　　　　　*　　　　　*

　최 박사는 약속을 지켰다. 오전 10시가 넘자 조수를 보내 왔다.

　"이건 샘플이에요."

　조수가 휴대용 흡입기를 내밀었다. 윤기가 바로 실험을 했다.

　"......?"

　입에 물고 버튼을 누르자 혀 끝과 인두, 연구개를 따라 에어로졸이 느껴졌다. 스테이크 맛과 향은 살짝 다운되었지만 크게 문제가 되지 않았다. 목젖의 격동을 따라 군침이 함께 넘어간다. 이만하면 성공작이었다.

　청구서에는 120만 원이 적혀 있었다. 소량만 만든 것이니 비싼 편은 아니었다.

　"좋네요. 박사님에게 고맙다고 전해 주세요."

　"네."

　"아, 그리고 오신 김에 스테이크 드시고 가세요. 이거 만드느라 밤새우셨을 것 같은데……."

　윤기가 홀을 가리켰다. 장 루이의 실험실을 통해 익히 알고 있다. 조수라는 건 주방 보조만큼이나 고달픈 역할이었다.

　"어제 실험하면서 검색해 봤더니 굉장히 비싸던데요?"

　조수가 미안한 표정을 지었다.

　"괜찮습니다. 창혁아, 이분 리폼 홀에 모시고 가서 팀장님이나 주희 씨에게 자리 좀 만들어 달라고 전해 줘."

　"네, 셰프님."

지시를 받은 창혁이 앞치마를 벗었다.

"이러시면 미안한데……."

"그냥 가시면 제가 미안하거든요."

주저하는 조수의 등을 밀었다.

사실 미안할 건 없었다. 어차피 김혜주에게 청구할 비용이었
다. 그녀가 유명인이고 부자라서 돈을 뜯으려는 건 아니었다. 계
산은 계산이다. 윤기 역시 실험에 사용한 스테이크 3개 값에 오
늘 특별 소품용으로 가져갈 1개 값까지 호텔에 미리 입금시킨 후
였다.

때마침 김혜주의 전화가 들어왔다.

―셰프님.

"안녕하세요?"

―어머니 흡입 스테이크 나왔다는 말이 있던데요?

"맞습니다."

윤기가 답했다. 아마도 배 원장이 최 박사에게 체크를 한 모양
이었다.

―언제 오실래요?

"저희가 런치 타임에 좀 바쁘거든요. 끝나는 대로 가겠습니
다."

―몇 시죠?

"1시가 조금 넘어야 하니 병원에 도착하면 2시 전일 것 같은데
요."

―1시… 알겠습니다.

김혜주가 전화를 끊었다.

1시.

그녀가 왜 그 단어를 말했는지 이내 알게 되었다. 런치 예약 스테이크 106개가 나가고 잠깐의 휴식이 찾아왔을 때였다. 윤기가 외출 준비를 하는 중에 주희가 달려왔다.

"셰프님."

"왜요?"

"김혜주, 김혜주 찾아왔어요."

"나를요?"

"실은 아까부터 와 있었던 거 같아요."

"아까 언제요?"

"11시 넘어서인가? 그때부터 차가 서 있었거든요."

"……?"

11시라면 아까 통화가 끝나고 30분쯤 지난 시간이었다. 리폼 홀의 창문에서는 옥외 주차장이 보인다. 주희가 거짓말을 할 리 없으니 통화가 끝난 후에 바로 달려온 모양이었다.

"디너 타임까지는 돌아올게요."

스테이크 하나를 포장한 윤기, 경모에게 외출 선언을 하고 주차장으로 향했다.

"셰프님."

김혜주가 운전석 유리를 내렸다.

"잠깐만요, 차 가져오겠습니다."

"아뇨, 제 차 타고 가세요."

"네?"

"올 때도 태워다 드릴 테니 걱정 마시고요."

"……."

"어서요? 우리 어머니 스테이크 기다리세요."

차에서 내린 그녀가 조수석 문을 열어 주었다. 이제 보니 픽업을 온 모양이었다. 윤기가 타자 바로 출발을 한다.

"맞죠? 김혜주 맞잖아요?"

리폼 홀 안의 주희가 창을 보며 말했다. 옆에 선 여자는 이리나 팀장이었다.

"세상에, 저 유명한 김혜주가 송 셰프님을 깍듯이 모셔요."

주희 목소리에 조바심이 묻어난다.

"마시는 스테이크라고 그랬어?"

"아뇨. 흡입하는 스테이크요."

"그걸 김혜주 어머니에게?"

"네."

"그런 게 돼?"

"이지용 회장님 스테이크도 해냈잖아요? 송 셰프님이 된다면 되는 거죠, 뭐."

주희는 윤기를 믿었다. 발 스테이크 이후로 그랬다. 김혜주의 차는 그새 멀어지고 없었다.

[손영심 F 89]

1인실의 환자 이름이었다. 문 앞의 배 원장이 윤기를 맞이했다. 가운 입은 모습이 리폼에서와는 포스가 달랐다. 전문가 냄새가 확 풍긴 것이다.

"어서 와요."

그가 안쪽을 가리켰다. 환자 옆에 있던 간호사가 한 발을 물러섰다. 맑은 햇살이 내리쬐는 침대. 병실은 평온하지만 침대의 환자는 그리 평온해 보이지 않았다.

죽음.

윤기가 맡은 냄새였다. 윤기는 인간의 체취를 맡는다. 그 체취는 그가 섭취한 음식에서 오지만 체취의 활력 수준으로 목숨을 짐작할 수도 있었다. 서두르길 잘했다. 배 원장의 언질이 아니더라도 이 여자는 오늘을 넘기기 힘들 것 같았다.

處染常淨.

그녀의 머리맡에 책이 한 권 보였다.

[저자 손영심]

환자 이름과 일치하는 걸 보니 노모의 저서였다. 처염상정이라면 연꽃에 관련된 말이었다.

[탁한 곳에 있어도 오염되지 않는 연꽃처럼]

역아 덕분에 한문은 한글처럼 알 수 있었다. 책 제목 때문일까? 노모가 한순간 연꽃처럼 보였다. 지기 직전의 연꽃······.

"엄마."

김혜주가 노모의 손을 잡았다. 천정을 쳐다보던 그녀 시선이 천천히 돌아온다. 그 옆으로 작은 액자가 보인다. 그녀의 젊은 날 사진이었다. 기막힌 미녀에 열정으로 가득 찼다. 그러나 활짝 핀 꽃은 폭삭 시들고 병들어 마른 고목처럼 흉측하게 변했다. 빛나는 청춘의 사진과 현실을 함께 보니 인생무상이라는 단어가 저절로 느껴졌다.

노모의 얼굴에서 시선을 떼었다. 이때까지만 해도 윤기는, 무엇 때문에 노모가 윤기를 잡아끈 것인지 알지 못했다.

"셰프님 오셨어. 엄마 먹을 스테이크 가지고."

"스테이크?"

노모의 반응이 살짝 튀었다. 스테이크 향 때문이었다. 진짜 스테이크를 꺼낸 윤기가 반으로 잘라 놓았다. 일반 LGY보다 두 배의 향을 가미했으니 고기 굽는 냄새가 진동을 했다.

"셰프님?"

김혜주의 눈빛이 튀었다. 침대의 간이 식탁 위에 올라앉은 건 김혜주가 먹었던 그 스테이크였다.

"······?"

배 원장도 의아하기는 마찬가지였다. 노모는 스테이크를 먹지 못한다. 그런데 진짜 스테이크를 그대로 가져오다니?

"어머니께서 드실 건 따로 있습니다. 눈요기라는 게 있잖아요?"

윤기 설명이 나왔다. 윤기가 의도하는 건 실물을 보면서 먹는 거였다. 그래야 입체적이다. 흡입만 해서는 뭔가 허전할 수 있는 게 인간의 식욕이었다.

"기왕이면 먹기 좋게 잘라 주시겠어요?"

윤기가 말하자 김혜주가 팔을 걷었다. 한 입 크기로 잘린다. 핑크센터와 스테이크 향은 기가 막혔다. 그 진한 향미에 병실의 약 냄새가 밀려날 정도였다.

벌름.

노모의 콧망울이 실룩거리기 시작했다. 윤기 입가에 회심의 미소가 번져 갔다. 이 전략은 제대로 성공이었다. 노모는 먹을 수 없지만 후각까지 마비되었다는 말은 없었다. 그렇기에 더욱 냄새가 필요했다. 구미는 식욕의 방아쇠. 그게 당겨져야 흡입 의지에 불이 켜지기 때문이었다.

"진짜는 이겁니다."

그제야 압축기를 꺼냈다. 스테이크 절반이 들어간 압축기의 크기는 조금 큰 분무기만 했다.

"먼저 사용해 보세요."

압축기가 김혜주에게 건너갔다. 김혜주가 분사구를 입에 물고 버튼을 눌렀다.

칫.

짧은 소리가 났다.

"어머."

침을 넘긴 김혜주가 움찔 흔들렸다.

"그 스테이크 맛이에요. 좀 감칠나기는 해도."

그녀의 평이었다.

"어머니는 감칠나지 않을 겁니다. 많이 들어가면 부작용이 날 수 있으니 절대 서두르시면 안 돼요."

윤기의 시식 허락이 떨어졌다.

"엄마."

김혜주가 노모에게 다가앉는다.

"이 안에 저 스테이크가 들었어. 얼마나 맛있는지 몰라. 엄마, 아."

김혜주가 노모에게 말했다. 노모의 반응은 한없이 느리지만 김혜주는 서두르지 않았다.

"자, 스테이크 들어가요."

칫.

분사구를 고정시킨 그녀가 첫 버튼을 눌렀다. 배 원장과 간호사의 시선이 집중되었다. 처음에는 별 반응이 없었다. 맛의 메커니즘 때문이다. 인간이 맛을 느끼는 미뢰는 주로 혀에 세 유두에 분포한다.

버섯유두.

잎새유두.

성곽유두.

가장 많이 분포하는 게 버섯유두다. 혀끝을 중심으로 넓게 퍼져 있다. 그러나 미뢰는 혀에만 있지 않다. 인두부와 연구개에도 존재하니 에어로졸이 그곳에 닿고서야 맛의 감지가 시작되었다. 별 반응이 없던 노모, 가죽뿐인 볼을 옴짝거리더니 흡입기를 문입에 힘이 들어가기 시작했다.

"스테이크 맞지?"

끄덕.

"맛있어?"

끄덕.

"자, 그럼 또 갑니다. 아~"

치잇.

버튼이 두 번째 눌러지자 노모의 표정이 조금 더 살아났다. 김혜주도 덩달아 상기되었다. 그녀가 잠시 윤기를 돌아본다.

"링거처럼 천천히요."

윤기의 대답이었다. 링거는 한 방울씩 떨어진다. 아무리 급해도 철칙이다. 그것처럼 흡입 스테이크도 서두르면 곤란했다.

치익.

김혜주가 다시 버튼을 눌렀다. 노모의 변화는 꽃의 개화를 보는 초고속 화면 같았다. 호흡이 조금 빨라지고 혈압도 상승한다. 왼손으로 김혜주의 손을 잡고 있다.

치익.

스테이크 에어로졸이 들어갈 때마다 손에 힘이 실린다.

빨리 줘.

맛있는 걸 먹을 때 보채는 아이의, 딱 그 모습이었다.

"알았어, 천천히, 천천히."

김혜주가 노모의 조바심을 달래 준다. 그럴수록 더 애절해지는 노모의 표정. 그걸 보던 간호사가 먼저 눈물을 보였다. 전직 장관에 존경받던 인물, 그러나 화무십일홍이 된 지금은······.

배 원장의 눈덩이도 뜨끈해진다.

노모의 식사(?)는 무려 30분이 걸렸다. 마지막 분사가 끝났음에도 노모는 딸의 손을 놓지 않았다.

"더 먹고 싶어?"

김혜주가 물었다.

끄덕.

"그럴 줄 알고 셰프님이 후식도 준비해 주셨어. 엄마가 좋아하는 단팥죽, 짜잔."

김혜주가 압축기를 바꾸었다. 단팥죽 에어로졸이었다.

"일단 맛부터 볼까?"

치잇.

"맛 어때? 좋아?"

"응."

그제야 노모의 목소리가 아련하게 트였다.

"그럼 먹을 준비?"

"응."

치잇.

이제는 단팥죽이었다. 단팥죽 속에서 단맛 강화의 임무를 맡은 건 붉나무 소금이었다.

짠맛이 솜사탕처럼 부드럽다.

그러면서 단맛을 높여 준다.

노모의 얼굴에 잠시 생기가 돌았다. 음식을 먹지 못함으로써 고목이 되어 버린 그녀의 위장. 아련한 생기가 돈 것이다.

노모의 목젖 움직임이 빨라진다. 스테이크 못지않게 마음에 드는 모양이었다.

"엄마."

김혜주 목소리가 봄바람처럼 정다워진다.

"응?"

"나 어릴 때 할머니가 단팥죽 많이 쒔잖아?"

"응."

"할머니가 새알을 내 나이만큼 넣어 줬잖아?"

"응."

"그때 엄마 몰래 내가 엄마 것도 꺼내 먹었다."

"응……."

"엄마도 알고 있었어?"

"응."

"그랬구나. 나는 감쪽같이 속인 줄 알았는데."

"……."

"엄마."

"응?"

"우리 이거 내일 또 먹자?"

"응."

"내일은 2인분으로 할까? 배 터지게 먹게 말이야."

"응."

"그래. 내가 셰프님에게 부탁할게. 2인분 아니라 20인분이라도. 그러니까 엄마… 어어억."

거기까지 말하던 김혜주가 노모 품에 무너졌다. 연예계에서는 카리스마의 화신으로 불리는 그녀, 어깨가 사시나무처럼 떨고 있었다.

"박 샘."

배 원장이 간호사에게 눈짓을 주었다. 간호사가 김혜주를 부축해 나갔다.

"송 셰프님, 잠깐만요."

그래도 걱정이 되는지 배 원장도 뒤를 따라간다.

탁.

문이 닫히면서 병실 안에는 윤기와 노모만 남았다. 윤기가 핸드폰을 확인할 때였다. 뭔가가 날아와 뒤통수를 때렸다.

탁.

충격과 함께 노모의 저서가 바닥에 떨어지는 소리가 들렸다.

"……?"

누가 또 있었나? 그러나 다른 사람은 없었다.

책은 분명 노모 침대 옆의 간이탁자에 있었다.

그렇다면 노모가?

반송장인 노모를 향해 시선을 돌렸다. 그 눈과 마주쳤다. 순간, 야광주 같은 섬광이 느껴졌다.

'읏.'

윤기 눈살이 찡그려지지만 노모의 안광은 윤기를 놓아주지 않았다.

"셰프."

이번에는 목소리였다. 노모의 목에서 천둥 같은 소리가 나왔다. 손이나 겨우 움직이는 수준의 노모. 터질 것 같은 안광으로 윤기를 바라보고 있었다.

'이것?'

윤기 이마에서 주룩, 식은땀이 흘러내렸다.

제10장

—

마법의 손I

"처염상정."

천둥이 이어졌다.

"……?"

"뜻은 알지?"

그녀가 물었다.

끄덕.

기이한 일에 놀란 윤기, 조금 전의 그녀처럼 고개로 대답했다.

"연꽃은 탁한 진흙 속에 있어도 오염되지 않는 법."

"……."

"그런데 네 마음에는 삿된 욕망의 진흙 허깨비가 두 겹으로 쌓였어."

"네?"

윤기가 고개를 들었다. 울림이 있는 은유 같았다.

"놀랄 거 없어. 먼 길 가는데 배를 채워 주었으니 덕담 좀 하려고."

"……?"

"요리 맛은 좋았어. 하지만 본질이 뾰족해."

"……?"

"나무 좋아하지? 거기에 비하자면 활엽수가 아니고 침엽수."

"……."

"미각과 맛 말이야. 그건 지배하고 정복하는 게 아니야. 위로하고 정화해 주는 거지."

"……?"

"요리는 영혼의 양식이라면서 군림자의 마음으로 임하면 되겠어? 진정한 대가가 될 거라면 군림하지 말고 품어야지. 지상의 온갖 탁수를 품어 주는 바다처럼."

"……."

"화무는 십일홍이라 맛있는 요리만 하기에도 인생은 길지 않아. 서른 넘으면 시간이 총알처럼 지나가거든."

"……."

"셰프."

"……."

"진흙에게서 왔어도 진흙에게 물들지 마. 거기 물들면 이번 생도 허당이야. 삼세판이나 그렇게 살면 슬프잖아."

삼세판.

그 단어가 윤기 심장 속으로 들어왔다.

전생들을 만나기 전에 세 번 연속으로 꾼 꿈.

그 꿈을 꾸었을 때와 비슷한 느낌이었다.

그 말과 함께 김혜주와 배 원장 등이 들어섰다.

노모의 자태는 거짓말처럼 변했다.

안광은 스러지고 언제 그랬냐는 듯 무기력한 환자로 돌아간 것이다.

"책이 왜 여기 떨어져 있지?"

간호사가 책을 집어 들었다.

윤기는 잠깐 동안 현기증을 느꼈다.

방금 그 상황은 착각이었을까?

아니.

우연은 아닌 것 같았다. 전생들을 만난 전시장처럼 뭔가에 의한 이끌림이었다.

배 원장이 노모의 얼굴을 보여 준 그때, 그래서 속절없이 당겼던 모양이었다.

노모가 김혜주에게 손짓을 했다.

김혜주가 다가서자 귀에 대고 뭐라고 속삭인다.

김혜주가 노모의 베개 밑에서 봉투를 꺼냈다.

10여 개도 넘었으니 문병 온 사람들이 주고 간 쾌유 기원 봉투로 보였다.

"어머니가 셰프님께 드리라네요."

"아닙니다. 스테이크값은 따로 받을 건데요."

"우리 어머니가 주시는 상이에요. 이거 저한테도 안 주고 꼭꼭 감춰 놓은 봉투거든요."

"받으세요."

배 원장까지 거들어 버리니 별수 없이 받아 들었다.

"처—염—상—정."

노모가 혼자 웅얼거린다. 모두의 귀에는 늘어진 메아리 같지만 윤기에게는 천둥처럼 들렸다. 그제야 그녀의 의수가 눈에 들어왔다. 오른손이었다.

의수.

윤기에 대한 경계의 강조처럼 보였다.

손목에 경련이 올 때면 마치 의수처럼 느껴지던 지난 날……

복도로 나오자 김혜주가 따라 나왔다.

"셰프님, 너무 고마웠어요."

"아닙니다. 요리를 원하는 사람에게 요리를 먹게 해 주는 거. 요리사의 본분일 뿐입니다."

"혹시 우리 어머니 별말 없었죠?"

"네?"

"아까 둘이 있었잖아요? 가끔 치매기가 발동하면 헛소리를 하세요. 저 없을 때 이상한 소리 했더라도 이해해 주시고요, 이 요리, 한 번 더 부탁할 수 있을까요?"

"어머니 격려금까지 받았으니 그렇게 하죠."

긴말 하지 않고 그녀와 헤어졌다. 원래는 호텔까지의 픽업도 약속했던 김혜주. 어머니의 일로 약속을 잊은 모양이니 택시를 타기로 했다.

"송 셰프님."

엘리베이터를 기다릴 때 배 원장이 다가왔다.

"대단했어요."

"원장님 덕분입니다."

"아닙니다. 나는 상상도 못 했던 일인 걸요."

"최 박사님 소개해 주셔서 고맙습니다. 덕분에 일이 수월했습니다."

"아직 끝난 거 아니잖아요? 김혜주 씨는 몇 번 더 부탁할 생각 같던데?"

"……."

"송 셰프님?"

"만들기는 하겠습니다. 하지만 김혜주 씨 어머니… 천국으로 갈 에너지는 이미 가득 찼습니다."

"무슨 뜻이죠?"

"의사 앞에서 주제 넘지만 오늘을 넘기지 못할 겁니다."

"송 셰프님."

"이번에 만드는 건 아마 노모의 영결장에서 쓰게 될 겁니다."

"……?"

"그럼……."

엘리베이터가 열리자 윤기가 들어섰다. 황당해하는 배 원장의 표정이 보였다.

여기는 병원이다. 목숨의 생사는 그가 판단한다.

하지만 윤기도 그만한 내공은 있었다. 스테이크로 노모의 생기가 살아났다. 그건 꺼지기 직전의 촛불이 잠깐 밝아진 것뿐이었다.

[흡입 버전의 LGY 스테이크]

분자요리 자체는 대성공이었다.

"최 박사님."
최순우에게 전화를 걸었다.
흡입 스테이크 1인분을 더 부탁하고 택시에 올랐다. 얼마를
가다 돌아본다.

—맛은 지배하고 정복하는 게 아니야. 위로하고 정화해 주는
거지.
—진흙에게서 왔어도 진흙에게 물들지 마. 삼세 판이나 그렇
게 살면 되겠어?"
—진정한 대가가 되려면 군림하지 말고 품어. 지상의 온갖 탁
수를 품어 주는 바다처럼."

김혜주 노모의 말이 귓가에 앵앵거렸다.
이 또한 하나의 계시였을까?
아니면 노모의 치매 발작이었을까?

가로변에 구청에서 조성한 화단이 보였다. 꽃이 지고 있다. 손
영심 장관의 일생이 대비된다.
누구보다 빛나는 생을 살았지만 결국은 지고 만다.
역아와 안드레아의 생도 그랬다.

그들의 빛나던 요리 실력.

그러나 후대에 남은 건 '요리'가 아니라 그들이라는 '인간의 품격'이었다.

재능보다 인간.

업적보다 인간.

그걸 모르고 폭주한 사람이 둘이나 있었다.

역아와 안드레아, 윤기의 두 전생.

전철 따위, 특히 실패한 전철은 따라 밟고 싶지 않았다.

길이 막히면서 예정보다 20분 정도 늦었다. 노모의 봉투를 차 안에 놓고 주방으로 향했다.

약간의 문제가 있었다. 마케팅 황 부장 때문이었다. 손님을 유치한 모양이었다.

윤기를 소개시키려고 했는데 자리에 없었다. 그 짜증을 주방에서 쏟아 내고 있었다.

"아니, 근무 시간에 마음대로 나가도 되는 거야?"

황 부장이 경모를 닦아세운다. 에르베는 이럴 때 도움이 되지 못했다.

그는 초빙 셰프였으니 대우만 좋을 뿐 내부 사정에는 관여하지 못했다.

"실력 좀 있다고 개판 오 분 전이야. 온다는 시간에서 20분이나 지났잖아? 직장이 애들 놀이터인 줄 알아?"

핏대 올리는 황 부장 뒤로 윤기가 등장했다.

"무슨 뜻입니까?"

"송 셰프?"

황 부장이 돌아보았다.

"무슨 일인데 그렇게 흥분하시죠?"

"무슨 일은? 주방 책임자가 근무시간에 자리 비워도 되는 거야?"

"리폼 주방 일은 제가 알아서 합니다."

"알아서? 주방은 근무 기강이 이래도 되나?"

"요리 홍보차 나갔다 왔습니다만 그걸 왜 황 부장님이 문제 삼는 겁니까?"

"적반하장도 유분수지. 요리 좀 한다고 체계도 몰라? 나 마케 팅부장이야, 부장."

황 부장 목소리가 더 높아졌다.

조리 1팀의 직원들이 관심을 보이기 시작했다. 조리부가 시답지 않았던 그랑 서울호텔. 마케팅부장의 서열이 조리부장보다 높게 형성되어 있었다.

"부장님 진정하시고……."

진 부조리장이 다가와 황 부장을 말렸다.

"이거 봐. 이 친구가 말이야 좀 나간다고 위아래도 없이……."

"위아래를 모르는 건 부장님 같습니다만."

윤기가 칼 각을 세웠다. 노모의 말을 곱씹던 터라 참을까 했지만 이건 경우가 달랐다.

"뭐야?"

"나, 그랑 여수의 총주방장 대우입니다. 거기 총주방장의 직급이 이사 아닙니까? 그런데 부장이 이사의 업무에 왈가불가해도 되는 겁니까?"

윤기 목소리에 힘이 들어갔다.

"이봐. 거긴 정식 직제고 우리 호텔은……."

"그냥 주방 직원이다? 그 말을 하려는 건 아니겠죠?"

"이 친구가 정말, 그럼 자네가 내 위 직제야? 내 상사라도 된단 말인가?"

직제.

상대는 정규 부장직급이다.

윤기는 5성 그랑 여수 총주방장 대우로 계약을 했다. 그랑 서울의 정규 직제는 아니었다.

단순히 연봉 측면의 이사급인가, 아니면 모든 면에서 진짜 이사급 대우인가? 언젠가는 표면화될 일이기도 했다. 그렇다면 이참에 짚고 가는 게 좋았다. 이 유권 해석을 할 사람은 설 대표뿐이었다.

마침 그가 엘리베이터에서 내렸다. 이상백 기자와 함께였다.

"무슨 일인가?"

어수선한 분위기를 본 설 대표가 윤기에게 물었다.

"황 부장님께서 제 직급에 문제 제기를 하십니다."

윤기는 정중하게, 그러나 살짝 에둘러 표현했다.

"직급?"

"요리 홍보차 연예인 김혜주 씨에게 스테이크 배달을 하느라 잠시 외출하고 돌아왔습니다. 황 부장님은 제 일거수일투족에 대해 보고를 받고 싶은 것 같은데 그랑 여수의 총주방장도 마케팅 부장에게 업무 보고를 하는지 몰라서 말입니다."

"김혜주? 그 유명 여배우 말인가?"

"이지용 회장님과 같이 오셨던 병원장님 부탁이었고 홍보도 될 것 같아 제가 직접 다녀왔습니다만."

"황 부장."

사태를 파악한 설 대표가 황 부장을 바라보았다.

"대표님, 송 셰프 요리가 뜨고 있는 건 인정합니다. 그렇다고 해도 조리부의 일부입니다. 전체를 위해서도 근무 기강을 세우는 게 필요합니다."

황 부장은 목소리를 낮추지 않았다.

"황 부장, 자네 뭘 착각하고 있는 거 아닌가?"

"예?"

"근무 기강 말이야, 거기에는 상명하복도 포함되는 거겠지?"

"맞습니다."

"그렇다면 근무 기강을 해치고 있는 건 황 부장 자네야."

"예?"

"당장 사과드려. 분명히 말하지만 우리 송 셰프, 그랑 서울의 이사급 신분이야."

설 대표의 천명이 나왔다. 조리부 직원들이 지켜보고 있다. 더구나 이상백 기자도 있었다. 만천하에의 공표였으니 윤기에게는 더할 나위 없는 인증이었다.

"인사 팀에 전해서 각 부서에 공지하라고 전하고."

"……?"

황 부장의 이마가 창백하게 변했다.

"이사가 요리 홍보를 나갈 때 부장에게 보고할 의무는 없어. 다른 사람들도 명심하고 예우하도록. 행여나 송 셰프 나이가 어리고 얼마 전까지 보조였다는 걸로 얼렁뚱땅 대하면 내가 그냥 넘어가지 않을 거야."

설 대표가 쐐기를 박았다.

"미안하게 되었네."

황 부장은 마지못해 사과의 멘트를 내놓았다.

'이사급 연봉'에서 '이사급' 직제의 공인.

리폼의 위상을 호텔 내에 정립시키는 계기가 되었다.

"괜찮습니다. 부장님도 호텔을 위하려다 생긴 일 아닙니까? 나가 계시면 제가 바로 손님들께 인사드리러 가겠습니다."

윤기의 마무리는 쿨했다.

"셰프님."

설 대표와 황 부장이 나가자 명규 목소리가 기어 들어갔다.

"또 왜?"

"그럼 저희도 이사님이라고 불러야 하나요?"

"셰프 중에 이사급도 많지만 그렇다고 주방에서 이사라고 부르지는 않아. 우리는 하던 대로."

셔벗을 완성시킨 윤기가 주방을 나갔다.

"찾아와 주셔서 감사합니다. 특별 서비스입니다."

황 부장의 고객들에게 샴페인 셔벗과 망고 과육으로 만든 분자요리 칵테일을 올렸다. 윤기의 위상 체크에 도움을 준 데 대한 '하사품'이었다. 체면을 세워 주자 황 부장도 굳은 얼굴을 풀었다.

"송 셰프."

설 대표는 아직도 복도 끝에 있었다. 이상백과의 대화가 길었던 모양이었다.

"이 기자님께 얘기 들었네. 다비드 박사가 보스키 도르 요리 대회 종신 심사 위원 추천을 알선해 줬다고?"

"아, 예. 그렇잖아도 말씀드릴 참이었는데……"

"보스키 도르 요리 대회에 색다른 스페셜이 있다고 하더니 종신 심사 위원 추천이었군. 이 기자님 말이 공식 참가자들보다 더 스포트라이트를 받는다고 하던데 참가할 거지?"

"그래야 할 것 같습니다. 요리보다 셰프 스펙을 따지는 사람들이 많잖습니까?"

"저 앞 신마호텔부터 그렇지. 아침 방송 봤더니 거기는 뉴욕 별 둘 레스토랑 출신의 주방장 스펙을 강조하는 홍보를 하고 있더군. 우리 리폼의 약진에 긴장하는 눈치던데 스펙으로도 눌러 버릴 기회네. 뭐든 지원할 테니 무조건 참가하시게."

설 대표의 지지는 용광로처럼 뜨거웠다.

『요리의 악마』 3권에 계속…